曲阿詩綜
曲阿詞綜

〔清〕劉會恩 輯

③

江蘇地方詩文總集叢刊

廣陵書社

曲阿詩綜卷之二十

丹陽後學劉會恩時菴輯

國朝

葛千秋字龍文號古香麟之孫邑文生古香著有古香齋詩集邗古集知人論世下筆立就千言而王大史蒼公外大父吳峴山自題七十三年紀事詩三作每篇各千五六百字才情橫溢足以發舒忠義之氣

宋五大奸詩

忠良之盛無逾於宋奸佞之多亦無逾於宋然治亂之興有源有委小人之起有綱有目余今作五大奸詩俾後之讀者循源溯委舉綱有目則罪有所歸人可知所借鑑矣

趙普

普非奸也特列於五大奸之首何誅太祖者普誅太宗

者亦背盟誓未寒頓起已誤再誤之言遽使德昭殞命匡美未終致天怨人怒直至六宫盡出二帝蒙塵高宗絶嗣孝廟承基方結此一大公案噫是誰之過哉

肇亂須尋作俑人一言喪國斵天倫定盟當日違慈母敗誓緣何自老臣唆得太宗忘弟姪致教金主起風塵皇孫剗戮愁都盡援立遺孫天道伸

王安石

安石一文人耳止克作文不得妄持國是敢創三不足畏之言已爲萬世罪人追論其他新法一戕民不聊生終宋之世無寧宇矣噫寸斬安石可盡其辜哉其若蔡京童貫諸奸不過踵安石而爲之耳安石之罪當與賊檜同科

孰拘文人弄大權滔天罪惡藐前賢祖宗成法毁將盡災害頻
仍怙不悛新法横行無忌憚流民繪出苦顛連忠臣屏斥奸邪
進邊釁開時祚勿延

秦檜

檜之奸惡名宰相啓之昏天子赦之一班無賴小人阿
附而贊成之吁尚何言哉尚何言哉檜居金時會授金
職爲參軍衆共目覩其爲叛臣可知爲相時呂愿中獻
秦城王氣詩一軸載之史册其爲篡臣可知吁臣而爲
叛臣而爲篡可嚮食哉至若岳少保奮一時之忠勇可
以混一區宇竟以三十九歲而殞使其志不得一伸此
尤萬古之人心所爲至痛者與

秦檜生前罪惡彰誤君誤國誤忠良朝堂榜列名難洗相國堂

欺勢乃猖放自金廷爲細鑿倡言和議辱天皇可憐席捲無餘日變作忠魂泣血場

韓侂冑

冑所願不大朱子屢爲汝愚言之孰不從後爲冑所傾汝愚既死奸黨中竟有流言殺朱子而甘心者吾道之厄一至於此夫天未欲平治天下也如欲平治天下何周程張邵諸君子無所設施於前朱子以一身而集其成又不能大行於後吁天實爲之謂之何哉冑爲琦之後人甘以身犯天下之不韙其辱祖先也多矣

奸黨頻加僞學名眞儒道出一無成前時旣被荆公抑今日旋爲韓氏傾遯卦得占焚疏稿西山還寂見交情甘心欲殺因何爭吾道於今分外明

賈似道

北宋之奸昔爲隊長檜爲後殿南渡之奸秦爲元兇賈爲後勁趙氏之天下斷送於此數人之手若因類以及其餘具有擢髮難數者吁奸何夥哉似道之奸在於諱和議而不聞置罷敗而不奏馴而釀之以至兵射錢塘海潮三日不至非似道啓而孰然哉且以三朝國老置軍國大政而不問專於聲色場中烟花隊裏以快意適情非鄭虎臣挺身爲天下除之幾幾於漏網矣

斷送封疆事可哀蹉跎至此勢難回諱言和議仁人禁潛奏軍亡妃子災蟋蟀場中蔭相業花燈嶺上耀奇才養奸不殺幾遺網利刃還憑壯士來

五人墓

周銓部被逮時諸生楊廷樞率領士民見巡撫毛一鷺云周吏部公忠爲國介節自持不知因何事被逮爾時聲色俱厲一鷺云諸生旣爲士子當識君臣大義廷樞即應聲云大宗師但知父子之情那識君臣之義一鷺語塞衆譁言不止諸校衛云君輩奉東廠拿人誰敢囉唣顔佩韋等向前問云此旨還是出自朝廷還是出自東廠諸校衛云便出自東廠如何佩韋等抗聲云東廠不過一奄豎耳何得擅稱聖旨諸校衛云亟取刃來截若輩舌衆乃齊譁云吾等百姓但知有天子旨不知有東廠旨今旨意旣由東廠此魏奄之私人非朝廷之緹騎矣遂羣起而毆之諸校衛無復有存活者毛一鷺同賊璫裔竟以變亂旨下斬爲首者以懲其餘顔佩韋等

五人身任其事甘心受戮以全闔郡之民命無算嗚呼以魏璫之威聲氣焰自宰臣以至守令孰不跪拜其門此五人者何人哉不過一草莽之匹夫耳但知有天子而不知有東廠而名分凜然關係天下之治亂不小特表而出之以見五人者不但愧一時之公卿並足以立萬世名教之防宜其血食千古為廉頑立懦之一助云

甘心一死率天真孩稚咸知有五人奄黨羣謀成大逆普天公論喜方伸命全闔郡功猶小義凜君臣語獨純視死如歸非孟浪不為厲鬼即為神

百萬人中獨奮先北來校尉盡顛連旨由東廠誰甘受語自中宮始聽宣殺賊無名盡聶政刺奸有膽羨施全墓前剩有英風在分付權臣莫到前

荆元實字肇麓號麗涵康熙乙卯舉人丙辰進士授莆田令以行取内陞主事轉監察御史遷山西道著有聲麓疏草行世

張貞女詩

每於巾幗數清貞爲問明湖得夜明偶卜雖云中道阻鸞書寧負百年盟惟知山岳言逾重豈惜君華命匪輕獨抱孤標維世教採風知已列芳名

荆孝錫字龍媒號幾山康熙戊午舉人己未進士性孕孝以父年老不願就仕承歡養志人無間言

和張貞女斷腸吟原韻

俯仰古今入賦質有純劣惟君矢志奇言言泣淚血計年甫十三少小秉芳烈孝行著閨幃淳風追往昔及笄怨分鸞黃鵠悲何極慷慨願捐生沒溟甘茹蘗不念已弱齡孤嫠姑年百誼薄共姜女琮遺龐氏媳隻手扶坤儀一肩擔子職歷久志靡他投

艱益矢節千秋入師表今向巾幗得視彼悠悠者空爲兒女泣

孫　烇字粲垣號省齋邑文生發祥之子著有浣花居遺稿

村居

逃名出入境幽棲北山北時同木石居還自友麋鹿古柏間蒼松此景我所獨攄懷發高歌孤月上林麓

荆毓崑字子瞻號懷方康熙甲子舉人著竹笈編

拜建文帝像

文孫當壁分之宜創業高皇始造基鐵騎南來天不佑金川東去事難支江湖影落蛟鼉避雲漢朝移烏鵲知郡向僧房瞻御衮龍顔日角悵緇披

荆德韶字子沚號　邑文生

雲陽懷古

山城雉堞鬱岧嶢孔道相傳自六朝橋檜南浮通粵浙雲烟西
去接金焦難尋處士東瓜堰尚識詩八丁卯橋多少高賢題詠
處開湖風月未全消

荆德基字涵厚號履齋太學生候選州同知薦舉孝廉方正著有東園漫草

清明晚霽

迎袍草色正綿芊錫粥初温榆火傳幾樹綠楊烟水外一天紅
雨杏花邊斷橋危石喧溪漲高隴殘雲濕紙錢最喜晚來晴色
好柴門日脚映前川

葛德麟字玉書號立齋邑文生

張貞女詩

伏讀斷腸吟北邙招不得舉首欲問天幽篁倚危石春花非不
嬌春去無顏色冷淡惟此君此君守勁節

蔣家駒字千里號　康熙庚午舉人知懷集縣
著有四書講義五經講義三禮註疏考證

金山登快哉亭

危樓面古澗正接妙高臺曙色玲瓏入春風次第來岸青烟醉
柳花白雪皺梅腮目開懷抱登臨實快哉

客中九日

今日是重九秋光豈異常菊花何必把竹葉不須觴隨意登高
阜閒情望遠鄉吾心饒正氣耻獨佩茱囊

姜兆錫字上均號爽齋初號素清學者康熙庚午舉人授中
書舍人改補圻州知縣充三禮館纂修著有三禮參義
尚書參義春秋事義愼考公穀彙義孝經本義爾雅參義
詩蘊易蘊家語正義孔叢子訂義周易通考三禮通考右
今喪服考大戴禮刪翼先聖遺書寅清樓詩文集方音集
寅清樓制義崇祀鄉賢　爽齋先生丙午以會元薦主司
欲置第三房考爭之因復下第遂絕意舉業專研經義剖
析疑似確証指歸大學士鄂文端公張文和公薦充館修
三禮而編輯勤勞折衷詳愼爲一時之
冠詩品端厚正大雅音亦足上追朱子

燈市行 廣陵作

天色一以霽行行復何之衲子叩扉至招我城西陲西弔古校場旁爲市門窺士女旣雜遝燈肆何葳蕤或如日月吐或似簝星纍或珠或羅綺况有晶料垂余兹旅邇寺佛火無塵吹淸猶刋溝水宛合宮花萎斯市尚何節毋乃教化虧我聞大江北近若堯年悲澤國無完廬往往浮江湄何不煮粥糜復我老與羸願普光明燭比屋火得炊不然歌舞盡回首安足追

永城曉發

征車曉遂發月明猶在天熹微晨星沒三五勢若連西野無人聲雞聲隔南川凉飇忽西至肌膚已慄然夜晝旣相薄寒暑亦互遷回首眺太陰精魄忽復旋所希陽曜升綿絹亘八埏

公讌詩

鄂西林夫子開藩吳下三載於茲今歲暮春集多士於春風亭爲言自之官未宴一客今具含桃竹筍與諸君共嘗情味殆不忘做秀才咬菜羹故態也且世俗幾以書生二字作謾人語然二字意味外人如何得知今又何須脫却耶訓錫聞訓竊嘆乃爲詩四章以紀之錄二

大賢承　皇命攬轡臨江陬至化倏以宣澄懷契名流今辰適寒食文宴紛綢繆跡售蛟螭沼旌揚鱗鳳州濟濟亭院中冠帶多夷猶誰與劉晏輩終日惟持籌國儲亶云塞　王化何能周

芳辰□已餘櫻筍催鳴鳩嘉蔬無雜俎庶蔬閒明簋中座何雍穆高言發前修詩書有結習紈袴非嘉猷菜根苟能咬百事豈足憂無背汪氏訓而爲學者羞

讀張南軒先生集有感因贈其裔孫伯申學長伯申名祖年著書日

道驛

維天乘三五剛柔辨陰陽於人曰義利千里辨毫芒恭惟聖衍易和義利豈傷何爲滅義徒騖利恐不遑嗟哉雞懷性混厥黨鳳翔猶歎廣漠子刲若素與蒼我今誦瑤篇凜凜鶩秋霜維君托遺自奉祠守越疆感此道義驛羞彼名利場嗟余奠聖訓敬義厥所將方忻覿高德胡俛歎何衆人生苟自持守義貴有常毋使靈墓役致令旦氣戕臨岐寄情愫交修冢相望

金牛墩懷古　墩在武進縣西上有長腳仙冢相傳仙冢舊在水涯某年縣尉某爲徙於墩上云

大塊茫茫孰可紀雙丸月月雲邊駛但看城外冢纍纍那見眞人長不死此地何年長腳仙誰與縣尉徙城邊只今惟有江湖水朝朝暮暮流墩前

弔錢塘陸孝子寅兼贈同鄉史元甫

賢聖凋枯幾黄土，千載萬里吾安歎。清時鸞鳳開丹山，孝門吾仰陸家虎。孝子嘗祈夢，得虎象，因釋曰：吾名寅，爲虎是也。陸家虎字冠周，我緣作客居揚州淇子語。予撚髯虬，父生不見母已皤，殘喘苟活胡包羞。赤腳巇縢走海嶽，天寒日死號荒邱。逝將存亡覓父骨，不將鄉餓于王侯。京邸盜賊况豺犬，胠囊白日殄不留。長跪泣辭金張館，離京溝暮傷鶺鴒。嗟哉陸君孝乃爾，走羅天涯身亦死。一棺長謝黄金榜，六世天旌忠孝里。張遂寧中丞會題旌曰六世忠孝節義之門我兹作歌冀高風，尋母因嘆同鄉史丹。嗟乎陸爲華胄身，安爲傭保子。閔曾孝行兩無比。

贈友

去年十月寒風起，入縣相逢雙井巿。握手驚看髯已蒼，談心欲盡魂何倚。重來訪子學舍旁，翛然劍珮催行裝。青門有酒不得

餞白日欲下天茫茫今秋聞過丹陽郭潤别山居會非昨遥望長洲帝子宫願隨明月過簾宿

旅寺寄懷李增文中表

長江古渡雲山間江北江南度秋雁鐵甕城頭一别君瓜洲郭外愁誰盼憶余伏枕白雲房感君慰問臨邛床文園消渴憐司馬草帶腰圍嘆沈郎談心把臂來何暮羨爾無慚杜武庫博學應戴董子篇登高幾作蕪城賦年來萍水幾相逢旅寺思君夜雨酒何時却過王珣宅細話巴山聽曉鐘

京口放舟行贈别馬州守 舊爲丹陽令

京口放舟江水急早潮南去暮潮入寒雲四垂風怒號棹後層冰向人立會看鸞鳳霄漢明笑當鷗鷺烟波濕烟波霄漢誰復逢海角天涯離别踪古道丹陽催曉月名藩鐵甕留雄封祇聞

銀浪摘誰問碧紗籠千載有心尙青鬢九疑對面非奇逢君不見烟消霧釋開湖見氣接江潮白如練他時行部黔陽樹還憶神明江上縣

酬陳曾起秦郵道中作

離別初江滸風塵乍海涯橋橫野岸潤艇傍亂湖斜客夢悲秋水鄉情感歲華更憐陳仲舉消瘦怯征車

憶南池次吳江蘺韻

故老開元蹟新詩崔顥題渡迎遊子舫花落縣官隄樓閣迴星斗山川入晉齊杜陵如可作細認浣花溪

夏夜泛舟

螢燈明隔岸畦鼓急迴塘樹繞荒陂古船移野寺凉茶經桑苧細詩句鑑湖狂彷彿星辰動凌虛接混荒

江村次族姪孫御三韻

野荻紛漁岸人烟隔水隈波澄朝雨入山紫夕陽來曲徑涼生樹空階綠隱苔買將新白苧刀尺正挑裁

淮上及春歸爲郡西林夫子賦

西林夫子開藩吳中今歲仲春方延所屬文學會集於春風亭倏以賑饑赴淮因感而賦此

吳閶別幾日淮上及春歸里社晨烟散官樓夜月圍宿鷗隨棹起語燕傍帆飛堂上春風滿堪教匝月違

負笈經旬至傳經幾度違苦饑官署鎖柳絮客舟飛粥散青州廠設開白社圍江頭何日渡淮上及春歸

讌相國王慕齋夫子園林四首之一

京室司空宋大夫午橋相業見蓬壺豈緣高會能詞賦翻說名

圜是畫圖山壁斜通銀榜麗石泉廻轉玉勾扶綠綸未擬歸磯坐目向　天廷作釣徒郎屢乞致仕未蒙　聖俞

寄江都友人

江南萬里碧天浮驚起離鴻隔遠舟月照雷塘瓊樹晚霜催練浦藕花秋着元長老楊雄宅對雪處壽安道舟爲憶董祠捫古迹下帷還擬過揚州

題表伯孫荻園山齋

高軒幷轄孰留賓曲徑柴桑見古人入座尊彝猶法物還肯花藥自長春辭官處士題詩過載酒山家着屐頻不是朋儕來讌賞那知洗盞而中塵

寄懷惲晉明襄陵官署先二年山西地震

汾陽耆舊幾家殘山國年來道路難不是烟雲催計吏那令花

樹接仙壇王官谷外秋風杳緲豹城邊夜月閑况有神人姑射路還教駕鶴與驂鸞

謝狄向濤太史甲園賦贈

十載金閨別薊都飄然裾屐接蓬壺蘭亭冠蓋雄詞賦輞水園林是畫圖綠竹覆墻晨露滴新荷出水曉風扶芷汀蕙畹多堪賞莫擬離憂楚大夫

建安才子擅應徐藥圃蘭町手自除閣外浮雲當檻繞池頭秋雨入窗虛歸來都掃潯陽宅高卧長吟諸葛廬此日文園依玉樹幾殺美酒換金魚

雜感

漢廷吏議重朝端環玦何緣快轉九海上魚龍空自戲殿頭獅鷹不須冠謗書一篋封獮因猥黑千家拂始乾從此浮雲

飛盡處九天日月照長安張關府暨陳刺史彭年被議恩奉時甃昭雪

月華山接萬峰平誰令幽棲仍結盟斗氣夜衝湖海客江湖秋渡閩關城詩簡放曠忘悲鵬酒盞蕭疏憶聽鶯此日網羅應已鮮灘家官枉倘題名時陳刺史在月華山旅次

亞夫塚

謀從帷幄冠羣班皓首憐教夜出關去國尚知將死讓歸途誰料不生還彭城西望迷秦樹霸上東來壓楚山此日一樽聊致奠夕陽衰草淚潸潸

留侯祠

仙侶吹簫何處逢蒼凉古廟壓秋峰他時金匱留黃石此處瑤堦近赤松上相名懸西漢鼎閒僧禪坐子宵鐘不堪戲馬臺前路愁向雞鳴蔓草封

留別李根巷

何事春深泛客舲江南江北一浮萍纔看官閣梅花發又見河橋柳色青敲罷棋聲催夜月看殘劍氣倚晨星來宵戲馬臺前雁愁向孤舟夢裏聽

贈陳滄州太守　時幽月華山

年落長年泛似鷗肯隨桃梗乍沉浮目空薄俗數萬輩肩荷中朝第一流川岳靈和終有賴　廟廷喜起不須憂只今徙倚吳山麓日月精華在上頭

江城潮打幾時休野馬塵埃任去留猶差席前知楚寶那庸燈下看吳鉤咬菜啜粥甦龍志覓稻求粱鴻雁謀不爲車書催北闕忍違杖履隔南州

送廖維庚世兄叅藩

幾年簪筆侍　君王使節初傳下建章祗爲諫書稀闕事暫憑
臥治向淮陽郵亭垂柳迎新旆仙掖疏桐隱御香莫謂北門煩
鎖鑰須知題柱是田郎

贈漕臺張慕莘同年二首錄一

天都盤鬱幾千重家傍終南第一峰春關晴光開渭樹寒原雪
色壓秦松五更冊自仙人授雙牖銘猶學者宗自笑百年空著
作江淮淡鎖白雲蹤

宋六先生詩

周濂溪先生

鄒嶧烟寒幾歲年重教畫象吐先天階前綠隱王孫草沼畔香
浮君子蓮五岳烟雲誰是主九垓風月獨無邊溪名借與廬山
聳到處鄉關在眼前

程明道先生

清溫誰挹德容真別去方驚入侍頻海外四洲空捏像座頭十笏自飛春憐敷天下悲宗正愧向人前問伯淳楚國諸梁今未少一篇責沈更堪陳

程伊川先生

蒲桃山續問遺型丁卯堊垣第幾星曾向監司閒講易那從叅政學談經江頭危泛中流楫閣畔齋居凝雪庭獨惜孔門資諫諍血傾如斗十恨誰聽

邵康節先生

風流何處訪人豪樓閣空中矗絳霄幾把雙丸摩日月獨將萬敘品漁樵長吟笑度花前杖小醉閒乘郭外軺誰識靜中涵氣象細參酒榼弁詩瓢

張橫渠先生

那將物我攪畦町混處乾坤寄此亭少歲談兵摇嶽鎮中年考道隱雷霆三秦子弟皆知禮雙牖東西互作銘後學自探星宿海沛然精義豁滄溟

朱考亭先生

尋源仙谷翠微陬雲影天光象外幽共仰水精遺玉篆翻憐關里在南州鵝湖會上詩相和鹿洞山中賦獨留　聖代崇儒真第一班聯十哲殿東頭

京邸贈白門劉子

西園賓客競追陪庶子劉楨不世才隴外爭傳鸚鵡賦江濱人在鳳凰臺千秋建業供遊屐萬里長安對酒盃何幸蒹葭倚玉樹幾忘塞笛暮吹哀

訪汪武曹庶常

茂苑爭夏會燕關記昔遊相逢芳草路偕集庾公樓策蹇吾誰適聽鶯子獨留文章推賈董詞賦並曹劉書接驚何暮天開朗似秋聲名中暨外禮樂會兼鄒朝貴千金壽都人雙字求揮鞭雄灞岸築館鬱昭邱日月懸墳典淵源溯洽裘 天顏真有喜手書任銜哀讀禮心如擣聞詩淚暗流鵑啼紅雨落鳥繞白雲愁玉樹來方倚生芻到欲投式廬欽大孝曾俗想名謳忠孝移堪任才賢望自優徵書催 北闕束帛下長洲他日鵷鸞集茲辰松菊幽新 恩遥 眷注古道舊交遊別緒隨青雀華程待紫騮眼看虎寺外佩向 鳳池頭

閨思

萬里關山萬樹烟樓頭秋老旅魂寒蛩也攪遼西夢錯認啼

驚到枕邊

邯鄲道中

疏水簞瓢祇素風名韁利鎖爲誰雄須知未夢常醒客省却征魂入枕中

麥埠堰

百斛艑艚飛不住河干相對語斜暉故人分手從茲別載得滿船明月歸

麥舟百斛祇輕塵爲憶金蘭話舊因多少翻雲覆雨客臨浸欲渡只迷津

春日過普寧寺王珣故宅

誰憐晉代舊衣冠古寺春秋暮雨寒回首堂前昔時燕雕梁孤向佛燈看

賀監字昭令，號梅林，康熙己未歲貢生

讀眉山集貽同學

蘇公信天成才溯豪未已文猶萬斛泉驟裹跡千里詩歌亦餘慧俳蕩雜諧喜波沿籌與白縱情踰厥軌遂使陸范徒謂放翁石湖拾塵競嘗舐細儒眼光暗一粒豆相似譁然拔仙翁未敢任終振少陵拙文辭兩豐遺興比世間鮮完好與翼狹其齒學詩如學禪傍門慎所履溫柔敦厚風詩教基於此煌煌十九篇元音終古矢陶謝及王韋和平嗣正始冥心遡其流大雅此根柢毋從浮漫遊墮入修羅址

芝草篇爲趙節婦作

芝草本無根醴泉亦無源志苟能自立凡庸節英賢吾里婦趙氏勁節標孤騫童齡歎失怙兄弟終鮮旃煢煢貧家女因締貧

家繫一身爲婦人坐之將勤塡二十猶未足盛顏亡所天遺孤方在抱呱泣時相煎翁年七十餘蓼莪苦不全破屋塌四壁星月床前懸悲風射靈幃三喪室聯駢含情今八載親故稀周旋鄰嫗前致辭自苦何爲然綠髮不常好春華寧久鮮人言眞不謬衣飯趁少年貞操誰見䘏何弗聊從權婦涕謝鄰嫗厚意承惓惓餓我事猶可再嫁羞難言迍邅命所定有子忍棄捐一身無完裙三日斷炊烟牽裳攜兒宿敗絮不蔽肩朝來猶矻矻不懼冀餓顛嗟哉疲敝軀長荷皇天憐有女已十四半舊雙行纏行行將及笄流光若飛軿贅壻持門戶亦得資糜饘何爲墮泥井顧影慚清泉我聞三歎息淚出爲心酸堆堂滋蔓草蓬戶生芳荃芳荃委嚴霜蔓草膏露涓薰猶本殊性境遇安能遷時淸尚節義旌者須金錢誰知堅冰質乃在窮巷偏我無採風責搢

冠同一匳聊資升斗贈毿好申亥髡髦繼清響寡鵠賡瑶編後凋歲寒待霜雪紛愈妍嗟彼金星姿雙棲復同牽有無各相易兩主嫂所便寧爲饑驅迫别調檀槽弦時窮節乃見世亂忠乃傳胡不視此婦饑驅竟彌堅感懷廻遐烈古道今人延何慚銀管記不愧彤編鐫芝草信無根醴泉誠無源聽我歌此篇庶幾薄俗敦

夜行曲山道

白月滿荒坡夜半暑氣寂遠林隔烟渚清溪泉歷歷螢流枯草根凉露時一滴稻香既稀微泉籟復潺湲山空識道妙塵慮得幽滌毋悵行役勞中懷徒戚戚

後捉蟹行

壬申重九後三日潘文山招同過竹塘學博暨楊子覘

文爲持螯之飲余以齒病慼然一染指而畢雖私心好之而未能也因憶族叔烟叟昔與畦修年楊爾成諸君讌集每食螃蟹命童子攜小鐵椎以從因賦搥蟹行一篇頗極老人諸吟之趣余感其事爲續此歌竊欲效顰一擊然亦徵吾衰之甚云

平津坦腹參軍曹珠鞭蹀躞拖錦袍烟叟爲晉陵吳相國婿嘗以諸生參帥幕少年樂事忽過眼窮途變態隨奔濤浣花溪邊惜齒落茱萸浦口驚鉗螯最苦有蟹不能食金朋玉髓空煎熬貪饞那忍遂終置碎以鐵杵輕如毛珊枝爬抄落紅雪敕鍋魄礧翻朱袍將軍脫甲肉袒俟副車肯令秦皇逃勝事風流紀前輩老饕曾賦吟箋高今年秋霽好風月蘋香波暖叢漁舠主人愛客盛張具滿盤郭索爭持螯東號才名信雙絕河陽懿戚眞聯鑣愧我顛髮笑種

種牙根齾缺非堅牢眼看佼味但促刺攢眉強嚙仍纖毫若指粗同楚鼎嗙錚聲空羨銀沙皋因思運椎逞一擊持杯欲共髯蘇塵我家鑑湖富此種錢王一二陳諸陶（陶穀也）大阮吾老創新法搜奇選勝非徒勞狂歌一篇入淪没長吟重續追風騷撫几咄咄三嘆息吾衰甚矣誰相褒北墀揭鞍辰海潤南山射虎天風號古人白首厭寂寞何為槁項甘塵蒿世事反覆總難料塞翁得失時相遭幸逢知己一朝集春風入座怡醇醪披襟送抱寄千載詞壇再築劑騂旄勿憂齒豁不稱意激石可礪鋒能韜蒿陽芝肉美堪茹割豕何必金門豪

曾宗寺月夜用東坡定慧院韻呈雪舟和尚

結鄰卜築花宫西梵聲霏微日將夜長天杳杳飛獨鶴怖鴿低飛樓欲下寶鐸鋃鐺殷多鳴冰壺沉滿簷牙瀉支遁硎山跡入

荒遠公蓮社風能亞輿酣爲作清夜遊繩榻團蕉許我借吟箑直抉崑崙源正始之音陶與謝昌黎硬句誇盤空時尚曉曉爭築舍彌較從之聊戲爾豈真嗜若龍蟲蔗是古非今論不磨那惜庸人掩耳怕名心未淨愧蒸沙捧喝還防臨濟罵

日涉園讌集

璧月當階滿簾波竟夕燈送香憐隔座迎艷惜移燈醉眼銀河瀉清歌鉤樹層那知幽兕寄別有玉壺冰

學舍過姜引衡

踪跡貧交濶非關道阻修相逢下榻地偶爲故人留薄俗難青眼時名易白頭甫盤供客箸吟思不禁秋

寄儲山人

爲訖南溪叟閒眠一草亭酒倘蓮葉碧約舫竹梢青愚谷應無

累鐘山自有靈松花吹滿屋清響夜深聽

冬夜踏月普寧寺

庚寅仲冬侍御王公蕙吉迎青牧師講楞嚴於此寺維時緇流畢從士庶駢集余同伯兄子秦及毘陵史光庭鄒訏士仝里姜引蘅允覺蔡天穗張亮公丁又孟伊冉偕愼修凡十一人與焉已忽忽三紀於茲矣俯仰之間諸君悉化爲異物而予孑然僅有存者然其窮愁衰老亦已甚矣康熙丙寅十月望從寺中步月歸清光闐然塔影兀立回思昔年陳迹如在目前不勝咫尺河山之感因賦此述懷

三十餘年事驚心此月中清輝孤塔峙舊影一宵同身世隨飄梗升沉寄冥鴻雪螢光倘在白首悵途窮

送春和友人韻

待折將離餞碧城東皇行處見雲旌愁深錦浦楊枝雪望斷鈿車雁字箏金谷頓消珠百琲瑤臺已滅玉雙成那知白髮詞場客紅豆淒涼也繫情

琤琮簾幙墮檐風隱隱輕雷隔浦東已斂庭花甘晚節還憑國色殿天工試香犀液溫馨候破夢鶯聲斷續中最憶昆池明月畫娉婷留賞燕珠宮

曾歌錦瑟記華年百丈離心一寸連望帝山頭疑化石羊權宅裏悵逢仙靡蕪怨綠香沾袖芍藥嫣紅謔並肩底事玉門歸雁後雲間日下雨花然

百曲銀塘接暮潮文鴛乘漲去迢迢難牽弱線留紅鬢誰攝輕鸞繫綠綃劉壁書情空爛熳海雲成市竟蕭條東園桃李休重

訊棊局中心兀未消

白門偶成

鹿幘西風倦旅人，十年頻踏玉京塵。桃根桃葉空聞艷，江草江花易損神。狎客已翻瓊樹曲，歌壇仍譜秣陵春。秣陵春樂府，吳梅村撰。秦淮流盡東趨水，六代雲山又一新。

秣陵口占

閒來堤畔踏歌行，點點蘋花照眼明。九日登高懷戲馬，雙柑攜酒憶聞鶯。芙蓉南國騷人賦，絲竹秦淮估客情。漫向新亭尋舊路，寒烟縹緲石頭城。

北園看牡丹有感

碧樹蓬門三兩家，玉樓春晚數枝斜。夷光未肯與盲去，潛傍清溪浣舊紗。

荆龍章字瑞義號補菴康熙癸舉人知貴定縣

登獨秀峯

奇峯屹立桂城中翠壁蒼巖四望通萬井烟光烘瘴雨孤亭樹葉捲巒風征南舊有將軍石依波試劍石弔古今餘帝子宮俯視漓江波一綫優游自得羨漁翁前明藩邸舊址猶存

粤西道中

五嶺山連瘴霧隅桂林郎是古蒼梧村姑赤脚盤椎髻不信當年有綠珠

周玉瓤字鍾璜號康熙乙丑邑貢生官碭山縣訓導

醴泉

朱方瑞氣日氤氳吐溜清泉有異芬響帶琴聲涵妙理膏流竹葉瀉鴻文天香不許金貂換道味何須麴米醺爲語同人勤鍵

戸好將三策致青雲

孫應先字紹芬

黄鶴山重晤笪江上侍御

雅志慕邱鼇服食列長年鬚髮雖已素顏色一何妍我聞茅君洞其上多神仙乘風吸沆瀣噓氣霏雲烟君住第幾峯脩然古洞天

邱曾瞻字岳望號東山

閨詞

洛陽城東伊水西千花萬竹使人迷臺上椰枝照岸低門前荷葉與橋齊日暮待君君不見長風吹雨過青溪

姜彥振字伯宜號氷壺康熙乙丑拔貢生官潛山教諭氷壺爲士昌之曾孫制藝與王墻東何屺瞻齊名吉水李公寳林翁公咸器重之延以爲經師詩亦疎朗有致

偕同人登焦山即事

磊落江頭石磴臨一笑歌樽開白雪酒衣挂碧烟蘿遠水風帆小高峯夕照多阿誰先別去雙槳蕩金波

初到焦巖用壁間韻

投老惟耽静江天選一峯囂塵飛不到遠黛淡兼濃隱几心忘我扶身力借筇探幽多逸興仙境宛然逢

四十初度旅次有感

客裏逢初度江頭坐翠微朔風吹雁過野艇載寒歸底事頻愁思無緣早息機何須十年後此日已知非

思歸

不知何事獨遷延造父孤城客四年鄉信久疎鳴鴟後歸期難定落花前掩關盡日辜春興隱几隨人笑腹便待得一帆江口

渡風塵長謝太行巔

束　齊字潔生號薖園邑廪生例貢考授州同知著有燕臺草蜀遊草驛路塵言過園閒嘯諸刻又有　盛朝詩選前後集

上元前二日寄賀天山

迢遞尺素隔江天野樹閒雲竟渺然念爾湖濱饒著作憐余薊塞老風烟梅花自記燈前約月影何當別後圓爲報　上林春色早錦囊引領望郵傳

即日寄鄒子蕃

驚見梅開憶故人封書先寄一枝春長楊賦就空爲諷寶劍篇成自有神同病昔因憐我在孤懷今豈向人陳王孫近日多歸與其對湖濱把釣綸

賀　寶字函三號聽菴邑文生其體初唐芊芊清麗　湯谷賓曰聽菴秋閨月詩

秋閨月

金井梧桐葉落天新凉初薦月娟娟秋從月底聽偏好月到秋邊看倍妍花陰斜覆簾櫳側滿室凄清增嘆息何處邀秋滿月明何人玩月傷秋月秋色平分月漸盈嫩晴庭戶怯凉生尋常一片經秋月偏到閨中別樣情漫漫修夜催銀箭碧天一色光如練幽幽初生綺閣橫亭亭新到雕欄遍雕欄綺閣悄無人長伴孤幃月一輪陶得斷環圓半捲鋪將綉衣覺方勻良夜如何人未寢繡衾空疊炮共劍芭蕉缺處冷侵床鴉鵲頻呼凉逼枕虛亭小院聲寒鴉零露霏微慘徑斜幾度蟲吟哀屈戌數枝花影畫窗紗金閨蕭瑟人如玉對月臨軒旋妝束凉幔愁眠不解衣窄房怨坐休燃燭增除寂寞冥森森素魄憐幽人戶學漫敲玉局忘遲早閒畫金釵記淺深芳姿艷質憐孤弱珍重清光凭

畫閣瘦影分於屏上行淚珠引向燈前落重重凝院鎖銅鋪欲
踏西園侍女扶未滿如飛分破鏡乍彎如譜畫眉圖徙倚徘徊
遙漏承皎皎銀河愁耿耿玉淩波底步空明金簿山頭延素影
手掬盈盈水一泓廣寒宮裏指尖擎晶簾捲映渾無色鐵馬嘶
殘似有聲香銷縣几三更轉七寶玲瓏光灑灑故摘黃花綴晚
妝偶翻紅葉供評選秋聲秋色雨悠悠美人徐起彈箜篌細數
新愁愁轉結懶提舊恨恨還留新愁舊恨縈縈行迴身又取金
錢卜歛容低拜有誰知私語無人暗相祝暫見陰陰度短墻旋
看冉冉上迴廊桂依芳樹香纔轉雁聲長天字幾行一規半吐
微雲罅清蟬恍漏巡簷下撲來螢火影嬾微偏得明珠光不借
手攜團扇影朦朧明滅升沉近中庭寢長陪蟾到曉孤恩閒
送魄行空越羅衫薄肌生粟瑤琴錦瑟情相續泣露寒螿字是

瓊餅巢燕子棲疑玉玉宇瓊樓次第開鈎簾爲放月明來傳心只取憑青鳥散步何曾損綠苔涼風槭槭納窗隙兀坐無言情切切擣衣石畔恨關山織錦機邊怨刀尺西流河漢信沉沉水簟銀床夢未成謝却繡幃期再晤合歡羅帳帳無情月有陰晴與圓缺人有悲歡更離合芙蓉裝冷淚千行絡緯聲殘歌一闋月到深閨一樣明人到秋清百種情何年秋夜無明月淒煞閨中多少人

瘞鶴銘歌

江流之水清且漣華陽隱士青峯前山中寂寂留空禪招來一鶴相流連朝夕往復年復年秋深羽化誰爲憐揖予而言夢蘧然元裳縞衣歸九泉一坏之土安長眠好事勒石書其篇長歌當哭哀鳴紘鶴不歸來月一天孤雲閑在山之巔

己未立秋和冒辟疆作

不盡千秋感於今又一逢氣先傳蟋蟀信已到梧桐葉傷禾黍金飇助角弓何當長夜坐悲向月明中

過太行

廿年曾過晉七十太行山天際千峰折雲邊百磴灣徑危禽語少石亂馬蹄艱久矣吾衰甚如何更往還

次石門西郊晚步

散步西郊近石門他鄉仍向故人論高低禾黍難尋岸疏密山桑不露村暮色染成烟冥漠秋聲喚起月黃昏戒嚴前路休煩慮書篋詩囊穩夢魂

題林處士放鶴亭

山村樹老鎖雲根徙倚難尋處士門鶴不歸來成絕響梅於補

後亦消魂跡留台榭亭孤立香憶黄昏月一痕只有湖光曾照見名花野鳥不言恩

寒夜吟

垂帷恰值煖爐初庭樹槎枒影漸疎氷鮮魚喁依岸動日烘鳥翅傍簷梳屠沽結契腸空熱貧賤驕人習未除閉户不隨時好尚種花鋤草愛吾廬

背更經時不到門悠然任我住溪村流連泉石香山侍辜負鶯花蓮子園擁絮只聞寒雀喚收書常見暮鴉翻數奇祇自傷淪落吾舌雖存不敢言

三餘風景自蕭蕭煮茗焚香破寂寥屈子篇中衣薜荔王維畫裏雪芭蕉奇文與劍同埋篋佳醖和詩共納瓢題詠却忘寒到骨猛聽荒砌落氷條

新建溪頭一小亭週遭黃葉惜飄零殘林凍雨渾疑雪臨岸漁燈半是星雞鶴依人堪教舞荒雞司夜與談經聞歌如對琵琶訴淚盡江州不可聽

仲秋送錢汝梅王德言許若天南歸

未經策馬日同羣忽唱驪歌不忍聞每向天涯憐故我何堪客底送諸君曉霜西嶺千重出秋色江南一半分爲羨到家休暇蚤頻數樽酒憶河汾

滁州道上同于章雲賦

僕夫催我又何之絕巘危巒計日移避熱每愁林影盡看山偏喜馬行遲客程虛擲春三月旅況新添一卷詩未識醉翁亭在否與君共醉杖頭資

卷之二十終

曲阿詩綜卷之二十一

丹陽後學劉會恩時菴輯

國朝

賀　宏字叔度號同庵晚更號隱居邑文生　同菴浩瀚不及拓菴而冲和淡雅不減潁濱之於東坡

養病吳門答姜伯宜見寄之作

泿迹出門時陰雲壓柳絲燈花經雨淡新燕怯風欹山靜人踪絶天寒樹色遲慰余寥落意賴爾一題詩

早發錫山

曉起看山好城開霽色開晴川斂煙霧淡樹見樓臺抱甕引泉去移船載酒迴正思尋勝地舟子漫相催

大梁城宋曹門流寇決河水從此入

百丈河堤百尺高宋曹門外更週遭千秋鐘鼎埋荒土一代琮

蹟捲怒濤鵬舉軍功餘壁壘龍圖相業等蓬蒿（城外有忠武王故壘府治即包待制相府）經過偶訪沉淪事野老悽然淚滿袍

成皋道中（即今汜水縣去鴻溝六十爲中州入秦蜀第一門戶）

成皋天險據鴻溝漢策全於此地收鳥道千盤開雉堞苑裘百折入龍湫山多紅柿輸官税地有黃花動客愁龍種義師爰一戰虎牢遺廟竟千秋

焦山同顧雪坡俞犀月天山叔碧巢柯庭兩弟分韻

閒身仍復滯天涯潦倒生憎換物華五兩輕風來畫舫一庭寒月坐梅花隱囊斑几幽人供綠水紅橋處士家雅集良辰真欣賞莫將金谷漫重誇

春望

消愁無路强登樓極目雲山望裏稠爲有家書曾遠寄可不禁南

陌重凝眸

怨鶯新燕語呢喃把盞臨風已半酣珍重主人頻勸酒不教重唱望江南

吳守棣 字子霽號劍麓祖籍江西入贅餘村姜氏占丹陽籍爲邑文生著有天尺樓詩稿

金陵寓夜坐憶內子

惜别嫌多緒中宵旅思縈水流煙樹冷月照夢魂清筆墨他鄉事功名故國情挑燈相念久蟋蟀傍牀鳴

暮春有感

舉足歎途窮何時百慮空鳥穿新柳綠花傍夕陽紅病骨陰晴異愁腸醒醉同吾衰還自笑賴有睡情濃

燈下讀元暉詩有賦陸姬夢珠一律姬爲故相陽羨周公倚妾寵號專房今竟淪落風塵隨人買笑笑漫賦有感

傳聞有美在城隅車馬轔轔各問途花月此時彈别調樓臺當日結清娛幾多幽恨挑金縷曾否冰心對玉壺莫向東風追往事石家金谷已荒蕪

贈别胡伊人之湖東記室

片帆東去正清秋唱徹驪歌不肯留綵筆豈虚鸚鵡賦青山可典驌驦裘相思夜月依孤枕潦倒滄洲賦遠遊莫怪杜陵偏寂寞浣花千載著風流

送蔣山谷之豫

知君端不爲謀生何事辭家更遠行但借衛齊勤誦讀休因世路勉逢迎長風去棹吹鄉思落日平原照客情分手不須揮别淚好憑春色計歸程

龔　馥字丕蘭號泉菴布衣工書著有野航别集

落花

辭枝一片已愁予，况復繽紛雨不殊。貯地栖遲猶有蝶，翻波吞吐總隨魚。馬嵬土冷傷埋玉，金谷樓空惜墜珠。階上不堪和恨掃，餞伊聊誦梵王書。

假盆梅

海上仙山住玉眞，帳中遥見李夫人。事如可意何妨假，但見梅花即是春。

賀鏞 字商聞，號 邑增生

外父山庄被刼感賦

高踞西山慕昔賢，無端豪客夜相煎。猶疑信國繁華日，未揣淵明困阨年。茅屋數椽悲楚炬，詩書萬卷泣秦煙。從今身外靡長物，好向嚴灘理釣船。

賀　鈺字觀我

旅中野望

扶筇臨曠野極目眺高岑天限分南北雲浮變古今想傾桑落醉應遍菊花吟獨有羈棲客蕭蕭憶故林

賀之宜字受祿號似菴康熙己巳年郡貢生

結客少年塲

結客少年塲春風羅綺香銀鞍邀北海桂楫到横塘白髮故人少青樽舊事傷平原今别調養士亦無常

結客少年塲呼奴掃短廊竹林談笑語燈火戀壺漿劍氣空埋匣簫聲出隔牆十年終不字閉戶老窮鄉

遣悶

清曉南窗下茶蘼繞短牆鶯窺桑椹紫鵲啄枇杷黄山店爭茶

聞溪泉浸稻香華陽丹竈在頭白正茫茫
病退身逾嬾幽棲意頗長幾年思鄭社昨夜夢瀟湘塵鹿思前
浦鷓鴣啼夕陽竹枝歌未穩三疊付巴娘

蔡　彬字璟若號玉山芬之從弟康熙己巳年邑貢生

登府學日精山

古潤秋蕭爽泮池水露泉整衣三肅入嶺高勢崚峋山腳敞殿
宇松杉碧色新循途歷其巔盤結疑龍蹲四顧縱遠眺山禽去
來頻廛市列左右遠岫若比鄰雖匪東山高亦通造物真曠然
發長嘯蒼靄橫秋旻

登多景樓

欲盡風濤險來登多景樓綠圍瓜步樹青捲大沙洲艫舳輕鷗
逝金焦雙嶺浮西齋留狠石吳蜀已墟邱

焦山

巖巖一片石，獨障海門東。巧搆蓬瀛島，閒棲箕潁風。窗開環雪浪，壁削見天工。三詔焦高士，先來踞洞中。

蔡　溥 字溉含，號松坪。

焦山日觀巖曉起看日出

蓬萊島上訪仙踪，自與人間迥不同。但見煙霞迷宇宙，不知天地判鴻濛。瓊枝瑤草春常在，閬苑瀛洲路亦通。誰向滄溟竪天柱，孤高撐住日輪紅。

賀聖朝 字若思，號愚村，邑文生。

清明後一日遊練湖 時廢爲田，有感。

步履城西門，遥望開湖陂。行行且復止，憩足三摩提。山僧爲我言，水長正平堤。遊興更勃發，奔泉去若馳。湖水清且漣，一鏡生

交疇四山如屏列色與青天齊鏡中漾浮滬出沒欹嵬[illegible]小嶼
隱然露彷彿西湖湄惜無蘇長公植作桃柳蹊嗤哉桑宏羊慶
爲禾黍畦梗我漕艘渠災我才遺黎而田卒汚萊何日成敷畱
誰能叩九閽復此舊時規汪汪萬頃波對之心神怡

賀　拯字伊人號　邑廩生

宗玉叔見訪

淚秋風雨集山川結寒姿空齋正岑寂叩門來心知成然分榻
坐不暇設相思別後天一涯有懷應共之昔約載月遊蹉跎負
良時遂憶金谷酒爲我空芳卮余亦藏濁醪行與君相持抗論
追古人商確成新詞桂香恬北窗孤鴻依遠湄屈指計盤桓剪
燭尚可期佳會良易阻逝景誰能追天地有爾我日月多歡悲
夙發高秋涼願壓言掃東籬

飲酒用陶韻

庭前有松柏清芬和霜飛但使留面目歲寒亭足悲睠彼桃李花倏焉失憑依斯須鬪濃艷百年當奚歸樹立苦不早乃受氣化衰非余矯世心初懷未忍違

瘞鶴銘

翠微磅礴江流東神仙宅舍煙霞通樓臺設設多松風一鶴上下凌青空羽毛星散委脫同遺骨長在馮夷宮銘與書者垂無窮雷轟古石蒼苔封仙馭千年生氣雄傳得名賢哀辭工寶晉體勢如驚鴻屹然華表當滇濛巉巖怪石碑何豐魂兮閒遊碧落中何似斥鷃棲樊籠

雜感

減盡風流印璽傳布衣老大端乾坤參差曉雁隨雲腳明滅潦

莖倚草根人而但須看醉尉世情誰解飯王孫天涯知己勞魂夢郤杖長歌當晤言

姜文燦字我英號玉封康熙乙酉邑貢生著有易經正解詩經正解左傳彙解杜詩集註陶園詩集　玉封爲志禮之曾孫湛深經學善詩文四六才名籍甚終於不遇與吳蓀右賀天山輩友善纂修縣志以勤愼稱

田家雜興

牛羊下西山鳥雀投荒村閒行至東阡有客初停輭相看兩握手屈曲赴柴門本是素心侶坐對無寒暄呼兒啟新醞斗冽胡可言薊韭復斷壺聊以佐饔飧亨君田野味猶勝羅雞豚

西成已届期比戶無寧居霜鐮競樵穫捆載盈箱車丁男驗倉囷私心慶積儲誰知田家苦祗堪食其餘既欲輸官府兼之償里胥婦子具饘粥僉嗇仍其初但免追呼擾雙眉可暫舒云胡不爲樂反愁倉廩虛

呼兒起飯牛力作須乘晚江南火耕地野田競燒草薄暮履新
畬私心祝秔稻鄰翁携酒至藉地瓷傾倒自得野人趣非爲擇
壤抱談笑謂鄰翁優游足娛老復起相勸酬山頭月已皎
田家少營求衣食隨時足葵藿滿園圃桑榆繞墻屋地利無遺
棄不徒藉五穀物力供取資胡憂少積蓄嗟彼東鄰子時聞賣
黄犢須知生産計經營在田牧

客舍對月

溽暑不成寐淺井坐夷猶明月忽然至與我相綢繆手持鸕鷀
杯浩歌發吳謳歌罷風蕭蕭四顧生離憂戍鼓漸已闌月影還
逗遛借問清光圓亦照故鄉不

練湖曲

青簾白舫麗人出笑指湖邊移鳳屧杏紅衫捲袖騖鸞白練裙

拖花簇蝶泛泛碧水映青蛾風送櫻桃笑語和乍聽溪頭欸乃曲微聞柳外竹枝歌何來公子遙相傍游騎飛韁歷湖畔下馬聯朋藉草茵卻對蓮花空目亂容與微波船不速叵羅滿貯新桑落持杯談笑聽吹簫寶瑟垂調金絡索須臾座客玉顏酡酒能歌闌更賦詩紙壁烏絲騰霧霄手持銀管落珠璣白雲歸去暮山紫風颭颭兮水瀰瀰花間紅紛簇成行倏忽郊坰散霞綺阿誰歸棹殊逡巡戀山猶似別情人花潭竹嶼頻回首片片輕鷗下碧滑

題黃靜侯春郊連騎圖

玉雨銀雲春似沐香堤十里迎初旭夭桃花暖照人紅翻柳條長翻鴨綠韋曲看花俠少年輕裝小隊劇喧塡青絲斜控丁香馬腕指頻揮軟玉鞭燦燦華裙耀金碧垂垂短髮無冠幘聯翩

盡屬高陽徒同調還稱五陵客攜來百斛珍珠紅擬向旗亭醉
酒龍左挾㝠飛右繁弱弋鳧射雉才豪雄人生行樂亦無幾轉
眼韶華疾如駛五岳煙霞遲美人三山花月招遊子婆娑小室
亦胡爲搖膝撚鬚歌五噫春來莫辨花消息花謝寧知春別離
勸君早蠟東山屐月焉風潭趁遊跡南岡較射呼劉洪西院持
樽邀阮籍水紋齊影碧千莎領取湖山興莫辜不知南陌春如
海試看春郊遊騎圖

小武當山

天欲壓層波日出煙霧盪水稚喧轆轤津鼓迎官舫眼中山色
開生面搏象蹲獅起雷電繫舟上彜兕萃宮雨點射人疾如箭

上灘行

駕彼柏舟泛彼中河亂石齒齒挾以頹波十夫牽輓不得上篙

師發聲讁讁訶君媸謔訶坎壈實多非不折腰錯趾各努力風尖浪禿奈爾何嗟嗟風尖浪禿奈爾何

游雲林

散髮幽林裏憑教萬慮捐亭涵三面水柳護半窗煙照影雲垂翼彈聲鳥弄絃鷫鸘林換酒滿地有榆錢

金陵漫興

繁華傳六代今日但風煙人事只如此江山空渺然雞鳴共宗館歌散莫愁船欲訪嚴夫子桐廬何處邊

觀演鐵冠圖傳奇

宵旰求頗牧登壇失將才岩疆銅馬逼專閫肉家來血淚先皇詔民裝帝子哀乞師空入塞宮闕已成灰

發涵江驛

驟雨失余浦飛烟出魏塘山高雲在麓海闊鳥投荒得句從驢背思家到雁行涵江日中市風物自他鄉

白鮑亭

修途苦攀陟倚檻酒徐傾淺樹交鐙影東風落鳥聲野壇芳草合古塚斷碑横不識委遅路茲來第幾程

泊富陽上二樂亭謁嚴子陵像

第一春江閣嶙峋枕石頭客心正騷屑節杖爲離憂複嶂全包縣奔潮欲上樓雙臺百里隔復此謁羊裘

登北固山

興來策杖蒼山路雲木轇轕聽鳥喧絶壁當年曾立馬旗亭此日一開樽千帆雨色連瓜步萬里潮聲出海門盡日登臨何限意揚州燈火近黄昏

讀天寶遺事

休向宮中問上皇月明南內正淒涼蓬山好夢無消息碧海雙星空渺茫蜀道何人傳錦襪馬嵬衹自泣香囊侍兒剩有紅桃在一曲涼州淚幾行

送賀孟循之燕

平楚蒼茫欲別離送君揮手望江湄西風鐵甕城邊笛夜月滹沱馬上巵邊塞輿圖秋憭慄乾坤詩草墨淋漓遥知前輩能推轂好向人前說項斯

漫說饑驅不自由依然祖帳向幽州青山驛路詩人騎白雪關河客子裘按劍侯門應激烈談兵燕邸自風流何人日暮依閭盼回首江鄉萬斛愁

雜興

烽火高原百尺臺夕陽牛背笛聲哀空山殿閣飛狐鼠古墓麒麟足蘚苔嶺色平分瓜步雨城頭遥應白門雷何來候館鳴騶客不到聞雞關已開

府寨森嚴畫戟開角聲吹向女墻來虎頭信有封侯相國士寧虛拜將臺徹夜笙歌廻帳下盡情酥酪飲城隈西風野燒秋原上無數弓刀獵馬回

湖亭載酒

湖山無恙人偏老桃杏相招眼倍紅放鄉乾坤存故我主持風月讓群公酒酣欲舞龍泉劍歌罷還披羊角風爲喚樵青重洗盞天涯兄弟幾回同

吴門雜咏

伍相祠堂歲月荒胥江濤怒是錢唐中間都是孤臣淚地下還

應遜越王

送徐省齋遊楚

一卷離騷酒一樽煖風晴旭送王孫扁舟若過湘江去爲我携詩弔屈原

姜彥濱 字宏載號復齋志禮之孫康熙丙子副榜

舟至白下與天枝姪同歸

掛帆投白下千里快同舟過客留殘夢歸心送晚秋天空霜雁疾風急浪鷗浮坐起知何事江聲伴我愁

渡江

一帆橫渡逼秋波獨倚征篷嘯且歌槩楫風流今已邈青山依舊夕陽多

賀理昭 字孟循號著軒太學生　孟循生匝歲父向旌以諸生殉節死母史孺人矢節撫孤十歲從叔父天山受

經頴悟異常母泣曰兒父慘死但得勉讀父書使天下知其父有孤幸矣功名非所望也所著有偶露軒文集

出東門行

出東門何徘徊妻子牽衣知不可留但問何時回解一出東門勿往西四顧茫茫舉足而迷不見大道但見荆榛莽棘横山谿解二拔劍出門去我行將何之西山有薇南山有芝食薇餓死食芝能不饑我欲擕芝歸哺妻與兒解三熊羆顧我笑山鬼顧我啼汝欲哺妻子曷不從人求肉糜山中之食安能療饑不信但看我攫人而食我乃肥解四升高堂入洞房膈熊蹯封肥羊主人勸客千百觴滿堂盡醉樂未央我獨何爲氣不揚四座不樂因我一人問我何爲咄咄不可陳解五

賈公女 余讀史至晉嘆骨肉相殘古今未有始於賈后成於八王輙效李西涯體識之

賈公女五不可擲戟孕妾子隨墮賈公勳不可忘女雖妬忌庸

何傷楚王奉詔來毋遲太傅欲反汝討之雲龍未燒殿兵出東帛射書書帶血詔下廷尉誅高都稽顙稱冤空號呼金墉峨峨請汝入絕膳八日報汝德廟堂議處皆公卿升堂嘆者眞書生

出齊王

出齊王朕家事德濟遣婦生哭人曹志尚不明吾志先后遺言桃符性急衛瓘撫牀此座可惜太子戇騃人共知齊王安得留京師太常備物催上道疾篤強入頓首辭詔誅醫慰嗣子冏勿悲痛兵起蕭墻禍亂從茲始諸王戕賊何足喧布粟之謠先有人

冏入宮

督將中郎攜臂起趙王貪冒誠可使鼓鼕鼕冏入宮卿何爲來至於此起事者誰梁趙耳繫犬不當繫其尾程據斬孫慮收賈

謚族賈午四金墉城中聚骨肉太后胄子死相續端門坐遣尚
書送汝亦入金城居

白虎幡

承華門前矢簇簇相國身危勢窮蹙宮中持出白虎幡督護滑
移作心腹哀哉淮南邪得知下車受詔因殺之人謀已盡神語
至西宮早入毋遲遲瑯瑯小吏旣得志殺崇殺岳亦常事公主
尚作吾兒妻何況區區綠珠婢

黃橋戰

中書令衞將軍郡侯開府紛如蚊貂乎狗乎何足云尚有青紙
作詔文三王起兵毋驚皇仙人許我祚久長黃橋之戰誰能當
賞軍功各持節河北傳來惡消息一舸東浮計未成中書省內
看流血

上東門

三王將校森如戟識者知兵猶未戢冏也驕矜穎也昏李含計說河間顒上東門前戰三日幸冏出斬閶闔門吁嗟乎此何時張翰秋風動歸思顧榮酣醉不治事穎川處士更超然林慮山中聊避世

司馬亡

乂殺冏越殺乂河間謀李含計遣張方立太弟戰蕩陰皇后廢幸長安洛陽燬流蘇帳馬帷製宫中人戍兒妻餅何來果誰弑顒魂歸穎棺棄王浚來劉淵去東海死石勒至吁嗟乎王公排墻猶僥倖四十八王眞不幸青衣行酒官特進殿前一哭君臣殞司馬子孫至此盡

夏日雜咏

我本山林人夙愛山林好中歲迫饑寒依人何草草江湖陟艱險關塞愁縹緲馳驅二十年顏色成枯槁朝來攬青銅白髮頗了了遊子尚如斯高堂能不老菽水豈不樂饑來亦難保傷我昔人言家貧爲客早

我性不嗜酒嗜茶如王濛村居近陽羨亦與梁溪通汲泉時泛棹貯茗常盈籠客到每共啜詩成聊自供竭來東海畔斥鹵如霜濃山泉不可得井水虀鹽同苦澀難入口膨脝時在胞江南穀雨後峒岕新焙烘有客遠相寄殷勤封裹重見之一嘆息水遞今難逢誰移第二泉置之屋角東老龍忽醒睡當晝來虛空袖中灑一滴庭際江湖雄注水廣積器罌甕甑釜鍾盈滿在頃刻大哉造化功寧消眼見渴且足供無窮急煎珍珠液一試綠玉叢傾甌繞人手已覺心融融何須七椀後兩腋始生風

本無食肉相安敢希王侯但得田二頃不則橘千頭便可老鄉里庶免饑寒憂所願甚微細胡竟不易酬皇皇四海内僕僕因人遊一身已衰億八口仍啾啾作客不救饑不如歸舊邱窮通有定理奔走非良謀

主人吏海濱縣小無一事垂簾讀古書酌酒問奇字苦愛右軍書學習自童穉洛神與黄庭久已得其秘近嗜遺教經日必臨三四要使精神傳勿求姿致媚揮汗忘炎威專心肯造次便面白於綿晨窗磨墨試書成落吾名肅肅涼風至

山行

山行苦拘攣逸興每爲敗今晨馬上看竊喜度險隘攬轡恣盱衡稍稍舒眼界峯巒迭回互曲折萬千派顧視前後人歷歷亦如黛騎者與行者錯雜不一態穿雲時没腰上嶺或露髻仰面

忽成臥俯趨復似拜賤貴雖不侔風塵等行邁點綴饒奇觀山川太狙獪

韓信嶺

淮陰王齊楚茲嶺何由名下馬撫舊碑愾然發喟聲相傳未央宮收縛無人爭傳首至斯地鬚髮儼如生後人因哀之祠宇勞經營呼名惜其死亦以寓不平吁嗟侯之心可以質幽明讀史常沖冠附會多不情三郤蒯生計肯與陳豨盟呂氏擅威福禍孽於此萌酇侯尚不言況乃諸公卿猛士何煩思不殺卽見烹旣爲侯也哀復傷彭與英

過紀信祠

滎陽圍未解諸侯故未來楚兵四面集漢王身已危將軍忠且勇捐軀無依徊乘輿出東門三軍呼如雷從容蹈烈火楚業隨

亦欣置酒封功臣諸將消疑猜雍齒尚得侯獨此不見推徒合千載下立祠荒城隈我來一振衣石壁多蒼苔古樹隱寒泉秋風起暮哀

獲鹿縣除夕用少陵起句

今夕何夕歲云徂征人投宿荒城隅何以卒歲呼僕夫傾囊不必計有無且謀一醉沽屠蘇丈夫失意乃奔走咄嗟嘆息何爲乎南望故鄉不可到思親夜夜悲啼烏　帝城高隔七百里酒人不見誰爲徒不妨雜坐圍紅爐痛飲恨未能百壺我歌汝和爲歡娛酣醉鄉浩蕩鄰華胥相與枕藉忘憂虞雞聲喔喔殘星没棲烏出林東方白東方明兮車掃霜行人依舊官道旁

送貢玉琮下第南歸

去去情何限征衣柳色侵十年名士價兩度薊門心細雨催春

老飛花惜別淚欲知遊子意把酒一重斟
舊傳王粲宅即是望河樓目斷中原信心傷異國秋依人成汗
漫作賦寄窮愁今日誰劉表天涯亦逗留

夏日言懷

開隴方聯騎荆江又合圍清宵烽火雜夾道羽書飛迂潤還詩
卷艱難且蕨薇亂離知未已日暮欲何依
芳草碧天齊春風拂大堤舊巢添燕子老樹別黃鸝極塞人何
處淚閨夢轉迷近來詩卷在一半是無題

虎邱劍池

何處闔廬葬劍池空復存雙峯石勢削一道水源渾日色不到
地僧房常閉門偶然成小憩彷彿野人村

寄華陰王伯佐

雞黍三年約風塵慣遠行名山遊子恨獨鶴故人情細雨鶯花暗孤城客夢清何將華掌路相對說平生

茉莉

爾亦離鄉國輕隨估客來風塵香不減束縛命堪哀玉蕋先秋發珠胎傍夜開此間寒信早誰築避風臺

客睡何曾着用少陵起句五首

客睡何嘗着雙眸並耳清鼠窺孤客影雁送五更聲柝靜疑天曙窗虛認月明一生多錯料不但夢難成

客睡何曾着傳來惡耗頻不堪垂老淚連哭少年人凍餒驅予季從弟貧死風波送小臣及門黃秋水詿誤於京師更聞良友喪朱纘菴鵙咽爲誰陳

客睡何曾着家書昨夜來亦憐無計往還問幾時回衣食原難

事兒孫總棄材老妻空有淚懷抱爲誰開

客睡何曾着奇思雜沓投顛狂能作佛談笑可封侯忽想乘桴去旋驚跨鶴遊百端交集處驅遣恨無謀

客睡何曾着歸與况暮年縱無田負郭尚有岸牽船薇蕨家常味詩書宿昔緣但能常閉戶高枕自酣眠

春日感懷和位成叔二首

春城莫訝遊行懶獨客由來意興孤日暮長途憐病馬月明千里憶慈烏那堪老大充書記只合煙波共釣徒惆悵江南二三月柴門花柳未全無

隔年書斷二千里橫海風高十丈塵夢去亦憐蹤跡誤愁來誰遣鬢毛新認巢飛燕都嘗壘出水遊魚競藻鱗物理年年嘆如此驚心不覺是三春

過滕王閣

西山如畫復如屏坐對江城不斷青落日帆檣爭上下清秋煙色鬭娉婷一時聲價才人命千古樓臺帝子靈漫說東風解相送於今賦就卻誰聽

哭季父天山

傷心後事總紛然未必泉臺竟晏眠弱息可能支九廈雙雛容易保曩年輸將熱血逢人灑贏得高文衆日傳曾鮑論交應不少琴聲知斷阿誰邊

真江喜晤黃自光時將赴黔幕

風塵澒洞欲何之野立江干泣路岐捫舌豈無當世志鬭雞已負少年時憐君髮種心猶在笑我才疎跡更奇老大擲身戎馬地此中曲折[illegible]人知

西湖卽事

客到西湖値小春暖風時日最宜人爲呼小艇尋幽境閒看花驄逐要津不盡樓臺三竺遠無多煙柳六橋新杖藜莫訝成孤賞山水由來不厭貧

江都懷古

龍舟到處柳陰遮爲愛江都便作家十六院中時度曲三千殿脚日籠紗守宮不護留都脣巧匠還呈御女車今日蕪城春寂寂沒煙縹緲玉鉤斜

和狄廷五客夜見懷

直上城南百尺樓天涯情緒不勝愁數聲啼鳥月當戶一夜懷人霜滿頭歲暮那堪同作客途窮何事各悲秋與君相約偕歸棹小閣悲儂白鷺洲

和楊震百感懷三十韻

嗟呼予何忍讀楊子之詩哉慨自閹禍中及清流以致賊氛釀茲濁世養癰不治一潰而難收借手以援長驅而莫禦御榻坐黃巾於上仰視何人鼎湖痛白日之沉中原無主銅駝北望能無幻安當日之悲戲馬南來大有東甫諸人之恨痛惟先子本以書生心傷隕越望宫闕而消魂目擊流離對河山而發憤謂讀聖賢之書宜知忠孝誰無臣子之誼何論草茅破家結客當搶地呼天之際良朋既戮力而仝心汪中子先生灑血視師咸披肝瀝膽之忱壯士盡衝冠而投袂人睢陽而固守望靈武而中興乃彼蒼不佑孤城絕援鄰邦多解甲以降賊子且開門而應天方投起卜巷戰而不從志本爲韓結冠

縷而再鬬力盡被擒義不受辱言猶在耳還堅南八之心（大人遇害時曰中子必死果然）罵不絕聲竊效常山之舌嗚呼此乙酉夏六月事也昭時襁褓遽遭閔凶賴慈母之辛勤撫孤兒於患難音容未覩風木長號小人有母敢輕聶政之身負郭無田難擲班生之筆乃字不療饑貧無以養愧因人之不免求偕隱而未能十年懷刺長驅燕趙之間四海空懷近臥湖山之側方糊口而訓蒙忽班荆而遇友共傷往事各訴新愁更讀哀吟愈增憂思嗟呼雨家子弟同爲失路之人雙鬢支離總屬中年之客河清難俟日暮可憐況寄愁皁帽君無愧厥先人而乞食朱門我甚慚於斯世王偉元之廬墓人共欽焉邴根矩之讀書予眞愧矣用依來韻一述私哀嗟呼回首家門更

何心於筆墨側身天地且自憎其形容盡一日之狂言庶千秋之罪我字成三百當友朋贈處之情淚下十升值風雨漫天之際君其憐我愼勿示人

慟哭此何日人家落大鳥乾坤當末造今古牘荒途狼藉王孫玦淒涼太僕駒赤眉横帝闕紅袖滿通衢釀禍由餘子偷安候遠圖衣冠投絶域章布泣窮廬倉卒呼君父言詞謝抵牾三軍皆縞素一戰豈踟躕此際天難問斯誠敵所須雲昏鼓不起矢盡士俱殂嚼血噴諸貴傷心棄藐孤常懷完卵懼强爲老親娛仗劍曾遊洛傳經轉在吳䩄顏常作客失學敢稱儒模楷逢先輩威儀遠小巫已看人似玉更羨吐成珠落日過書院春風檢畫厨才名應自晦鞭弭爲誰驅舊膱還能記遺民果不誣苟無慟姓氏何必愧頭顱偃蹇如予極顛狂賴爾扶敢云憐短調或

者星交爭慘澹埋龍種蹉跎老鳳雛與君同患難何計慰妻孥貧固其常耳身將安往乎哀哀中夜泣咄咄仰天呼蹤跡藏鵰龍文章付醬壺論心惟熟視席地漫長呼莫以風雲阻因之志願幸相期最高處醽酒望重湖

偶成

愛我不以禮不如辱我賢所以淮陰侯不殺諸少年

明妃曲

焉支山失地無花薄命紅顏泣漢家新人呼韓坐氈帳離陶親手進琵琶

司馬相如

謾說高才遇亦奇蛾眉狗監兩相知上林賦與求凰曲犬子生平得意時

蕭望之

急發金吾似逐逋一杯趨和屬生徒黃泉若遇韓馮翊放散官錢事有無

蘇武

節旄落盡鬢如銀十九年中備苦辛那有閒情逐胡女皇天不肯絶忠臣

湯玉浮 字上月號立川邑增生寅之子博極羣書工於辭令會受吳朱二邑令聘兩次纂修邑志

荆軻

緣底衣冠着白衣荆卿此去已無回强秦生入期生刼易水悲歌抵死催大事欲成難意急同行非伴早心灰衝冠怒髮因何濟豎子那堪共事哉

訪隱者

桃花谷口盪輕舟柳色悠揚映小樓棋子拈時聲歷落琴聲奏處韻淹留壁懸一劍難於用篋有千篇孰與酬抱膝沉吟甘自老隆中豈肯說封侯

荆玉陛 字天階號若溪邑文生

邛州使院登迎暉閣

臨邛今日迎暉閣傳是當年華南樓黃葉秋連白鶴舞雪山晴見凍雲收肯憐常侍歸新舍莫向都亭感舊遊薄暮何人更吹笛不勝淒怨動鄉愁

潘浣 字靜中號 布衣

中秋月夜偶成

酒醒更深後陶然似醉翁貪看今夜月忍坐半簾風此際真塵外平生若夢中已知窮達理不復問天公

賀鴻誼字赤扶

和贈宣城沈方鄴世伯三首錄二

一曲湖堪鑑蓬棲只釣卬長貧偏過阮雄辨欲輸劉花隱羅浮夢秋高元亮樓旅囊輕一葉幌半酒家投

好古今誰在維揚且浪遊投珠心已怯懷璧淚空流我愧非狂客君何讓鄴侯敬亭追世講一一慰窮愁

送沈方鄴世伯之羅浮

青山片片向南斜江岸還飛送客霞遊屐暫離吴苑樹詩筒偶付越傖家漠人鹿認前溪路拂面蜂啣隔嶺花閒說梅開千嶂白一枝應早寄星槎

賀洪善字仁長號 太學生

天湖歌贈文水先生

曲阿詩綜 三

天湖家住天湖邊天湖之水淸且漣折腰五斗不足羨賦詩飲酒時欣然買得小舟如小屋春深棹破蔚藍天銅馬洲前野花發白鷗閒向花深眠東風吹雨過湖去緣泯山影如雲煙山水茫茫望無際中流鼓枻眞神仙惜哉子陵被物色姓氏乃爲千載傳先生不着羊裘釣世人何自知其賢

賀洪道字雅一號崋齋拓菴之仲子康熙己卯順天舉人與子秉源同榜工詩文品誼醇粹操行耿介居京師有當道艷其名亟欲招致門下卒不一往

自彰德至淇縣遇大風

騎行苦蹣跚車行苦掀簸何如覓籃輿抱膝得安坐孱軀素羸弱役夫力堪荷掉臂行歌呼前止後則和低昂靑林端時見一峯過撚鬚恣微吟遂了暇日課自謂此中樂差足比高臥何期盲風作瞬息塵堀堁沾汗變鬚髮滲漉雜涕唾輿蓋隨風翻盤

旋如轉磨直類車脫輻豈止馬卸馱役夫精力疲况復凍且餓
望望朝歌城十步九跌蹶予意絶憐之嘆息計無那同儕忽相
失覿面各致賀乃知行路難不獨風波大

題解東籬兩河畫册并題懷古十二詞後

我生好遊覽屐跡苦寂寞客歲來天中亟爲製芒屩高咏十九
篇游戲宛與洛昔人婚嫁畢累糧涉五嶽而我方壯齡差復徒
腰腳王屋車蓋張太室芙蓉削會須凌絶頂一往自騰踔何期
滯經年名山負前諾籃輿僅容膝閉置類閨閣素心空晤對無
言慰漠漠高臺隔登眺殘碑絶捫摸始知依人困如鳥被急縛
只有百門泉廛纔許一濯吟窩坐曲折土窟穿硌确又如過屠
肆詎饜老饕嚼東籬瀟灑姿幽懷愛巖壑爲寫百泉圖解衣恣
磅礴古廟依陂陀閒亭俯畧彴波跳蟹眼細山掠螺鬟薄皴染

非一態布置孚差錯因之發高興所見輙籌度勝具窮攀躋意
匠任鑱斵神印繪蒼巖仙都摩秀擢崩崖走匹練宿雲護淡慕
擲筆與飛翻巳似躡猿玃緬維中州地殘奕換幾着劉項并袁
曹後先互犄角怒或蠻觸爭喜或蛙黽躍雄雌付一擲山川儼
如昨信陵性倜儻留侯貌文弱符奪晉鄙軍鎚驚祖龍冕隆中
抱膝人三顧義忍卻功名匹伊呂志趣比管樂出師竟無成千
秋淚猶落唐宋鬱孤忠英英張與鄂隻手障江淮寸心繫河朔
陰風滿靈旗浩氣徹寥廓每當憑弔餘沉吟思綿邈席舍夜燃
燈棘院朝擊柝一二三好事者塡膺百感作書然磨刄須伸紙書
霍霍一編藏弆在懷抱別有托收歸君筆底縱橫大包絡廣武
山嵯峨瀰淼河流濁鄴城三臺荒官渡孤舟泊夷門煙霧迷慱
浪風沙撲草廬旁崇岡歷歷想耕鑿雨暗朱仙祠月冷睢陽郭

如披蜀守圖轉盼寒暄各梁園竹久盡艮嶽石全剥銅街薦荆榛金谷鳴鳥雀君從刼灰後重尋爽鳩樂黃浮雙闕瓦綠鎖千門鑰掌堦及臺榭一一新粉堊曲房支琴尊周廬列花藥想像非刻舟會心只約畧盛衰總浮漚賢愚等糟粕莊周齊物論寓意甚超卓子也將毋同一笑返渾噩圖成示同儕展玩不厭數雄洨董巨齊峭蒨荆關若時仿雲林迂閒作橫塘鶴當其入神處別自露標格移山計誠愚縮地術難學何如覽君畫摒擋止一握浪跡吾焉求賴此壯游橐因出懷古詞蠅頭寫端恪左圖而右吟晴窗細評櫂只愁山靈妬故遣風雨攫斯語或未然聊其發狂噱東皋諸圖自百泉始而吾輩兩河之役惟百泉遊屐稍舒故爲首詳之

吳江雙節婦詩姓許氏姊妹也夫同死兵守節五十餘年

戰馬去不還雲昏日西没野哭空茫茫何處收夫骨一解夫壻同

死緩兩髮心亦爾阿妹尚有姑姊義難獨死解二姑存獨侍姑姑
死長依姊共結歲寒心春風自桃李解三人言妾無兒守株力空
蹈一日身未亡猶堪奉血食解四人言食無儲何以禦倉卒不見
夷與齊西山採薇蕨解五荼蓼誠素心髡緇未敢許我有結髮人
泉臺永相處解六從一婦之義矯矯非立名忍將沙塲哀傳此棹
楔榮解七勇士輕喪元身後非所計倘念二女貞魂魄亦增厲解八

瀟湘八景圖歌

我家澤國多蒲菰井蛙跳躍誇江湖怪底波濤撼素壁故人示
我瀟湘圖一圖江天風雨暮九嶷雲壓巴陵樹一圖洞庭秋水
清氷壺萬頃涵空明一圖山市晴川遠楊柳微風酒旗展何人
岸幘愛看山坐對斜陽不知返蕭蕭蘆荻隱平沙宿雁低飛驚
復斜更看遠浦暮帆急前出雲樹相迴遮晒網江村夕陽好小

舟如葉圍紅蓼隔水招提幾尺山似有鍾聲出林杪最後一圖
圖北風千山積素迷西東江頭漁父獨好事推篷坐看雙飛鴻
山光水色四時變陰晴朝暮微茫辨吳頭楚尾一葦杭披圖空
作臨淵羨泛宅高風愧昔賢勝情早辦米家船況逢江漢澄清
日安穩蒲帆倚棹眠

題鄧文水夫子登岱圖

我聞五岳首岱宗取義不在高龍從東方萬物發生始廻斡造
化含冲融結成巨鎮鍾齊魯不露風骨長青葱向平志願邈難
遂吾師獨爲天下雄扁舟東去百無事靈奇日日縈心胸雙眸
一見霍如洗振衣直欲凌長風路入蒼崖屹萬丈何年開鑿驚
神功仙葩紛披炫金碧老樹夭矯蟠虬龍行行數日始陟頂呼
吸幾與天門通傲視諸山盡俯首爾何前倨後乃恭更登日觀

望渤海頽盤搖蕩鯨鯢宮遊跡所到約畧記畫手一一臨摹工歸來高懸草堂碧撫絃響入羣山空我聞茲山擅神秀仙人間啟時一逢秦皇雄心因雨坡漢武好事誇雲封吾師超然具仙骨將毋道遇餐芝童嗚呼神仙有無不足道七十二代荒畧同孔聖曾來小天下吾儕胡不尋遺踪披圖喟然發長嘆高山仰止將安從

贈同學陳子翼用吳天章韻

與君相識華陽道蕭寺春風藉芳草十年流浪踪跡疎夢落雙峯碧螺小無端客舍同聽雞梁園雨度花沾泥人生聚散杳難定奮髯一笑傾玻瓈軒蓋朱門朝暮改眼底紛紛燕營壘吾徒位置爭千秋碣石嵯峨瞰滄海

用前韻贈解東籬

客愁瑣碎不足道獨悔斯遊太草草安得携身嵩少峯九點烟
青望中小君云此語同醯雞急歸滌爾雙踝泥山厨飯罷步山
麓與爾指點門前萬頃之琉璃我聞子言意已改五岳低昂築
降壘相過只作柴桑遊中有淵明讀山海君始自號東籬

萬壽寺觀華嚴鐘永樂四年製姚少師廣孝董其事書經者沈學士度也

是何歌鐘高矣元周遭細字書華嚴精芒焜耀誰代作依稀識
是永樂年少師發願大地動學士運筆秋毫銛嗚呼華嚴八十
有一卷若論字數窮微纖書之已覺腕欲脫一一波磔工雕鐫
天生五材各有用鐘鏞定制垂宫懸胡爲萬石付鼓冶福田妄
覬揮金錢緇髡佐命古未有象教一新民具瞻宛覩平等且弟
辦亨以骨肉加爐錘問鼎謀成亦已矣同根入釜猶相煎忠臣
屠剔等炮烙玉石銷鑠崑岡炎職司鼎鉉爾有責胡乃口比金

人緘此鍾雖成甚無補徒增烈焰須彌燃卽論佛法亦微末功德詎此浮圖尖只今棄擲飽風雨土花斑駁蝸流涎一物興廢何足道空山日暝聞啼鴟

雙劍歌爲周蓉湖先生作

汝南先生才莫測蓬觀蘭臺聲藉藉筆掃千軍未足誇躍馬彎弧更稱絶酒酣說劍何淋漓風胡歐冶心相師公乎豈有不平事借此一吐胸中奇客遊會過延津道邂逅良工共探討惜哉時迫莫致之數載猶然掛懷抱建州太守交誼眞緘縢遠寄光晶熒由來神物各有主入手便作風雷鳴劍兮劍兮應自喜物忌太剛終必毁 聖神御宇烽煙清安用崢嶸天外倚爾其斂鍔藏精英結束翩翩侍君子凌雲映月名雙劍 雙騰光雲滿軒窗月照凡愼勿學干將莫邪埋獄底千年始得遇知己雌雄離合

無端倪遽化蛟龍沒潭水

蘇門山

蘇門遺窟在黄葉隔雲深不字髙彭澤無嘗愧竹林孤蹤狂士
眼危語故交心爲問廣陵散何如鸞鳳音

客隨州送家孟循叔歸里

楚天秋未半一雨忽蕭森易换他鄉節難憑失路心遊憐司馬
倦策贈繞朝深檢點征衣敝風塵恐不禁

丁丑春侍家君過吳門宗人禹成學年招遊玄墓梅萼未
舒漫興

有客爲予道花時坐石根凍雲埋竹樹香雪冷乾坤孤逈只留
塔蒼茫何處村翻嫌太岑寂夜色動心魂
墓田誰創始幾樹影横斜自此爭埋骨因之盡種花地隨香作

界門傍石爲家董相墳尤盛微茫到水涯

安樂窩

桃李雖零落猶存半畝宮風霆萬夫上寒暑一編中擊壤非無托屠龍亦自雄空將經世意搔首問鴻濛

息園偶興

涼雨幾番過秋聲一夜生不知霜葉落已共石牀平月暗垂蘿密天長去雁明新炊鄰叟餉容易飽香秔

公敏外兄北遊贈别

握手一相送黯然無語時未須悲遠别先與定歸期霜白聞雞早山昏去馬遲壯遊應努力無那隔庭幃

過天山從祖淡栁堂賦贈肇叔

問訊先生栁春來發幾枝雨餘飛絮重地僻得鶯遲壼樹芳菲

滿圖書位置宜何當邀二仲載酒過東籬

昔論文會相過問字亭看君眉自白似我眼誰青朋舊都零落生涯任醉醒百城高擁處檢點讀書螢

立春

卜築清溪只數弓悔將岐路問西東蹉跎敢擬龍吟客矍鑠先輸鶴髮翁展卷直窺千載上閉門如在萬山中春來管領幽人趣未許浮名屬乃公

舟行即事

鄉情依然斗室清筆牀書卷任縱橫雲開列岫當窗見岸轉千帆入樹行碌碌自慚牛馬走依依深負鷺鷗盟何時得遂浮家願笠澤鄉心一夜生

歲暮感懷

樗櫟真成爨下薪寸心終欲慰長親敢云遇合皆由命郤訝文章別有神菽水縱慚牲鼎養斑斕未厭布衣貧如何一爲饑驅出竟作天涯鞅掌人

初心自擬玉壺冰乞巧於今諱未能吟對夜窗蟾照屋夢迴寒驀鼠窺燈鹽車負挽誰憐驥離落逍遙欲笑鵬嘲慣宮商不齒冷此中豈合置紅綾

賀秉源字叟朱號省齋洪道之子康熙己卯順天舉人官靖江教諭

漁家行

垂楊垂柳清溪曲漁家村舍遥相逐放船都向陽溪來東風蕩漾平如屋藕花出水盧笋肥波光欲染人衣綠大兒初學弄輕橈小兒指點看鷗浴宿雨新晴生晚烟棹歌聲遠大流泉青帘半捲斜陽外網得鱸魚當酒錢

陳　正字陶庵號陶園著琴韻山堂草

讀李陵傳

胡風四起黃沙飛胡笳黯慘邊聲微慷慨提兵赴絕域誓繫單于頸乃歸單于十萬氣驕壯步卒孤征仡相向摧鋒陷銳一當千酋騎碎易盡渭夜一當千兮兵矢窮隻身萬里懸孤忠氣怫與鈞和淚捲幾回刎頸如決癰收淚蒙羞豈苟活男兒肯受力筆嶬到死空銜入地思汗青照取丹心熱玉關回首路迢迢邑挂羯鼓碧雲霄夢魂飛入沙場裏猶帶鐃歌入漢朝

曲阿詩綜卷之二十二

丹陽後學劉會恩時若輯

國朝

姜朝勲 字廣成號克菴康熙丙子舉人庚辰進士授甘泉令入爲吏部文選司主事雲南大主考著有使滇草

過湯陰謁岳忠武祠

宋室當南遷河北無尺土湯陰河北地到今有殿廡廷臣堅和議苟安隳用武全家已摧殘跡絶黃龍府齎恨爲中原鬱邑扁何補公論自在人誅奸嚴鑕斧俎豆長馨香子孫奉圭組汾陽食報厚廟祀亦故宇茲崇忠武祠湯沐煇前古唐宋等恢復成敗可足數我來瞻廟貌堵前肅拜舞憑弔泣忠魂松楸含宿雨

鐵索橋

黔地行行山路竭兩峯懸塹中斷缺下有急流千尺深欲作杠

梁人技絕何人設想凌虛空鎔錘鐵鍊憑人工結根最高藏石底排成一片飛長虹猶懼迢遞難聯綴隔岸高樓相對列樓身駕索施綱維兩下橫肩並提挈爰亙坦道東西行馬蹄響處聲錚錚我來過此渾忘險往復審視纔心驚更聞鐵橋在南詔較此溪山尤險要　御書瀘定鎮遐荒總有天助通神妙　聖代絕域收提封孰計梯航千萬重讀書早具四方志宜有奇境抒行蹤

關索嶺

到此重重踰峻嶺此嶺嶔嶔行路警千廻百折纔山腰仰望峯巔齊日影忽聞泉出聲潺潺直傾寺壁仍廻環有亭翼然堪憩息征夫喘定須臾間寺僧揖客延入坐指點泉源傍佛座循流修竹幾千竿令我對之煩悶破不苦嶺路多嶙峋反喜嶺畔離

嚣塵逾時歷上最高處更悅清泉善趁人蜀漢山河何所託設險至今屬關索萬古長留漢將名征蠻事業存巖壑嶺頭代易戍樓軍嶺石不易天成鑰過嶺回思傳嶺入飲泉之處雲漠漠

清溪洞

從黔入滇盡山路山以洞傳成異趣平彝有洞名清溪路口森森遮綠樹停車步入探幽奇洞門高敞石離離有石尺寸皆靈異水波四起天峯垂他處洞外圍僧房此洞兩掖虛巖廊羣僧就中安寢食經臺禪座齊包藏洞中有洞殊紆回洞中復上登平臺置身儼在白雲裏天光返任空中來攜燈引入深深行石鐘石鼓從天成扣之響徹分金革莫辨戛石宣洪聲從此屈曲數十里各有奇處堪徙倚我身豈得多遷延心亦悄然急旋趾一入一出移西東高下穴路俱斜通疑是蜃樓境虛幻卻於實

處施靈空造化生物何至此大塊文章孰可擬諸洞勝跡自天開我於清溪嘆觀止

途中即事

雞鳴促駕月朦朧高捲車帷四望通村斷霧連山欲雨澗深泉咽樹交風秧針刺水田田緑榴火迎曛處處紅莫問周原徒況瘁馳驅日歷畫圖中

飛雲崖

遥瞻梵宇到山隈步入幽崖心自開絶壁垂簷横覆雨飛泉掛幀響奔雷參差樹色凉風聚高下庭堦曲水迴結撰空靈歸佛力直窮思議擬飛來

眭　進字允升布衣慱學苦吟至老不輟賀拓庵序其詩有人益古命益窮業益寡詩益工之語當時號爲四益先生著有沒園詩草

雜興

悠然對叢竹涼風滿空谷煙雲與之深清光去而復山花失記名枝懸寒露馥倚石聽松濤吟詩贈鶴鹿野心惟寥寥齋心常肅肅

清風洗月白蟬聲寂山澤鴻雁帶雲飛霜威肅其翮獨坐寒露宵放懷環堵宅酒酣天地空視聽由精魄大極雖朦朧至理不可易

宮詞

長樂宮中樂未休絲聲簫管出重樓紅顔自信無緣近且撥箜篌勸月留

張恪 字公遜號學齋布衣 公遜與睦允升郭樹聲姜子恂虞原博皆博學工詩當時號爲五博士

題壁

蘭竹叢徵徑柴扉對澗前攜鋤删藥倦枕石看雲遷琴作松風
操香分栢子烟讀書不解字惟識古人賢

春夜宿虎卯僧舍

虎阜宵遊坐石前春餘蕪緑夜留烟梅花遶岫香浮室茶樹環
溪味入泉客舫半隨明月轉山鐘獨向白雲傳巖生靜響將琴
答猶得松風出指絃

丁　尹 字伊再號月山邑文生文辭雄傑與兄又孟齊名有聯壁堂稿合刻月山又著有梅隅集所選有程曇淳文霞堂試牘

晚過焦山

江寺游舟晚顛同拜浪魚星高潮躍月峯削竹撐盧穀種籬羅
隙漁歌鐘磬餘山行添逸興塵冒十年除

多景樓

北固秋深眺碧天海門雙峙列樓前江澄是處晴浮練林靜遙空翠合煙隴稻黃雲圍草舍洲蘆白雪映漁船躋攀欲去仍留戀無限詩材待我聯

楊錫華字覯文號愚果邑庠生　愚果嘗與吳蓀右丁九峙共選賜書堂深柳堂等集又專選文載水鏡等集一時緘貴山右丁太史駿公遂寧張相國運青爭以重幣延爲上客邑中如賀天山葛東之荊肇麓賀伊人東潔生皆極爲傾倒時人又有丁楊徐湯之目丁即九峙徐乃劍章文煥湯乃終吉復亨也所著有歙遊草豫遊草質世草且寧堂草拙存草

登金山

尋幽來古刹一棹破江烟寺外全無地山中別有天梵音檐際落塔影杖頭懸丈室逢僧話中泠手自煎

天塹分南北中流水障東僧窗懸絕壁佛刹嵌層空花落諸天雨帆飛兩岸風　翠華臨幸處妙有五雲封

岸濶天疑近江空地若浮徑從巖戶入帆列寺門收嵐氣生山足香烟出樹頭危亭凌絕頂難挽白雲留山頂有留雲亭

吕城懷古五首錄二

京峴由來王氣消謾誇形勝話前朝東通百粤舟車會南控三吳襟帶遙驛路乍添新戍壘運河還藉舊城壕女牆遺址今何在祇有寒波鎖寂寥

落日空懸故國愁曲阿風景望中收奔牛舊識城邊路飛燕新來水上樓石獸舞時甘露降黃龍現處亂雲浮四郊極目皆陳迹莫管興亡說仲謀

答門下姜子廣成并寄感舊

久宦西秦嘆積薪一樽訪舊倚情眞豈知讀禮仍爲客且喜論交又結鄰病後加餐差覺健老來耽飲益添貧故人屈指無多

在咫尺還如參與辰

初夏漫興時客歙縣

村宇聲聲攪客眠一窗新綠曉凝烟林收宿雨梅黃候衣剩餘寒麥秀天遣興敢云詩是史澆愁還用酒爲年棲遲頓覺浮生幔擬向湯泉濯俗緣湯泉在硃砂峯下可愈疥瘡

枝頭嬌鳥唤提壺客思悠然興不孤花下品茶烹雪竇尊前分韻賦天都雪竇泉在祥符寺天都峯爲黃山三十六峯之一南歸千里無鴻雁北望諸峯入畫圖若得捫蘿探勝蹟阮生何事泣窮途

金山遠眺

妙高臺迥出層霄殿閣緣空倚泬漻烟裏曉鐘京口寺雨中春樹廣陵橋浪搖塔影連雲動風送潮聲到海消京峴至今留王氣莫將興廢論前朝

泊桐江

風雨桐江正落潮舟師日暮不停篙水從歙浦源源下灘過嚴陵漸漸高

蔡　芬字稽若號醒菴德齊之子順治庚子副榜房師是王阮亭先生後稽若遂從遊爲學詩弟子康熙丁卯邑貢生

晚眺

日落晚蒼茫嶺樹隨霞滅遠觀但一氣山雲了難別俄聞叱叱聲牛羊歷阡陌迤邐到柴門月光白如雪

寄慨

干將補蹻履却遜毛錐子驊騮試竈閭難與蹇驢比壯士不逢年拂亂多如此抱璞艮足珍炫玉眞堪耻用拙存吾道斯言味殊旨

夜泊呂城

石尤風作惡舟泊呂蒙城市岸鄉音雜河橋月色橫空素裊思貫酒隔舫正調箏咫尺家園在依然滯客程

秦良玉

隊隊貔貅擁若雲彫弓羽箭壓花鬟芳姿自是天仙種神力應超將士羣素恨男兒多愛死誓將女子獨除氛衝鋒酷類楊無敵娘子軍勝百萬軍

莫愁湖觀荷

冉冉香魂有也無而今猶號莫愁湖清姿想像臨青柳紅粉依稀傍綠蒲蓮葉淨借幽月洗荷蕖嬌倩晚風扶踏歌堤上情難拾一幅天然好畫圖

聞琵琶

琵琶聲裏寄離思無限情懷若箇知解道淒涼難聽處方知幽閨斷腸時

吳　荃字蓀右號江蘺康熙辛酉舉人庚子進士官新建知縣有惠政戊子分房苦心校讎成疾卒後士民設位禱祭七日建專祠祀之所著有四書正講易經正講書經正講詩經正講行世深柳堂詩文集大題文稿小題文稿

棄婦詞

憶昔于歸時桃李花盈樹黃鳥下上音和鳴排其羽琴瑟靜且好合歡窮日暮春秋幾變易顏色倏成故夫壻情意移棄我如朝露新人嚬笑妍蓬髮反遭妬巧言舌如簧往愬逢彼怒花謝還復榮人棄那復顧羨彼雙飛鳥淚滴來時路

題丁予柯亭課耕圖

丁君吾友眞人英貫穿經史殊從橫主盟風雅數十載樹幟騷壇負盛名憶昔闈題共角藝排山倒海君不啻須臾落紙恐珠

璣令余瞠目驚神異羨君稽古過桓榮作賦何人薦長卿騏驥鹽車困伏櫪青萍劍匣常悲鳴數奇自笑浮名假寄情抱犢山莊下諸郎才調比封胡詩禮餘閒課耕稼覽君寫照忽慨然願向南陽學種田飯牛叩角企前哲帶經負鋤相後先君本烏衣舊門閥郤鄙輕肥辨菽麥騰蛟起鳳自儕閭課耕圖罷圖[illegible]

咏風鳶

欲奮垂天翼何緣被物牽藏身陰雨後舒翮午風前腐鼠驚鴟嚇纖禽避鶻拳羽毛雖假得空質總堪憐

舟過宿遷

已到江南路尤深故里思風狂柔櫓緩雨重片帆遲綠柳黄河岸青帘白板橋扇舟經下相歸夢遶天涯

毘陵與鄉友陸子君遠酌别

與爾三年別，相逢喜見招。牽衣話鄉國，沽酒渡河橋。作客嗟岐路，征帆趁早潮。匆匆晉陵道，分手在崇朝。

渡錢塘江

布帆風正好，安穩過錢塘。兩岸涵空碧，中流接混茫。山連三竺遠，潮挾九漳長。近涘牛車渡，籃輿載客囊。

天津衛舟次

逝水日東下，萍踪此地留。鳴蜩響深樹，乳燕掠浮漚。有客舟維岸，誰家笛倚樓。鄉音隨處異，歸思正悠悠。

初夏郭子鷺洲葛子升中賀子思庭爲湖上之遊暮飲鷺洲齋中

攜手城西角，凝眸卽練塘。烟波何浩淼，風渚正蒼涼。耕草神非倦，眠花夢亦香。翻飛雙紫燕，錯莫共徜徉。

戀賞情卯結徘徊到夕陽草青明鷺白柳絲隱鸝黄舟訂秋同泥人非天一方山間明月在忍弗泝流光

猶恐嗟離索還來聚一堂論文吾獨愧耆酒客俱狂賭勝憑棋局追歡藉羽觴頹然中座醉只此是羲皇

次裴舍弟自都門回里喜晤於吳閶梁司馬署中旋復送歸言别

京國風塵閲歷多三年留滯嘆蹉跎燕臺北望頻相憶馬首東瞻喜見過官閣談心逢雁序鄉關繫念聽驪歌黄山白嶽停車日拭目音書到曲阿

濟寧道中

濟東東下百泉通柔櫓乘潮萬馬同隄畔柳揺晴水碧湖邊峯帶夕陽紅輕帆隔樹飛烟外野屋依山入畫中一路憑欄恣遠

眺爰蒸忘卻不因風

見螳螂捕蟬偶成

偏自尋聲至鵙張綠樹傍彈琴如對爾驚卻蔡中郎

韓非

浪學刑名作說難說行身死卻無端干秦首欲傾宗國有愧留侯只爲韓

武帝

天馬芝房赤雁歌新翻樂府比猗那若論帝作堪垂遠不及輪臺一詔多

吉耀奎字次婁號　康熙丁丑邑貢生

弔岳武穆

滿腔忠義塞胸中名將端推少保公膽壯摧金如拉朽神威破

敵似摩空歸還二帝心難了恢復中原志乃終渴飲饑餐何等願精誠畢注滿江紅

銀瓶小姐 岳武穆女聞父死即抱銀瓶投井而死

岳公攜子笑歸天一女遺留更卓然阿父已成千古志女兒何忍一時延銀瓶抱死魂彌烈石井流香義獨全一片精靈渾不散到今人競拜嬋娟

丁　煃 字子謙號苾園康熙癸未副貢生任黟縣教諭所著有覆瓿集問窗吟

半月

皓月本無虧晦明常不一上弦光漸多宛似中分璧擬爲太極圖視左則既缺欲作明鏡看有右一無匹十五夜團圞算來只半月三旬郤正滿滅沒爲死魄越朔復生輝循環自消息悟出含半理千古靡終極

呂城懷古

都督軍符付阿蒙，建牙吹角此城中。千年雉堞銷沉盡，二月鶯花今古同。大帝雄才終漢上，鼂公遺廟遍江東。春風催棹頻回首，誰說荆州第一功。

蔡　耆　字崙若，號壽山，芬之弟。康熙癸未邑貢生。

題北齊傳後

風流好齊王，續命尚黄表赤縣。珠生葉青樓鶬聚，梁開奩雙合鳳舞。袖獨垂楊獵罷，還須獵周師入晉陽。

題魏武傳後

炎運將移漢紐危，老瞞如蜮亦如癡。諸郎齊向西陵望，繐帳誰聞横槊詩。

毛　樸　字民直，號不雕。康熙甲申郡貢生。著有《經國集》、《制義》。

望李家山懷楊爾成先生

吾黨先生在高風萬古傳一身輕似葉百慮淡於泉雲樹思今日鶯花感昔年峯嵐時眺望目斷李山巔

徐文煥字永績號劍章邑庠生

毘陵舟次

到家餘百里匝月未離船舟楫勞人夢江湖客裏天空囊存匣劍活火待山泉貫得蘭陵酒生涯只醉眠

贈楊翰如

宏景山頭起白雲鳥啼花外靜中聞幽人讀罷離騷賦猶把深杯對夕曛

吳瑞麟字南暘謚之子邑文生循例爲太學生性好書傳臚傳而能該工詩文著有蘊眞堂文稿致樂堂詩稿

立春前一日郊行

曲阿詩綜

東風吹暖到簷牙散策芳郊水一涯老衲不知新歲月野樵惟戀舊烟霞山光溪淺明殘雪鳥跡參差印淺沙聞得春來來日始好將消息問梅花

成帝

政歸元舅五侯雄灾變紛紛霧滿空抗疏有人終不省釀成新室漢周公

吳王皓

鐵鎖横江亦寡謀難憑天險壯神州北軍飛渡風帆利王濬樓船到石頭

賀印楞字天會號榜姓蔡康熙辛卯順天舉人知武昌縣

登金山

一簇樓臺擁翠屏滿江雪浪破滄溟颶風斷渡還爭渡可有人

夜聽塔鈴六朝時佛圖澄名僧也能聽鈴知吉凶一日無風鈴自鳴澄云塔上一鈴獨自語明日顛風當斷渡
浮玉岧嶤跨巨鰲滄江浩淼吼驚濤時淸不識風波險穩坐中
流望妙高
千峯遥接楚吳間一水中分南北天貪看江山忘日暮海門潮
起月初圓
孤峯無帶若雲浮勝槩登臨欲盡收到岸回看山色暝塔燈點
點落中流

姜朝俊字民章號　康熙辛卯舉人乙未進士授新寧縣以卓薦擢建寧府知府裁冗糧平寃抑建寧民建碑立祠祀之陞延建邵道

石門洞瀑布
霹靂聲尋在此間一篙撐入兩重山也知是水偏多幻雖號爲
門卻不關李太白題詩調古米元章寫墨痕斑未曾謝客堂成

日早有仙人練大還

荆德珩字南華號徐江康熙丁酉舉人著有徐江集集陶詩南華試卷南華制義

秋水篇

秋水涵晴空百頃平於掌我行度溪橋對之神颯爽木葉已漸脫澄碧有餘朗雲影止波心魚遊自下上爰悟靜者思於動契眞嘗飄忽金風生激石集遙響寶劍欲爲龍騰躍在沆瀣古鏡出重淵光怪走魍魎惟玆清且漣寂若藏萬象使余志洗滌夢亦棄塵壤雙眸倍增明時作千古想

送同學二兄北赴鉅鹿

秋色正如此忽聞將遠適別時把杯酒廻指相對夕玉井汲寒漿月依墻一尺高談邈今古昔爲形所役其時雖不遠思之已疇昔昨宵涼風起溪前楓半赤社燕辭空巢寒蛩鳴入室丈夫

志四海天涯若衽席別亦尋常耳何用長嘖嘖憶共桐川遊山色淺城碧維予正童心奔走先謝屐鹿邑行何如在古鬱奇蹟舟行幾日到水落沙邊石吾讀史公紀楚兵一當百重瞳叱咤聲天地若崩坼今來靖烽烟菊香遙送客遊記小江南目寓廣阿澤南北同明月何患暮雲隔

踏月同友人

地濶月千畝龍吟出古柏蕭瑟當平原波光一片白如臨馮夷宮琉璃嵌虛室徙倚觀長空烟樹忽生碧微徑明秋毫衰草長過尺我友踰巉巖我行叢刺逼忽然作遠思遊雲豈頑石碧莊振衣還萬感冰同釋

登焦山頂觀日出

我聞岱頂瞻滄海輪湧赤暈瀾飛毬胸藏此境不常得夢逐徽

君懷故卬古來高人愛靜夜氷雪寒江明月洲潮聲澎湃鐘聲
咽亘古雙鶴同悠悠凝眸頓忘天地濶危坐不識乾坤浮不嫌
當此太閒寂臨流高枕覩閒鷗我意山中有至寶珠胎蜃閣當
齊收疎星逾時互明滅昏黑淩虛到上頭咄哉奇觀洞心目轟
和驅策無時休銀河乍沒珠斗隱胭脂一抹彤雲穠琉璃瑩影
澄空碧氷濤鳴沸驚陽侯汗血交流走天馬車輪推旋逸火牛
頃刻滄溟煮金釜上下爭明萬炬留饞蛟吐涎莫逼視鯨鯢潛
伏何所求獨有靈烏展遠翅空濛大海成虛舟此時浩蕩問誰
白欲起徵君從之謀江水東歸去不息扶桑枝影橫長流回看
獅象繫猙獰丸泥井石同浮漚當陽有照 聖人時時旭方升
未艾秋蘿衣莫掛空山樹好及朝輝賦壯遊

練湖晚泊

刺船未得隨經鷗上湖已阻下湖流伊昔湖光千頃碧一丸明
月蘆花秋長山飛泒八十四高源奔向雲城投四顧蒼茫天水
接依稀雷漢浴斗牛經冬漕舟千里集運河如綫泥沙浮何以
濟之達大江有湖引湖通咽喉我聞神仙拔宅去雲霞掩映空
中樓滙爲大澤亘有以天然蓄洩因異洲豈獨菱芡資民利實
佐輸將代國謀或云滄桑無定轍膏腴頃刻成耕疇紅稻花香
綠蘋冷盈盈十斛豪家收田烏啄粟肥月衆浴鳧飛鷺饑不遊
雖有汪洋餘半壁濟漕不及徒悠悠惡風白浪兩相激甚或決
突貽人憂江南財賦甲天下溪橋水涸滋淹留乃驅窮簷事畚
插泥首塗足氷霜稠年年臘底鞭笞督浪擲金錢塡巨溝我行
欲濟誰爲楫坐臥小艇垂魚鉤烟波縹緲接風雪漫學嚴子披
羊裘安得牙檣徹夜渡高燈千點懸星毬古人版築豈無謂啟

閉以時深持籌上者爲堤下者閘追尋往迹猶堪求或堅如壘
隱金鐵或整加工費雕鎪澎湃如或趨急鼓悠揚如或戛輕球
止或如鏡拭塵翳注或如坂奔騂騮放湖一寸河一尺或呼卽
應如相酬有時防固或加容涓滴不惜如相讐規畫種種救時
切可惜石渠傾未修偷以河工補堰費較省頻歲科征不不循
前智營纖悉何異鵬從笑鵰鳩時夜將半寂寥甚瀠洄悵望空
凝眸數數羣雁叫寒渚隱隱疎星横釣舟劈空漏静息垂餌把
舷怒嘯驚潛虬烟林模糊同一抹屈指今古蹟難侔永勒三犀
來兩鵠挾書欲獻會何由君不見南旺湖當分水廟人移天巧
安陽侯黄河之水星宿下約束南行幾百周以兹擁遏爲利涉
萬國享王符金甌況復湖漕有成議忍令棄置隨浮漚開家仙
踪杳莫識綵雲飛夢大江頭何日揚帆趁湖去衢歌願附登

皇州

登北固山

廻嶺斗絶烟雲裏練飛鏡平澈伊邇漁艇亂芥浮坳堂蘆洲織毫落畫紙天臨鐵柱隻手擎地湧石帆三面峙卉香夾徑交芳妍花蔓懸崖散青紫風生兩腋夢亦清露墜連珠潤且旨伊余前身飲金莖彷彿仙掌今遊是潭空秋靜揚氷輪疑照遥澗奔騎駛謝公軍儲懷當年梁帝闌楯付逝水何似閒鷗宿沙湍不知鶴淚警戎壘潮聲鐘聲同寂喧南船北船互行止修篁百尺干霄生盛暑三時虐威徙山中池清鳳欲儀山底雷動龍思起等閒都借濁醪澆放眼乾坤泡影耳

反劍俠行

龍津化龍龍昌以似掩霜鋒勿逞已從來巾幗嗤鬚眉入韓不

返入秦死姍姍環珮夌空行製取鈿合飛狐精還聽鹿壓匣中宵鳴祇添壯士鳴不平

書舍諸葛花行

南陽先生事躬耕我今被硯聊營生蠅鳴鳩笑耳畔熟十萬閒殺胸中兵酒酣忽睨庭前石參差列陣何縱橫東是有詔起丞相草廬重訂花神盟青藍不染紅紫色管樂下視蕭曹輕昔曾蔓延飽士馬今亦采擷貢煎烹先生大笑等閒事抱膝仍賦隆中行臥龍高臥一顧少春風看花空滿城

七夕

牛女雖長別千秋念已多可知期不改休問夜如何玉輦隨風送銀橋駕鵲過姮娥聞漏起清影渡江波

哭姜子日成

廻首十年事相依一夢中汝眞何處去我欲問蒼穹弱鳳初舒羽疎花未半紅臨風揮淚滴難說萬緣空

張貞女詩四首錄二

嚴親曾識面終古訂同居水逝樓臺隱霜寒木葉疎琴存空有操雁斷不成書大義留身在依依膝下初

石破天誰補深閨隻手扶登堂未云婦視膳獨依姑一聘言逾鼎三生淚化珠至今稱好女不得屬羅敷

冬懷

黃落空林柳葉多蕭齋獨坐看雲過愁中風雨消蜂蝶夢裏溪山賦薜蘿塞遠班生猶握管家貧齊客漫停歌五湖何必功成日一葉扁舟駕綠波

秋雨時寓維揚

江雲漠漠逼愁生日對殘編繞榻行短笛無心開暝色亂蛩如語助檐聲榆拖舊綠隨烟暗蓼吐微紅向水明爲愛求賢尋漢詔董公正復相江城

游平山堂

亂竹虬松翠影紛江天一望正氤氳堂存好訂人三過寺古長留月二分遠岫有無凌絕閣飛鴻隱現入層雲盧陵遺跡龍蛇動彷彿驚濤夜半聞

歲暮即事

石徑霜明接月光蕭齋預擬束與裝琴隨流水舒新韻黛寄牆峯寫曉妝舌在不應惟婦信書成詎足借山藏鬢眉漸晒今殊昔兒女牽衣學勸觴

登金山寺塔

危欄高處跨層雲，獨立蒼茫送夕曛。石闕瀾翻留寺影，蓮花翠
削撼波東。收海國帆千疊，北俯燕城月一分。不盡江山留客
夢，鈞天彷彿夜深聞。

登金山寺

蒼然萬頃一丸封，縹緲知來第幾峯。吞吐海潮涵日月，浮沉石
檻靜魚龍。黏空匹練更秋影，倚鏡青鬟自舊容。我愛梵音臨海
暮，却忘濤響應疎松。

滁州道中

放棹吳塘値雨餘，今看山色月明初。天晴早入高堂念，屈指行
期已過滁。

舟泊胥門

東門抉眼亦何爲，勝盡吳亡越復危。漫向江濤酬衷革，祇應存

卽號鴟夷

楊方綃字子受號瑞木志遠季子康熙庚子舉人金沙耆高東生弟子同硯徐用錫每嘆其才爲不可及

虎阜漫題

士擅才華甲天下峯多韶秀推吳閶豈必頑石解僧語亦有寶劍留神鋩高髻雲鬟惱韋守冷風片月疑眞娘此時盥腕洗寒陋惟吸甘露瓊華漿

秋夜擬塞上歌

鐵甲侵霜暗渡河馬蹄流血踏嵯峨將軍莫射林中石古樹陰雲虎尚多

王鋐字聲元號　康熙庚子舉人官商水知縣

梅花十首次顧大青疊韻錄二

香徑容誰築受降忽傳春信度空江茶烟靜起雲依幕竹籟寒

堦雪半窗獨許凌波堪作配除將對月更無雙衡寒過訪心先醉不待開懷罄玉缸

石古苔淡月影浮開簾滅燭作宵遊乘響欲譜霓裳怨解佩空含洛浦愁但信虬松寒有侶不教紅杏近無由知他清絕誠何似憶讀離騷上小舟

秋閨月

新栽雲錦奪霓裳卻補征衫志漏長記對清輝分袂語羅衣珍重憶秋涼

開簾便卽拜新輝願附鏘歌奏羽衣風爽提書三五滿笑知夫婿不空歸

荆澤字芷衣一字永之號芷溪占籍天津縣康熙庚子順天舉人晚年曾修邑志芷衣少時名滿郡下書法尤獨步一時著有鴻泥草堂詩集芷衣制藝

曲阿詩綜

富春山

山到秋深瘦益真況逢雨洗絕纖塵烟蘿鳥宿鶯雛子松檜雲行送客人一抹粧從朝日靚四圍紅襯夕陽勻匝句僧寺憑軒眺感慨嚴光臥富春

張勤祖 字功銘號　發祖之兄康熙己丑邑貢生

見堂妹貞女瑱遂書此哭之

吾家有貞女靜懿字瑤雪瑤雪有弟儁玉成姊大節念姊當未歸所天遭夭折問疾當結褵一慟便永訣乃以女爲婦而濟水菽孃就中不忍言有舅故癡絕何者名守志蒼齒瀕屼嵲弟曰姊來歸保身尚明哲十年佐饔飧周詳到瑣屑姊今完大璞烏頭表雙闕弟竟誰敷陳謚我邦之傑姊既亢厥宗吾寧捫我舌嗟我骨肉恩操戈在同室著此姊弟瑱爲出雙耳楔

盛永字千一號壽堂邑文生

醴泉四首之一

共道三杯聖底憐五字才不知誰氏醞今日待君開父老提壺至兒童攜縷來未來無量意莫向醉鄉陪

賀銓字梅滄號遠菴邑文生著有攸山草堂詩集覆瓿集待古山房詩集

過舊居

燕歸覓主人舊居只我獨牆角春鳩鳴梅花繞書屋左鼎右鳴琴圖史悅我目閒閒十畝園三徑藝松菊翠幕篆香浮蔭門五柳綠淪茗賦閒情對竹景詎俗明月滿空庭倚檻頻彳亍懷我江上人輾轉彌往復黠鼠滅殘燈寒帷聊獨宿舊居爲蓉城叔所貢

錄別

北風吹簾幕寒星常歷歷左鼎右圖書容膝聊以適半榻有鳴

琴俗客斷行跡念我素心人何以日飲醑新詩頻緘寄寒暑驚
已易何時聆清誨識力可增益

秋興

江閣涼飈至誰憐范叔寒歸雲千嶂沒秋雨一燈殘叢菊花涵
秀敗荷葉易乾灤城集數句時得資新歡

聞雁

山館寥寥夜羈愁不可禁深閨機上錦小院月中砧秋水蒹葭
岸衡陽故國心關山纖影度結陣響哀音

冬日書懷

三間茅屋東城内雪壓衡陽百感生千里關山數載別半行寒
雁一燈清滿頭霜雪羞明鏡破榻圖書賸折鐺有子不堪承誦
讀箕裘弓冶愧無成

客中偶述

柴門斜對曲江岸，翠竹平沙東北隅。懸擬幽棲栽五柳，豈堪才儉學三都。當年焦尾誰能識，今日香醪何處沽。故里雲山春樹隔，客居誰與共歡娛。

偶成

寂寞閒潛三徑柳，蕭條楊子一牀書。生平不識侯門海，豈似相如獻子虛。

送友人之秣陵

拍拍東風杜宇啼，石城芳草綠萋萋。桃花不肯留行客，落盡春紅襯馬啼。

宋士梅字開先，號澹仙，邑文生，著有澹園詩草

夏日村居

簷牙乳燕未辭家梅熟如金映碧紗拾取枯枝修茗椀侯傾雷雨試新茶

牽籐補屋不嫌貧薜荔風凉入幔頻分得北窗元亮夢飄他華蓋踏紅塵

東士翹字南英布衣

即事

三時未至雨先傾水漲前川柳岸平正欲垂綸登釣艇忽聞林外賣魚聲

姜朝晟字御三號聞軒邑文生

雨阻問津菴渡口

客思淒淒昏復朝那堪野渡雨蕭蕭東風欲送春消息家在梅花第幾橋

姜天成字銓文號燮烟邑文生著有藍州詩稿藍州詩餘燮烟於制義外工詩詞書畫鼓琴篆刻與荆陵霄爲莫逆交詩雅飭有情韻論詩不拘唐宋總期抒寫性靈

竹林閒坐

西園滿修竹亭亭拂雲表凌冬翠不彫勁節何矯矯我來坐磐石間晏心無擾清冷謀耳目瀟灑縈懷抱况復初陽月乾坤春意早茁然萌芽生化龍達蒼昊

登嘉山

朝發澮溪北迤邐上山脊山壁削百仞曲徑多偪仄埜花拂衣裾清泉響山礦陟彼東南岡眺望天宇闊長江自西東湯湯走空碧沙嶼環烟村縱橫繞阡陌背倚千松林襟披萬峯石山雲聚復散來往倏如織舉手可恣探盈胸趣繊隔清冷透髮膚光氣徹神骨置身既高曠塵土自兹歇俯瞰衢路間車徒何絡繹

世故日益深寸心永勞役所以高隱流烟嵐寄清跡

寄陵雲陵霄二友

快晤天雨華相與數晨夕深心闡微理慷慨期世績是時桂始花香轉輕風發披襟恣談吐清芬韻齒頰行旅難久羈送我可山側踰嶺各分手君南我獨北茫茫七峯道爲别增悽色我回滄溪頭屈指已更月秋風日加厲黄葉翻空碧思念不獲已夜夢入君室鼎足復成形綢繆宛古昔倚壁神不離但感身相隔飛鴻響空際欲附嗅無翼翹首黄山巔何時共登躡

古劍篇

康熙甲午秋以試事寓於金陵與烟與荆陵雲錢陵霄閒步聚寶門各置一劍互相摩拭光芒激射雲評之曰霄之劍古而朴烟之劍秀而勁雲之劍雄而奇爰賦七

言古風一首余作此以荅之

東南近日多奇客三淩久已稱痴伯凌雲凌霄凌烟望氣城隅燭斗牛龍泉夜夜光芒赤十千美價聘吳鈎錚錚出匣侵雙眸彼此傳觀互評論真堪鼎足誰稱優古朴雄奇各擅長玲瓏雙銛氣飛揚夜光照乘非珍異對此應慚巾幗粧横空夜月試一舞光芒萬丈沖天宇啾啾神鬼不敢干張雷當日何曾覩躊躇滿志還匣中莫將鋒鍔輕磨礱蒼精藏銳常自斂出之手到皆成功他年跨鶴西池去杖此雙龍騰紫霧說與瑶臺阿母知斬盡諸魔闘雲路

往萬歲寺訪錢子凌霄不遇

春來耽寂寞裹足萬山深為訪蘭陵客因過祇樹林望窮雲嶠遠思逐月波沉策蹇空歸去誰賡伐木吟

雨夜懷凌雲凌霄二友

孤館連宵雨蕭條竟若秋微涼憑牖入餘響爲蕉留刻燭裁詩就懷人托夢投遥知今夕意良友共相求

贈莫羲人

莫羲人南蘭洲人也能詩工畫以所著亦蓮社詩稿并所臨倪黄畫本見惠余過其居蓮渚環門古梅覆牖大有村居之趣因作此贈之

襟懷閒曠共稱奇耳熟南蘭夙所思風雪灞橋詩裏畫淪漣輞水畫中詩蓮開社右秋盈渚梅老江臯春一枝愧我文通才已盡待傳高士屬無詞

偕朱德秀訪莫羲人迷不得路問之野老旋至其居燒笋銜杯縱觀書畫作此以紀之

偶因訪客出荆扉行傍溪橋露濕衣堤柳日長鶯自老野塘風靜鷺初飛晴花隔岸飄紅粉春水平田上釣磯酬酢滿前真意趣不知村徑已多違

隔水高呼問埜翁江村蹊徑半相同指將綠樹重陰處道與幽人别業通松菊已傳真隱味笑談多在畫圖中賞心不覺歸來晚一帶斜陽刺眼紅

新晴

高閣晨開樹影新重重簾幙翠光勻花因過雨能含笑鳥爲初晴解唤人斑管臨池毫獨爽錦囊敲句韻生春風光到處皆非昨踏遍芒鞋不染塵

寄莫羲人 名者羲工詩善書慕陶靖節爲人

五柳先生本愛閒與君今古恰相關賞音何待琴中操適意時

看門外山雨過鶯花幽徑裏烟横竹樹小溪灣開軒每覺情疎爽一枕羲皇高臥間

送錢子凌霄

相憶欲相見相見還成憶分手獨歸來千林鳥聲寂

題畫

驟暖發輕雷樓頭海雲矗一夜雨聲中灑遍春山綠

秋蟬

斷續聲隨落葉風淒淒切切到簾櫳應憐此日知音少聊自孤吟霜影中

自九靈觀往吏部窪看秋色

磵泉一道噴唅呀雨後磵流不絕楓樹重重嶺半遮坐久忽驚紅影亂卻疑春水泛桃花

王翰 字屏四號羽嵐邑文生著有江上吟南原草世槐堂草北山吟秋鴻集髦年草讀史詩草

山有虎

聞說山有虎虎為百獸尊性屬西方金咆哮不可捫造物奚生
此瓜毒而利齒乳氣便吞牛食人如食豕吾聞魯卞莊一日剌
兩虎手搏南山額有力同周處安得此輩人除此一方苦又聞
虎不仁德亦可使馴俛首渡河去跼蹐不敢存幾見中牟令不
如且閉門

練湖行

西南諸滙水奔流注練湖練湖堤上行宛如在畫圖不謂沮洳
地忽有經國謨壅淤擬膏壤瀉水闢荒蕪湖波千頃淪寧以慾
遊娛但願國賦充何惜此潢汙射陽江注北震澤納東吳如何
作豪田俱欲令供輸

舟膠淺處約廿里候潮始行

還理江干楫江干去未遙河流交斷浦水力東輕舸客夢縈孤枕歸程趁晚潮爲憐鄉思切百里亦迢迢

過劉伶臺

生惟耽嗜酒死豈北邙同薜荔藏山鬼江潮鎖殯宫鶯啼三月韻楓落九秋紅耿耿精光在千年化作虹

雨夜

秋來風颼颼夜雨復頻頻蟲響偏愁我燈花解笑人百年真似夢終日覺長貧斗室凄凄坐愁腸似轉輪

對月

蕭然惟四壁落落似相如門徑堪容雀燈窗且課書老困心緒懶貧漸故交疎幸有多情月時時照敝廬

孫莪園先生從祀鄉賢

垂紳搢笏盡朝臣不愧科名是偉人畫舜有方王命渥清操獨勵宦囊貧百年風俗因君厚一代文章到老醇幸際聖朝崇祀典從兹俎豆歷千春

横塘感舊

平沙十里悵餘暉廿載前曾此地歸白髮已從春草換青衫久已故人違橋通古寺疎鐘出水抱孤村遠樹圍風景依稀還似昨不堪人對舊荷衣

澄江歸棹感懷

青雲如夢杳難憑白髮驚秋感慨增書爲窮愁司馬廢樓因多難仲宣登家無餘粒堪三黼架有藏書抵百朋謝郤青衫仍故我老來何事更爭能

姜懋如字豫瞻號巽齋邑文生著有正史撮覽十竹居集

寄夾齋三兄

書寄燕關悵各天緣知君亦意淒然故鄉遠隔三千里異地今留四五年閣置石渠翻古籍詩吟蓮社憶名賢何時歸到西堂好弄月吟風樂事偏

賀來雝字仲肅號逕山邑文生

重經仙臺觀

景純愛丹鼎太白狎靈砂自古至人心偏於象外求重臺發遊趾云自諶母始擲簡探道妙飛茅度神蠅古井埋元林長松插碧水乘風千百年零落不與把延佇集清聽幽徑偶亦過雲懶冐雕檻雀勁嘈寒蘿不知人語盡乃覺天風多我志好道術常恐日如織願從安期生金膏駐顏色念此神爲遊翩翩欲安翼

還嶺方城墟於以謝膺經

丁炯 字格遠號逸癡邑文生所著有怡閒集所輯有閒適編勸懲百種

園居

荒逕疎籬一草廬此間應着野人居梅甘雪月酬清句鶴飽溪山伴道書漱石每逢僧話遠吞花不覺鳥啣餘無妨過客蒼苔破疎懶幽閒總似予

小輞川觀梅

相約荒園咏小梅香迎客屐破蒼苔棋聲響落簾前雪詩興狂呼閣上杯溲影乍從雲竇出疎枝又傍石巖開無端落照催人別幾度花間去復回

姜允玉 字宏年號古愚邑廩生循例爲太學生兆錫長子夾齋先生纂修三禮古愚校錄禮稿時參所見大學士鄂文端公張文和公重其文行欲薦之於朝古愚力辭乃止

春溪偶步

步屧春風裏緣溪意灑然小橋浮斷岸碧水濕青天魚躍波光淨舟橫柳色妍靜觀良自得長嘯著新篇

月夜登燕子磯

策杖危磯上清光萬里連星疏低隱樹江迥遠浮天爽氣橫秋漢涼風捲晚烟詩成人寂寂皓月嶺頭懸

荆承範字念先號容庵例貢生工詩善書畫書摹董文敏幾可亂真

家居偶成

積雨逢門掩連陰草木涼荷香池上榻雲氣竹間房斷岸新流沒前村濕霧藏釣船迷去住長繫槿籬傍

初日斜穿竹流雲細度簷爐香自長閉閣讀易靜鉤簾鄉含漁樵接生涯農圃兼地偏心更遠清夢揖陶潛

自題畫蘭

飽醮霜毫拂紙光寫來幽致憶瀟湘臨風把玩凝神久不辨花香與墨香

梅花集句五首錄二

春向羣芳頂上來酒尊一笑共君開多情獨有林和靖不愛人花只愛梅

誰把崑山玉剪裁枝分南北一齊開問渠那得清如許曾歷千霜萬雪來

楊　助　字敷臣號伴霞邑文生

焦山古鼎

枯木堂中寶氣浮巍然古鼎錫成周手捫十指雲雷護光照千秋日月留甲戌有銘宣上德東南作鎮砥中流風驚百怪秋江

冷耿耿精英貫斗牛

楊本南字隸臣號錦川邑庠生

練水漁舟

漁兄漁弟笑相呼自有生涯在練湖一鏡水雲歌欸乃半竿烟雨綠模糊蕭然渡口來還往掉入波心有若無醉月酒醒猶結伴隔溪樵唱起平蕪

荆念閔字無悶號近菴邑增生

黄塘丹井

烟鎖黄塘紅葉村千年丹井尚傳名鶴歸華表溪留影人上經樓松有聲是處亭臺疑閬苑幾時鸞鳳下瑤京踏歌人去逢山遠空記吹簫到碧城

下琴橋

鶴飛華表已千年留得瑤琴亦惘然祇有古橋流水外斜陽小艇汲寒泉

荊家瑁字桐玉號桐村布衣

秋晚過湖心亭

晚秋放艇蕩清溪瑟瑟寒風詩思凄菰米波漂千頭碧亂山雲擁萬峯低歸來陶令空名縣老去蘇公尚有堤誰向棠陰更回首敗荷殘柳望中迷

孫嵩字鶴田號中嵓例貢生允恭孫授五城兵馬揮司武會試同考官

湖心亭

別有一天地悠然坐碧空常懷流水意移入白雲中柳密藏啼鳥花香帶遠風漁舟歸隔浦棹破夕陽紅

虞士進字景登號懷樸康熙戊子武舉人工詩善書尤能作榜書

白溝河

遼宋干戈地蕭蕭故壘荒孤舟横斷岸野火傍枯楊斜日悲墟里陰風說戰場興亡千古事嗚咽水聲長

平原和壁間韻

長路漫漫雪作花驅寒遥望酒旗斜主人倘有平原興歷盡天涯總似家

荆彦鳴字聖珊一字元鳳康熙癸巳郡恩貢生著有柳塘詩稿

丁卯橋懷古

勝事傳聞自六朝南徐酒美府兵驕東來樓櫓通江浙西上帆檣接海潮古道夕陽收牧馬長堤日落見歸樵江山風月知多少卻憶詩人丁卯橋

杜紫薇

平生小杜擅風流落拓江湖載酒遊綠葉陰成終有恨揚州那得及湖州

海岳菴

一片嶙峋倚水濱接天白浪望如銀江山名勝千年在無復當時拜石人

東士杳 字苑儕號漣漪太學生考授州同知

梅花十六首錄二

叢集寒柯碾玉砂似無拘束任橫斜瘦來自覺枝分影香發何須葉助花上苑叢中宜近水孤山處士復爲家姿融雪色神傳月曖蕋紛綸映晚霞

橫枝獨上向空舒盡把飛塵自拂除風急五更催結子客吹三弄正愁余山中得意聊歸隱世上清名敢盜虛一段天香還撲

鼻任教寒微肯留餘

東宏道 字天儒號匏菴例貢生

木筆花

大塊文章別樣工林端誰削秃頭翁濡毫二月梨花雨弄翰三春柳絮風落似班生初擲地開如殷浩漫書空憑欄頓起凌雲想郤怪江淹旅夢中

殷

洪 字彙征號茹軒邑文生以孫馳贈朝議大夫著有寸草軒集

書族祖中丞石汀公平廣西紀事後

林深青寄峭峯孤蜑雨蠻烟蠢動奴飛檄驚傳天上將含沙不水中孤九疑日射旄頭箭八桂風高井下梧奏凱功成還闕後書垂經世邵堯天

曲阿詩綜卷之二十二終

曲阿詩綜卷之二十三

丹陽後學劉會恩時菴輯

國朝

荆　琢字其章號素庵康熙乙未邑貢生　其章精於制藝與王耘渠漢階董友善有王詒燕王紀及丹陽東昌宋門逸簡存之刻

曉望

久已悽遲嬾曳裾曉來獨立强躊躕一天秋色圖堪寫滿地霜花雪不如每望雲山雙屐蠟坐消歲月一牀書於今短髮蕭蕭白空嘆離羣賦索居

書秋帆集後

西湖明月記前時此日秋帆吟咏遲最是五湖三泖好玉堂暇檢布衣詩

姜　邁 字子欽號　康熙丁酉邑貢生著有欽一堂詩文稿

方瀛兄新齋落成

市居安老屋隨處偶成窩室小留香入庭寬得月多窗宜花爛熳檻待柳婆娑位置須商畧招尋得數過

送佛肩兄之武昌

匆匆行色觧征維君意如鴻欲遠飛歸後會無三月聚別時又有一年違枝頭好鳥合離恨河上孤帆掛落暉從此南城三徑路向誰早晚叩柴扉

陳蔭元 字體仁號復堂布衣著有歷遊草體仁慕海四十載詩名大振公卿間

偶偕徐文玉沈桐如傳作霖單康侯過倪見白山居

避地俗塵少幽居逸興多乾坤雙白眼烟雨一青簑塵拂松間月琴彈石上蘿醉來無一事時對碧雲歌

中秋再玩銅江

太守風流甚良宵復此遊情同今夜月人異昔年秋燈火千山陰笙歌兩岸稠艇隨波上下清撥泛仙舟

舟過

夙慕岳陽勝遲予汗漫遊登臨空有酒憑眺已無樓樓因火灾久未修葺望去波千頃吹來葉一舟鄉關吳楚接搔首月如鈎

自暨陽出山陰口占

郭外乘輿出行行失坦途泉侵溪溜急風撼樹聲枯有竹皆椅舍無山不畫圖吟成饒逸興何處酒成沽

出居庸關

漠漠黃沙思惘然不堪羸馬度三邊千秋古道盤青嶂百折秦城鎖白烟山勢高低啣落日笳聲斷續促行鞭棄繻為憶前賢

事光瀉錕鋙雪一天

舅氏自洪都回里

幾從章水問雙魚今接飛鳧返故居霜雪未消潘岳鬢烟霞會鎖武侯廬關情到處登樓賦着意還家課子書湖海久看推國士十年長劍壯何如

秋日送濟公家弟北旋

蒹葭入望片帆開不盡離情情酒杯千里關山人乍別五更風雨夢初回黃花綠水秋容澹衰草斜陽雁影廻慚我夜郎猶滯跡勿教遲折嶺頭梅

卞芝亭觀亭偶次天雄以年來諸作見示

廿載攀雲感昔遊新詩又見著雕鎪多君宦海還青眼老我風霜已白頭巽着從來關冷暖升沉何用較恩仇請看几上爐中

火經宿還燃香滿樓

周過庭字子訓木姓過蘇州人教諭過于飛之子項周姓冒籍丹陽補廩康熙己亥邑貢生

偶效白體

酒非偏愛飲愛飲爲無聊香滅爐烟篆風披夜雨蕉更長哀雁遠夢短故人遙此際無杯酒難將磈礧澆

酒非爲愛飲愛飲爲悲秋日落人千里風來葉滿樓更闌香焰息吟罷月光收此際無杯酒誰爲宋玉謀

送張扶九赴京兆試

烟消柳絲錦帆明愁唱驪歌送遠征夾岸野花遊子意連天芳草故人情琴樽自許尋仙窟姓字還期問帝城賦獻長楊君獨擅應知彈鋏笑馮生

馬逢泰字子發號純齋康熙庚子副榜

丁卯橋懷古

別墅遠塵囂朱門對小橋連岡橫蓮埭曲巷淺通潮姓字誰能
滅詩名與共標欲尋風月主隔水問漁樵

王　億字卬韓

秋山晚眺

獨向江天望登臨倍灑然遙看千嶂合坐指一帆懸斷鶩孤雲
外丹楓落照邊不分天遠近秋色總堪憐

金陵懷古

嗟我來登此石頭車書萬國古神州山連鍾阜盤雲出水繞龍
江抱日流王氣年銷秦帝蹕精靈欲泣孝陵秋於今惟有秦淮
月猶作當年勝地遊

九日登高

臨水登山興頗豪茲因佳節一凭高感時忽憶花三徑對景河堪鬢二毛雁陣排空來暮靄松飈入谷響秋濤郤憐歲歲長爲客且攜山莧醉濁醪

荆斑 字凌雲號望溪邑文生才情絶世長於詞曲著有江上峯青集凝情記傳奇

賀馭六昆仲見過仍即同姜凌烟錢凌霄爲廣陵之遊

坐久怡然復更疑雁行千里倏如期關山一笛征人夢烟水孤琴舊友思信是折梅逢使早秖因訪菊待君遲何堪夕照層城畔紅樹翻成送客詞

韓偓

冬郎本是經綸手雖受君知世不遭留得銷魂詩句在郤將香艷比離騷

自君之出矣

自君之出矣正值花芳菲妾願爲楊花隨風逐郎履

自君之出矣積暑蒸南斗妾願爲郎扇刻刻在郎手

自君之出矣落葉金飇凛妾願爲秋月照郎行復寢

自君之出矣寒把薰爐倚妾願爲爐烟纏綿郎懷裏

馬玉堂 字子振龍錫長子少有神童之目十二歲爲邑文生

過美園 十歲作

秋色園亭好重來憶舊遊名花開閬苑野鳥入汀洲積案書盈棟連牀軸上鈎境閒心益靜蹤跡任淹留

賀式南 字申伯號野航郡文生

贈生菴

投足何須問所如半生纏縛即時除參同會得三生石讀破應抛萬卷書波浪息時成樂土烟雲盡處有匡廬知君早徹無生

法爲潤人間涸轍漁

東昌霖字聚五號五峯康熙辛丑恩貢生　聚五天才奔放工詩古文辭古文得力司馬子長當世如宜興六儲金沙六王皆折節下之　著有怡先堂文稿經濟要覽里社勸懲約東氏文獻考東聚五制義行世

過項王故里

嗚呼壯哉此下相之重瞳赤手突起來江東力拔山氣蓋世暗啞叱咤千人空聲如鐘騅如龍鉅鹿一戰真英雄諸侯失色皆痴聾嗟哉烏江一去何匆匆我聞亞夫勸君殺沛公胡爲老臣奇計乃不庸楚歌四面人洶洶虞兮空自悲帳中今日過君故里懷英風令我不平之氣塡心胸定陶尊帝人分封寂寞誰數亡秦功

馬宜陸字景儀號鴻漸八歲工詩文名噪三吳十三歲爲邑文生著有來賓堂集行世

文天祥

丞相精忠日月明黃冠一語實堪驚登樓不着元人地集句常存大宋名頸項惟餘膏一沃市朝旋有大沙傾所南心史方成據癸午當年亦僞情

方孝孺

讀書直種在先生勁節煌煌震帝京才老方堪承大用時危於以識忠誠千篇死後方傳誦十族生前已痛聲特筆凜然書一字任他粉飾定難更

蔡文熊字楚繹號紉蘭芬之長子布衣工詩歌書法尤善

麗人

桃花嬌上春凉月靜子夜美人橫雲烟姍姍玉聲亞可思不可攀湘簾光欲瀉

送蔣亮天先生督糧兩浙

名籓特簡壯行臺風動薇垣紫氣開輸輓自饒天府積舳艫競
集渝江材西泠花柳隨春放露鶯詩歌帶月裁才謝子雲難獻
賦好將玉鉉試鹽梅

湖村

波光雲影望中迷層沓春風徧柳堤一派烟林元鎮畫家家盡
任練湖西

虞文璇字政衡號象長太學生工詩精制義熟於吏治幕遊足迹遍天下凡刑名法律家言無不通曉又善繪染絲竹臨池篆刻諸伎而長桑之術尤有飲池見垣之奇著有管窺詩草

袁浦雨後

淮陰多濕熱炎蒸氣吁促支頤望天際誰爲去此酷風從西南
來烟雲起崖谷倏忽結層陰殷雷聲斷續滂沱一霎過萬卉鮮
如沃小閣任登臨爽氣延遥矚雲散晚空澄餘映飛丹綠遠樹

吐銀蟾濕草黏宵燭既已滌煩囂無復亂心曲呼朋置濁醪高談幽興足不妨我獨醉此中忘寵辱

古別離

人生有別離離情實苦辛一朝遠別去關河邈無垠孤蓬向天涯驅車豈逡巡或陟山之岡或汎水之濱縱有織錦文欲寄又無因去時楊柳綠盼到菊花新惆悵無還期含情訴高旻願化少女風逐君道上塵不知遠遊客會念閨中人

大珠山

遥臨古介國羣巒列嵸嵯中有大珠山蒼翠插太空積石勢巖巖如豹復如熊又似九女立雲鬟挾媚容曉吐烟霧碧晚帶餘霞紅我欲望扶桑蜿蜒障其東既蔽朝上日復吐氣濛濛掠美名大珠鮫人泣久窮若謂珠未還遂靜待子孟嘗風名不孚其實

不愧於中西右鐵礮山可以代其蹤厯借五丁力鏟此易爲功斯時矚滄海立見逢萊峯

　　麥薾命

消瘦復消瘦涼風吹衣透白露欲爲霜桂樹花開後昔是盈盈女承歡在君右夏宵常侍宴晝眠輕割袖誰知時易去玉容不如舊宫深見天小夜寐聽長漏心猶念君恩命薄福豈厚和親報國恩莫恨毛延壽

　　訪舊登清涼山有感

白門路轉西行行陟高岡興盡後緣幽室樹中藏烏龍潭水淨風碎敗荷香潭邊故人居半頹薜荔牆再訪支遁輩云歸白雲鄉只有清涼山山色不改常司馬舊別業昔爲讀書堂我曾居其中一詠還一觴星散三十年今爲牧馬場芳園名已湮司

馬澤不忘司馬乃郡丞厂學田也

覓路山上去荆榛刺我裳所幸一片石尚存亭址旁坐定憑高眺江波蕩斜陽三山落天外二水何淼茫吳楚渾一色南北天塹長石頭束山腰虎踞勢雄强橫空雁飛渡遶地菊舒黃萬井起蒼烟歸禽相與忙不勝今昔感黯然兩鬢霜逝此思舊意草草入奚囊

田橫島懷古

中原逐鹿起紛爭壯士不陪齊王柴平日有恩使之死致令柏欄不肯生柏欄將軍放田橫入海韓信追至死之我來弔古感義士如聞五百從者太息聲君不見韓侯功成已就烹漢王疆宇亦歷更未若一島尚有名島乎島乎千秋萬載屬田橫

瀕海行

淮楚接青齊迢迢千里道濱海氣空濛路徑東北迤東北迂廻
水抱山長策一蹇度問關宵征夙駕不知苦日行百里不辭艱
曉看日出扶桑樹千朶紅雲將日護家家蘆箔映朝霞楊柳堤
頭猶帶霧暮投客舍何匆匆輕寒陣陣送東風烏倦歸林烟欲
暝遥聽沉沉野寺鐘海近更覺雲多濕水面吹風顏易黑一從
煮海自强齊利重魚鹽輕稼穡有時山斷海門開千尋浪湧海
潮來勢若三軍勇赴敵聲如萬馬鳴巨雷望洋空嘆無彼岸渾
然一氣何所判去冬過此見冰山今歲春風俱泮渙道逢漁父
持綸竿問客不知行路難自指大珠山過去膠西青島舊盤桓
漁父相對笑而語君爲貴賓我野處貴者轉勞賤者閒君既有
才徒自苦此身既不登廊廟清時不仕空徬徨又不安居自耕
讀因人碌碌豈久長已焉哉歸去來請看海潮去復回漠漠烟

雲朝暮變人生見幾當自裁君不見郗嘉賓張志和兩君優劣復如何若要此身能自主才名到底輸烟波

白紵詞

白紵纖絲紡績精吳儂自織辛苦成舞衣裁就稱體輕長袖飄揚白雪明歌喉繞梁四座傾哀弦急管餘韻生瑤堦夜深踏月清

洗玉笋傾瓊漿開筵再唱按清商霓裳欲動鶴廻翔盈盈花上露凝香蘭膏朗照玉貌光曲終座客生悲傷樹花落盡楊柳碧君追歡當以夜繼日妾身難留好顏色

憶遠曲

楊子江頭風色惡郎舟北渡何方泊蕪城柳綠好停驂紅間天桃雨半含片帆又過淮陰市黃河白日風波起春鴻北去到秋

來秋到江南郎未回空思新冷征衣薄清宵刀尺對蕭索郎因結客走天涯非是無情不憶家如何得唱望夫曲妾守空閨效寡鵠

憶君山兼懷吳孝威

昔泛澄江棹曾遊江上峯樓高吞海氣樹老作秋容空濶思千里巉巖夢幾重延陵有佳客渉水采芙蓉

登吳山絕頂

聞道吳峯秀登臨一望遥樓臺出樹杪城郭鎖山腰遠帶飛來石低看射弩潮夕陽人影散歸路趁輕橈

遊雲棲

欲訪棲眞寺錢江曉掛蓬摇空千畝竹蔽日萬株松山靜今還古泉幽夏似冬蓮池禪寂地盡日白雲封

三水晚泊

古驛臨河對山城倚夕陰亂流爭赴壑衆鳥急歸林雜沓停官舫清虛繳客襟今宵伴水宿明月出東岑

寒食舟中

宿雨收江渚晴逢寒食天燕飛輕掠水花發暖含烟春夢常當午鄉書又隔年蠻風吹柳色倚棹欲潸然

關山月

月上碧雲端平沙夜欲闌雁門千里白隴坂一天寒影落流澌急光同紈扇團可知征戍客淚眼不能乾

馬嵐道中

馬嵐山不斷蒼翠夕陽前簇錦楓環寺成屏嶺障天閒鷗盤各去野衲帶雲旋到處風淳朴分流溉石田

聽雲菴晤巨來師菴在清涼山師善山水

清涼山下聽雲菴此日重來叩石龕僻性不堪曾有七笑聲相其定成三宿閒簷影含風綠樹外嵐光過雨藍數載河干頻悵望巨然圖畫在江南

客中初夏過次薇姪

春去河干滿綠陰西城小阮可招尋蛙喧碧草清池淺燕引青楊曲巷深骨肉自憐同客況語言豈不改是鄉音何時歸棹良常下尊酒還過舊竹林

惶恐灘

行蹤漂泊嘆年年惶恐灘頭更可憐江漲急衝京白石峯巒巧障綠青天關河未阻還家夢身事難如上水船不為饑來驅我出那堪潦倒向蠻烟

秋旅病懷

秋來心緒觸金風況復寥寥逆旅中霜氣不凋蠻地草鄉音難達塞邊鴻無才偏似相如病有路徒悲阮籍窮前日扁舟江上過芙蓉花照夕陽紅

遊宏濟寺

山抱禪林絕點氛滿頭秋葉落紛紛倒垂巖石撐丹閣高簇松篁碍白雲西土真空無住相南朝舊迹有傳聞千峯歷亂長江濕倚檻遙吟到夕曛

春宵

春愁合倦眠深夜轉獨醒微雨打梨花忽覺孤衾冷

滄浪亭

春景繁華士女多花臨臺榭柳垂坡不知當日名亭者皆可聽滄

浪孺子歌

鴛鴦湖

愛向鴛鴦湖上行澄湖偏自得佳名可憐照水桃花面錦字空勞寄遠情

楊敏求 字雨山號逸翁邑增生著有四子論文逸翁詩課草

練塘

白鷺橫飛落照前蓮開十丈憶當年遠山林薄藏村屋隔岸河流送客船急管哀絲蛙作鼓清歌妙曲鳥能弦曾無花柳六橋盛也有滄浪萬頃烟

荆搢 字慈衛號盟石又號石門布衣　慈衛性孝友正直不阿傳極羣書長於傳記書法九一時冠婁東陸世儀云學士顧公奉　命纂修子史精華延慈衛總綱著有盟石齋集

遣寒雜詩八首錄二

越士受六經抱牘夢京闈自言父祖業白首不敢違迂腐談唐虞秦漢無是非徒步走中原芒屩黃塵飛路逢朱子元車騎盛容輝顧謂此翁曰且持此道歸

子胥既覆楚義烈誠崔嵬於此族讒人怨毒無胚胎可以拜父命從兄遊夜臺區區勾吳相屬鏤胡爲哉

吳趨尋賀廷贄孟循話舊

春山信芒屩孑孑向吳市懷刺吾何心招尋有佳士溫顏詢委巷歧路汗流趾仰首得高閎健僕如怒豕獰色無柔聲咄咄胡來此峻拒窺庭階傌逃只充耳茫然計無出脉脉但相視俛首循長途凝思固應爾小童竊欣幸幸未及鞭箠邂逅一少年勝情實可喜止坐聊慰藉爲傳半行紙明朝好風日二阮枉雲履離悰久而結茲夕霍焉起小阮適遄歸蘭舟艤芳沚不惜金石

聲遺我珊瑚藥孟衡以近作偏見示珍壺懷袖間檄裼襲霞綺大阮停半塘握手話逦邐珙荆五人墓三年感生死我深失怙悲君尤念孫子衡門涯云遙烟火接桑梓破硯生計拙翻成隔千里至戚會聚難各抱貧賤耻寸腸安能罄隄柳曳長晷分袂要後期衣依暮嵐紫

登報恩寺浮圖

昔向長干遊春華已狼藉輕衫試登眺猶若汗霑腋今來適秋聲徐步尋往迹煌煌琳宫後雁塔炫金碧入戶心神肅檐光藉櫺隙攬衣出靈根塵境劃然闢川原繚如畫城闕俯而窄江色混烟帆尋峯岸雲幘四顧目力散得一欲遺百冊端數百級黽勉最高脊山川逞靈異位置倏移易虛無元氣間涼颸沁魂魄在盻前後陵岡齾影脈脈寢殿延斜暉古瓦閃餘赤恭聞禮百

王倘爾爲主壁役員司拜跪三爵酬元石何如此招提巍然閟
更革得無諸天居神鬼共扶掖丹雘日見新黃金歲塗積奔走
諸有情知能念疇昔

辟暑

燭龍跨東溟頓曹渴滲炕赤鱗光屬霄片雲亦詭譎酷如咸陽
炬匝月楚烽烈居人夜徙倚何況晝行轍忽遣征儔侶蒼顏大
歡悅曳履從之遊風雷射閒掣接睫萬餘里泠然不可說置足
峨嵋巔俯身瞰積雪
客從石梁來爲述天險設傍削費鬼斤懸崖卧雌霓濺瀑終古
然年深或皴裂飛鳥不敢下豺虎迹亦絕念此靈境異炎威已
爲折夢寤返盛年倏長封侯骨授節臨邊秋孫吳備行列仗劍
巡其壘落月耀寒鐵

古劍辭

干莫倚頽壁上有東西南北之飛塵流虹蝕月全其眞何時躍出延平津錦旂夾騎光照身神鋒擊雲横貫嗔鬼雄飲泣空游燐牙帳闘扇三千齡霜满繡花餘古腥宵中吟怨風冷冷荒雞膠角秋燈青何以磨淬凌寒氷倏如雷雨蛟龍升懦夫色喜力不勝請一試之驅蒼蠅

放歌五章五句

短褐出門安所之躍馬不及幽并兒車塵況復高如斯悶時且讀范蔡傳醉後何言程李爲

寄梅空復爾折柳不當歸風聲隆隆頻入牖棄繻遊子去且盡鴻雁無乃違南飛

霜空流素寒月高下階脈脈循吳刀長歌無和馬能豪尊酒易

盡氣莫折庭樹爲我生波濤
落月欲落人盡眠遠砧斷續聲無邊我獨起步明星前男兒行
年近四十何以荒廢山南田
褰驢衝雪愁遠天入門一笑餘寒殫好逐兒童呼風鳶江南春
色賤如土花氣漠漠成高烟

大風自孟河渡江作

江豚蹙波作島嶼地底奔雷躍江渚炎雲迅若趨嚴程赤帝蒼
黃倦行暑孤篷待月銜烟開殘魄散朵琉璃堆恒星明滅失躔
次怪霧暫騰隱岸隈長年老惰技尤拙欲斡廻飈破颶絕微軀
反側竟何託高浪衆頭沐氷雪居然一葉旋中流翻覺爲我驅
百憂暘侯箕伯互聲勢雲影隳逐蛟涎衰人生出門無坦途延
令咫尺如蓬壺蘆洲在眼慰饑渴日夕始見炊烟孤舟人色喜

縵牽纜已及汀樹啼棲烏驚定相看更回顧鯨哆鼉鳴蘊餘怒
吾憶春前問早梅倘嫌風雪山橋路

射虎行爲東昌虞文作

隴西飛將閒寫生霜風兩肢雕弧鳴中眉志目耻不道十步乃
許霹靂驚有時射石至没鏃勇銳樂與豺虎爭白檀孤節去千
載今誰猿臂標能名邢州東郊寓客虎亭午不聞人語聲銜芽
祇足護雞犬春首幾廢郊原耕南冀虞君職分守輕裘緩帶行
春晴乍聞村媪夜傷膊會訊田父莫敢攖獨抽隻矢迹其處榛
莽有炬穿林明扣弦一發貫顱頰哮吼卒覺千年傾倘思泄憤
横空濶口翻老樹同芽萌須臾力盡漸安坐急縛不用多技撐
老幼手額稱君能行客露宿皆歡騰知君餘勇猶馮陵虎而冠
者當交懲

秋深與葛介眉夜話

未審明日事焉知身後名秋風澹林木涼月淨軒楹衣食慚無謂窮愁倚有成燈殘一杯酒此夜故人情

三月三日

頗憶江南好春遊任所之桃花修禊帖布穀勸農詩雲影迎人淡溪流引步遲紅藤今倚壁不似踏青時

汪蛟招集平山堂次韻

勝地今猶昔高明會不常露荷聊颭綠風葉引飛黃敢畏流觴促何辭卜夜長開襟頻倒甚履落任江鄉既醉清言發深杯酌淵泉詞鋒皆淬厲渴吻亦泠然獨鷺明烟渚殘霞抹遠天興闌猶遲日緩棹柳陰船巖際炊烟上踈鐘時一鳴秋林朝暮色涼夜古今情無事參風

鐸何須問化城祇看脩苑路螢火傍潮明

楊太尉墓下作

夫子歸西去高風獨至今豐碑當古道浩氣出長林大鳥悲何
及青蠅禍已深空將憂國淚灑夕陽亭

重過避風館

爲狎驚濤險清歌首重回振舟捫石壁緣纜到經臺山帶涼烟
濕樓當夕照開老僧漫相識憑檻訝頻來

宿龍潭

暝色千峯合巖根倚短篘歸樵驚說虎行旅戒鳴雞市罷雲生
戸厨清水自谿勞人聊止息莫問夜烏啼

寄王烟客西田一首

高閣涵虛照風篁雜梵音疎香新茗瀹浮綠曉簾深行藥留春

色跡泉檢世心何當憑蠟屐到此一披襟

詠史一首雲間同人分賦

遡矣盧生絶遠音却跳淮水效埋金離宮未盡中原土列戍徒銷午夜砧草偃望夷從鹿走雲歸芒碭護龍深陳吳不是驅除容失計蹉跎問芊心

帝王廟

千秋瞬息刼灰中升降無分俎豆同碑偃斷苔疑古篆庭荒疎樹信雙風舊行沛國朋尊屬新入濠梁一劍功青史祇添興廢事閒門消得夜燈紅

寄女士湯萊生邑先達湯中丞之女有晚閒堂稿

林下風流屬謝家晚閒新詠嗣芳華孀閨自重中丞簡宮掖還虛學士車茗椀香爐邀夜月錦梭彤管譜朝霞吟餘好擻桃花

釀青鳥銜箋識絳紗

鍾山

莫溯齊梁問刼灰銅人多淚不勝哀遺弓才慟龍髯脱負扆何勞燕子來九族孤臣仍廟祀二陵殘碣任蒿萊春遊若憶濠梁烈歸去還憑濁酒盃

宿避風館

十年萍泛倦登臨一夕江樓淨客心帆度平沙兼霧集濤奔幽壑或龍吟閒當風月烟光變欲話滄桑感慨深明日扁舟又螢苑故鄉依舊指遥岑

陳少陽祠

神霄艮嶽事堪傷泥馬南奔勢頗張九域已淪惟楚越六奸纔去又汪黄祇留公論存膠序不道誅夷到國亘俎豆千秋畨不

朽書樓高鎖尚飄香

杜太后故居

瑞協流虹渚祥開甲馬營獨留遺恨在臣普竟寒盟

幕府山

渡頭斜日暮雲蒸一馬龍飛倚茂宏莫笑偏安成底事居人猶識晋元陵

題賀天山白門懷古詞

瀲灧秦淮月上潮壚頭新句倚吹簫當前歷歷多遺事無限逢人問六朝

楊靜乾字顯臣號順齋郡文生

北固山懷古

拾級登臨最上頭金焦兩點望中收東横海氣青天濕西瞰嵐

光白日浮花塢客來雙蠟屐柳溪人去一扁舟英雄事業空回
首可似長江不斷流

張雋 字嗣音號曰古灝之孫年六十始補邑廩生工詩古文詞字法歐陽詢尤善作蠅書少與金沙太史王罕皆齊名嗣音制義門生湯登鼇鏤板行世

惜花

雨過增新綠風來損百花蝶飛香尚在鶯啄蔕堪嗟積徑隨僮
箒沾泥襯客車待君枝上錦又是一年華

葛湘湄北上

羽扇風流獨讓卿忘年交誼等嚶鳴擁書南面誇眞樂捉鼻東
山負盛名梅圃雪晴鶯語滑杏園春暖馬蹄輕烏紗莫道侵華
髮勾漏丹砂善養生

謝安

安石風流江左臣圍棊談笑卻符秦若教文度當强敵手板顛持汗浹巾

蔡邕

兎馴廬墓行堪嘉身委權奸事可嗟忠孝瑕瑜原不掩誤人詞曲是琵琶

荆　縉字濟臣邑文生

萬歲樓次唐人韻

雲烟何處倚高樓猶有山川似舊秋爲愛唐人存雅句翻從晉史覓風流漁歌遠送江邊月野艇閒依柳外洲水逝山存同夢幻茫茫今古幾多愁

徐鳳彩字備五號紱亭雍正癸卯　恩科舉人

夜坐

殘鐘度處漏聲遥小室孤燈暗復挑書爲學疎勤展玩詩因愁重懶推敲感人慘澹樓頭月映戶參差檻外蕉一枕夢回蘧蝶散當窗紅日上松梢

丁鼎時字九峙號柯亭尹之子由廪生爲太學生與叔巢雲爲吳梅村所器重又與魏伯子叔子顧修遠陳其年汪鈍翁姜西溟何雍南程千一及同邑湯谷賓賀拓菴相友善仝賀天山有文在之選仝吳蒜右有深柳堂之選同巢雲有賜書堂兩朝程墨兩朝小品二十四大家諸選自著有新硎驪珠等集

王山史先生爲題先世宋代告身賦謝

吾家詩名建安早七子肩隨最傾倒爰逮六朝暨三唐代有文人騰翰藻更有事業流丹青南北乾坤扶再造銘之旂常勳閣高薇垣極論名諫草俾侯啟宇帝眷深濟陽開府蟲城堅寶勅流傳五百年兵戈水火皆完好紙潤烟雲夜宜具墨吐雲霞日杲杲先生肥遯臥太華乘輿匹馬江南道一見動色重咨嗟指

眼摩挲護典寶鍾鼎斑駁費研求石鼓欽嚼恣探討金石從來
多贋質惟此原流皆可考稽首再拜重致辭或乞一言光素縞
北海文筆兩擅奇光氣熊熊奪秋昊神物恐遭蛟龍攫瑰玫珍
之世相保

金沙晚泊示張樸士

宿醒移棹晚新月挂疎枝九日黃花約三更白雁遲風微帆不
飽酒薄夜難支爲語張平子疎狂獨爾知
風流知未絕壇坫在金沙折簡邀蓮社停舟愛菊花苦吟驚倦
僕長嘯亂棲鴉明日登高會應看烏帽斜

新晴晚步

開簾雲散晚山橫蝙蝠展衝泥趁快晴留得一分春色在頻添三
尺水痕平初收宿雨紅英溼未減餘寒白袷輕到底紙錢飄擊

外傷心來白是清明

賀　巽字申卯號孤村布衣著有孤村集廣平家樂錄此光樓詩集　布衣善讀書不習舉子業嘗曰吾不獲事二八矣何役役名利爲虛舟已山雨公嘗勸以進取日非吾志也與人言孝友事輒津津道之以高隱終

妾薄命

天既生妾身何爲生飛燕妾既薄命人何爲來宫殿千古恨空留一時難盡愁詩思回天力覆水望重收買賦得長卿頻悉余苦心如何閨舊婦亦賦白頭吟薄倖有書生況爲天下主怨恨釋然消搔首復延佇

與昆仲納涼夜話

殘葉先秋落烏棲古樹梢滚談忘永夜垂老戀窮交世事如萍梗文章竟草茅滿懷惆悵事慰藉暫相抛

秋草

天地盛衰意且從秋草看向榮方日麗欲萎已霜寒生意庭前盡詩情夢後殘踏青懷往日爭鬥結新歡

凌湘表弟見訪

今歲重逢日去年分別時離情猶未久老態已如斯豁我三秋病吟君一卷詩幽窗共對月更理舊琴絲

七夕

從無離別隔關山樂志家園花自開夫婦白頭同乞巧反教天上羨人間

湖上尋權德輿故里

閒步湖邊夕照斜偶從野老問蒹葭冷烟衰柳淒風處指點當時宰相家

荆續元字晉卿號紉齋由廩生捐貢官宿州教諭

竹洲

茅屋覆清溪千山一鳥啼雲過荒野潤水漲遠天低蘋密楊花少魚肥荇葉齊此中有眞趣笑我自棲棲

黄圩

載酒東歸拜墓門板橋流水繞荒墩雲從遠樹低邊出山在斜陽落處蹲婺婦閒行求秉穗野人離立語雞豚廿年浪迹天涯客始識江南黄葉村

姜日章字彤華號梧陽雍正癸卯 恩科舉人

秋日即事

萍世浮沉任着忙儘教剖斷付魚腸論交假紙休尋戴集古如珍更愛莊習習風生欺退暑遙遙夢穩趁新涼晚窗小酌多佳興耳畔莎蛩促舉觴

寄友

發子光鋩似莫邪斗牛占氣有張華軒眉盡掃愁千斛壯志全憑書五車一枕溪濤陪敘話三更蕉月伴煎茶秋來風景都清絕盼斷參差蘆荻花

秋暑

臨風笑傲倚南窗溽氣初平未盡降醉月那知迴北斗枕流我欲潑西江玉關秋早催征雁深巷砧稀雜吠尨茶鼎烟消僮睡熟漫招漆叟對殘釭

寄友次原韻

縱轡羲和不可收眼前有景且宜酬數行雁字寒翻月一壑松濤怒吼秋風颭酒旗招遠市花明隔岸遶扁舟夜長秉燭休輕擲蒲柳紛紛依舊不

積雨遣懷

閒倚柴扉望暮空四圍林壑濕雲籠稻花吞吐漫天雨木葉高低刮地風荒逕松鱗何日到故人展齒雲時過時莊重有雨來館樽前不恨無明月終夜呼盧興未窮

賀際昌字賡颺號勿齋一號敬堂雍正癸卯拔貢生任顏榆教諭著有越翰齋制義

宋左丞王莊定公墓

左丞遺墓傍城闉草色淒淒映暮春萬馬並馳能駐足司馬溫公贊公語也五朝歷仕得全身嗣王覆轍慚邊域故老豐碑護後人東望六朝烟水潤冬青花樹久成塵

姜逢時字升九號純菴由邑文生入爲太學生三禮館議叙候仕郎

渡江

揚帆赴江北倏忽江南別回首山萬重烟雲半明滅

舟行即目

青青蒲草岸芳生遥聽黄鸝花外鳴一片輕帆天際颺雲山相映夕陽明

湯　諸　字展文號懷村初名大成性頴悟一目十行下八歲縣試草案第一後占籍武進雍正甲辰補作癸卯正科舉人古文得力司馬子長下筆萬言與西江李穆堂先生齊名著有史記半解左氏蒙求孟子論文懷村制義錄湖歊敘錄豫遊詩草大梁約莊錄

歷盡

歷盡人間事方知行路難只催雙鬢白焉用寸心丹春色未流動梅花也性寒蕭蕭北風勁雨雪幾時乾

歷盡人間事方知靜者安草肥蘭芷變天老日星寒有劍林輕武將琴莫漫彈大哉周易理早晚及時看

課徒書懷四首

秋風吹我渡江村兩月文成五萬言靜處稍疑名理出愁時偏
信讀書尊金針自古原長度樽酒何人與細論最是夜深裁腹
稿幾番慘澹曉重溫

終日依然一小村課孫傳註發微言若云私淑吾何敢鄙嘆斯
文道始尊流水高山觀意象天根月窟費推論拈來似近還成
遠更把遺編仔細溫

秋色秋聲處處村江干憑弔每忘言鼻斤未許逢郢匠心印那
堪質至尊一月苦與經耐去十年舊作要重論試看前輩名山
業琭琭輕圓玉樣溫

此身端合住鄉村敢道匡居爲立言思苦枉雕心百倅興酣還
遣酒盈尊妍媸且得吾懷愜工拙隨他後世論只有讀書終恨
晩從前辜負幾寒溫

書懷

檢點年華自笑嗔强將霜鬢歷風塵夢中猶憶寒儒廈何處堪揮斲鼻斤古柏依山終落寞孤巖星經雪更嶙峋追懷幸得離騷在芳草青青是故人

答友人書 從萬言書內錄出

送盡韶華是孽緣斷雲飛雨各紛然年來蹤跡飄零處多在山谿野寺邊

弔漂母

進食窮途豈爲金王孫可惜負初心假王責報先胎禍長使英雄淚濕襟

郭　梅字玉文號　雍正癸卯邑貢生任睢寧訓導改宿遷教諭

焦山古鼎歌出宋中丞商邱江南課士錄

維昔宣王振周紀頗側弗作天顏喜王曰世惠嘉汝績錫金編
鞞兼彤矢尊鼎用享壽萬年大貝天球孰比擬自從周衰更七
國暴秦恣欲竆人力傳聞萬夫牧九鼎沉淪泗水求不得神物
自不受秦垢須臾巖氏亦覆滅此鼎當時竟若何鬼神守護愼
嚴呵爾來三千有餘歲雨淋日炙留山阿奇文歷久多剝蝕欲
尋年歲無甲乙蝌蚪糢糊七十八聱牙屈佶苦艱澁兩來疑有
蛟龍蟠日照似吐黃金色隋珠卞璞皆奇寶比此奚啻什與百
讀罷銘詞最簡古迄今猶見中興烈豈知朝廷惟尚質作頌止
歌申定伯

湯兆麟字天五號　邑文生

焦山古鼎歌

焦山山深閟古鼎丹翠浮金耀晶炯面作饕餮身雲雷世次深

沉氣澒涬杜句或疑蜼敦或虎彝辛丁甲乙誰能知但見古文走蝌蚪寧無光景寒蛟螭山空夜靜洪濤歛魚龍百怪相喧集天吳川后呵護之彷彿似闔變罔泣由來神物不可覿德之休明天乃畀君不見有明嘉靖中勢力薰天惟相嵩大小載入鈐山方自雄可憐氷山失寒互氷山日消鼎如故

馬逢年字懷新號毅田雍正乙巳郡貢生任寧國敎諭著有毅田制義

暑夜由句曲歸丹陽

歸鞍憑驛騎乘夜出郊坰稻隴流泉聒松篁隔水聽螢飛莎徑濕月墮柳溪寘郵舍前頭近微茫見曉星

謁武穆王墓

千載岳王墓英風聖水濱祇因三字酷頓使一坏新痛飲違前願悲吟起後人如何玉津駕謂高孝兩朝歌舞樂閒身

鄺逵祺字維壽號理齋雍正乙巳邑貢生

吳季子祠

漁竿村畔望丹邱公子曾經此地遊縞紵已非吳帶礪滄桑猶記越春秋樹痕鷺岸排銀漢荻影鷗房靜綺流岌業碑亭傳聖筆賢名流播至今留

郝鳴阜字美中一字畝鍾號東厓雍正丙午舉人著有東厓詩草

題瘞鶴銘拓本後

焦巖探古蹟閒訪瘞鶴銘文詞何古雅字體惜零星歲久沉波底鼓盪驚風霆剝蝕雖過半呵護有神靈在昔歐陽子力探窮滄溟祇得數十字摹搨無完形相傳逸少書千載播芳馨或謂華陽叟玄景嵐冷冷那知山之麓歷劫潛沙汀賴有滄洲公搜剔不暫停募力操修綆入水破幽冥復還山之阿豐碑覆以亭

寶墨顏其上輝光照疏櫺我今得拓本低徊仰前型

郊行

目極雲山外人行圖畫中隴苗隨雨綠野樹待霜紅貰酒投村舍披襟挹午風新晴苔逕滑攜杖過橋東

程一振 字羽振號濯雲雍正丙午武舉人濯雲美風儀工詩善山水

練塘寺訪漱石山人

結伴過蘭若同探第一禪人居支遁上詩在皎公前風細茶烟颺庭空樹影圓更期廬岳去洗眼看飛泉

自題畫梅

空山春近衆芳遲竹外先橫雪一枝自是瑤華飛不去從教羌笛月中吹

題畫

竹翠梧陰岫氣涼山間高臥即羲皇蕭疎獨有逃禪意一卷南華對夕陽

迢遞碧色點秋山萬壑千峯杳靄間箬笠穿雲何地去翠微深處有潺湲

賀一元字有士號采臣雍正己酉邑貢生善書與天鈞俱馳名一時

客中立秋得友人書

流光迅去似龍媒又爲吟秋灑酒罍清節客中隨雨至故人天外寄書來窗宜月色還刪竹堦喜花陰莫掃苔此後每逢搖落處鄉心江水共瀠洄

釣臺

怪石奇峯點水清孤臺巖畔俯長汀高人只合稱漁父太史何勞奏客星

張元龍字廣賢號鶴溪雍正辛
亥邑貢生任歙縣訓導

秦檜

賊檜欺君誤八荒和成特詔拜申王愿中曾獻秦城句長舌因分韓壽香座上何妨稱繼父鸞交不解是乾娘東窗片紙千年恨惹起傷心淚幾行

錢清字子礪號　雍正壬子順天舉
人官青陽知縣後因遷居蘇州

送友南歸蘇州

白雪陽春舊擅名靈和楊柳不勝情吳門烟月音書杳京洛風塵華髮生久別乍逢疑夢蝶故交重合喜聞鶯感君戀戀綈袍意聊爲烏絲愧報瓊

錢鳴盛字鎬瞻號　雍正乙卯舉人

古意

不嫁惜娉婷轣車任送迎牽蘿清露滴倚竹暮雲生香閣追懽夜寒燈織素情何曾通一顧妾意自分明

慰下第者

美人怨瑤瑟況乃當高秋抱璞固殊衆傾城翻見訛荷香凝酒舍柳色靜書樓努力深藏器悲歌莫漫投

讀吳梅村李忠毅公神道碑

三十四年成一世公獄中上父書語百千萬載見孤忠九霄震電空中過貫尾前頭是李公

書河東君倡和詩後

香鬟繡被學逃禪甘向泥犂作隊眠山谷塡詞多作綺語秀法師訶之曰是應墮入泥犂中寄語秀師惠按獄涪川加等律琴川

張鳳翥字德輝號丹阿占籍大興雍正乙卯順天舉人官直隸唐縣教諭

晚望

衆鳥啼烟後中亭一望閒綠雲拖野水紅雨點春山詩草商方定山僧唤未還躊躇將問酒相與破愁顔

雨後城上看殘杏

半林杏白一塢啼蒲葉青青水蘸堤幾日寂寥寒雨後十分狼藉畫樓西垂簾人靜香飄晚曲巷泥深影墮迷爲問春光何處好桃花千樹武陵溪

賀天鈞 字子蘅號石安布衣工書法名傾一時

咏史

繡帽風流倚玉墀清河公子失前期方知塌屋須先定賀老琵琶是本師

楊花落盡鼠姑紅繡嶺宮名春光面面通壽邸不須悲燕婉洗兒

今已在溪官
負國鄭虔官水部譽兒杜甫咏花溪明皇每喜三長並顯予何
曾一字題

丁鶴松字逸仙號蒼巖燈之子雍正己卯拔貢生

題姜上均先生東窗睡覺圖

寂寞東窗註六經洛川消息問精靈豈無風雨沉飛幌恰有曈
朧映碧櫺覺後定知惟獨笑年來何事不常惺箇中意象誰尋
得海自茫茫山自青

周彥會字文羽號半軒雍正乙卯恩貢生授太和縣教諭未赴任卒

對月

雨後飛雲淨東山月上初鳥歸羣動息葉落半林疏淸入詩人
夢涼生處士廬向來饒逸興更愛夜窗虛

過友人山居即景

幽情與物遠小隱傍山村幾折入松徑短墻開竹門吟將梅共瘦人對鳥忘言風颶餘花落茶烟繞榻昏

沈山

小山石片望嵯峨落日漁樵起嘯歌花覆層巒春氣暖松鳴幽澗夜聲多當年有客耽青嶂此日何人卧薜蘿我亦夢中曾一到他時可許結茅過

敲詩

一句偏爭一字奇更防全璧帶微疵騎驢有客傻囊滿待月多情就枕遲想入晴絲遊碧落吟廻春色上枯枝果能解脫空諸妙衆破拈花微笑時

張家裕 字承江號緹庵嵩之子雍正乙卯副榜

閏中秋

良宵難再復登樓寶鏡重圓照白頭一歲幸逢雙八月百年幾見雨中秋黄花浥露開偏早丹桂迎霜香更幽自是素娥貪弄影重陽遲我鶴林遊

中秋不必正秋中三五良宵二八同圓鏡重華飛匹練冰輪雨度駕長虹露寒桂子更番落霜近楓林次第紅卻笑明皇緣尚淺可能再到廣寒宫

賀楨基字汝肩號鐫菴太學生雍正己酉考取一統志纂修官華州知州著有鶴溪樵人草

和僤哲長兄蟋蟀詩

維爾亦何恨悲吟明月中豈因年近暮也與客愁同唧唧催歸燕啾啾引塞鴻夜深風静後驚起白頭翁

將歸

夢裏依依只鶴泉於今歸計轉凄然昔年悲壯辭南國此日窮愁寄北燕叩角飯牛期自薦吹竽鼓瑟竟誰憐早知岐路頻回首悔輟雲耕冷硯田

過滁州

城護民居山護城短籬茅屋受風清文巒聳秀雲腰鎖野鳥盤空日角明豐樂亭前泉水沸清流關下戰場平低徊未忍輕辭去盤馬坡前酒一觥

擬長信秋辭

不傾家府賦長門露下彤階少履痕傳得王嬙榆塞曲秋風紈扇亦君恩

荆圖南字獻先號默齋康熙丙子舉人錯編在後

九秋詩錄秋燕一首

燕燕爾何事匆匆又欲歸亦知經歲別時傍故人飛點水波仍緑穿林葉漸稀料量秋來老猶得暫相依

荆栣 字聚正號谷齋邑文生著有伞舫居集

西施

艷色古來有不罷化爲無西施越溪女何爲反入吳吳能知越計范蠡亦空圖

田家雜興

四月場務忙五月田家苦刈麥復插秧觸熱兼冒雨帶星出門鋤穿知日旁午男婦各分司老穉力均努惟恐擲三時曠兹一撮土嗟爾紈袴士慎勿傲田父

村居偶述

平生所托迹非朝亦非市市離村南端朝隔江湖水天擲一閑

地號稱白鶴里境坦搆數椽中有不羈士朝暮栖此間無憂亦無喜客謂渡無川川廣蛟龍徙客謂遊無山山深藏虎兕山川雖足娛禍復不測起今得宅平壤吾志適無比大隱吾不居小隱亦難語此意客鮮知於何覓儔侶

擇交行

人世紛紛俊結客欲傾肝膽還須擇君不見孟嘗有客三千人雞鳴狗盜究何益

過太平山訪友不遇

觸物念儔侶尋遊思療饑空勞曳杖出未遇故人歸紫氣浮仙閣紅霞收夕扉不知新語燕何日到春闈

期郝理會到西園不果

濶絕經年纔一逢兩人相對淚沾胸八哀寄興雖存甫千卷無

嗣嘆有邕理會無子會許談心搜翰墨誰知拂袖少從容憐君疏放日來久不料荒園竟絕縱

歸燕

佳久難為別臨行却復遲來春如覓主莫棄舊相知

賀錦飛字雲裳號鶴汀邑文生

聞雁有感

日落寒山靜天邊數雁歸瀟湘還似昔飲啄半相依勿慮稻粱少惟求矰繳稀安危難逆料休去傍人飛

送客歸并州

北風吹雪滿寒裘相對梅花慘別愁關塞極天歸路遠不知何處是并州

蔣理正字紫眞號　常州郡文生移居丹陽呂鎮以醫名世

與張二丈索陽羨茶壺

傾倒當年七碗無盧仝去後一心孤長看水火爭奇態暫寄乾坤覓小壺好雨更添泉數尺竹烟猶惜繞空爐冰心欲貯渾無賴況遇詩脾渴正枯

絡緯

萬家砧杵一天霜又聽蕭蕭絡緯娘野竹籬邊風淅瀝荳花棚下月淒涼空餘急響催愁切別有虛絲引恨長作客年來最無賴故教秋思入衣裳

殘菊有感

四十五日花氣深傲霜枝上歲寒心同予倔强似猶昔爲爾沉吟直至今皎皎月光窺寂歷涓涓濁酒慰蕭森不堪雁唳橫空過況復村前靜夜砧

鄒翊字儀吉

送友人入都

溪上聽鶯興未闌看君又欲入長安相憐此會慵題句惜别今朝獨倚欄竹杖雲開千里碧布帆風送一江寒莫愁南北音塵隔日有魚書下遠灘

賀安域字駿聲邑文生著有石斧軒詩稿原名熙避諱例改

雪霽

策杖步前林天空杳絶塵薄情羞見月瘦骨已知春疎竹删銀尾長松碎玉鱗敲冰呼急渡絶似畫中人

客中秋懷

秋溪無日不聞篠疎雨凝寒逼絳紗風景江河成浩嘆伊人秋水賦蒹葭直須屈子方天問何必江生始夢花惆悵所思杳無

際白雲盡處隔烟霞

雲曲山庄賦事

繞遍迴廊徑復斜幽思幾被暗香遮斷橋不渡看流水野渚微波總落霞風拂松陰如掃石雨驚蝶翅似飛花行過竹院邀新綠識得幽旗是酒家

晚晴

花淚新收喜晚晴小窗几坐罷棋枰不除徑草傷春綠閒掃空堦待月明暖氣入簾蘭蕊放憑風拂袖柳綿輕遙看遠水無窮思散綺餘霞分外清

書史子貞楊妃百咏後

寂寂香塵鎖未央不聞歌吹出昭陽馬嵬一夜荒苔雨郤比宮中更漏長

尋梅澹川因哭伯父曜春

空庭花落已清明徑宇蕭然百感生林谷不知誰是主春風還送鷓鴣聲

賀子京 字斯依邑文生

秋咏

一歲秋光好秋光到畫堂流螢猶點點歸雁自行行桐葉題新句蓮衣卸晚妝涼閨清露後銀燭小屏藏

一歲秋光好秋光到梵宮定僧螢入袖幽鳥夢驚風疎竹通清磬幽林度曉籟上方明月在我亦萬緣空

積雨乍晴

遊興妨連雨晴窗一振衣馬蹄新路滑蝦米近江肥山占空青立帆當聳翠飛夕陽樵笛起岫遠暮雲歸

寶應

客路秋將半帆停白馬湖城依堤岸立閣倚水烟扶雲樹添詩思溪山入畫圖推篷載明月村酒不須沽

重九宴問天閣二首

問天閣者黃公叔祖故藏書處也碧窗宿霧絢棟飛雲擁几而松濤沸樓拄笏則茅峯入座朗風皓月時傾北海之樽旨酒名花每醉東籬之菊山公倒載而羣兒笑傲遂高談而四座驚還哉夐乎信可樂也無何鍾傳堂移荀郎庭廢老樹猶依石畔荒亭半沒泥中坊弔碧雞愁對杜陵之茅屋峯頹落雁空擕謝眺之奇詩烟景逾新簪纓非昔於是把酒臨風舉杯邀月留連永夜惆悵故園誦落霞孤鶩之篇謹譁麗什哦秋水長天之句惻

隱遺音咏寄七言賦成四韻敢托題糕逸興愧依落帽

餘風謬引雲謡付賡雪和

九日登高紀勝遊吟肩還上庾公樓千村葉影初辭樹四野蛩聲欲賦秋蓮社疎狂原任懶竹林豪放不工愁茱萸插遍渾忘返拈句多從險韻搜

高樓極望滿平蕪爽氣蒼蒼入畫圖浩蕩碧雲連遠水岧嶤青嶂鎖烟湖悲笳偶動驚鴻起玉笛頻吹派鷓鴣籬外白衣非送酒問君已醉菊花無

昭君怨

昭陽奉詔辭金闕空把琵琶到塞城只有沙堤涼月在年年還似漢宮明

賀宗漢字豐玉一字貞侯號海菴太學生

夏日雜興和同菴叔

梧桐雙覆碧窗櫳山腳天晴出曉矓竹影參差迷石徑爐香縹緲落花叢橫塘鷗浴三春雨高樹松閒六月風只在清閒眞可樂醉鄉何必擬無功

綠罩紗窗暑自消晝欄靜看雪中蕉蒼生痛哭徒思謝白社風流盡愛陶浦口露花嬌欲語渡頭烟柳色偏遥山居夏日渾無事瓜滿東陵課僕澆

賀宗壽字舒上號山公

烏夜定

提提歸飛羽雖乏冥鴻姿迴翔擇所棲亦各從其時江鄉多深林蹭蹬安所施茲焉感羣息悲鳴各爭棲東山上新月星夜騰光輝高柯呼長風千點萬點垂細雛弱無力仰飼隊肴復攜子爲

增枯巢勿使驚風枝悠悠哉大林意長謝探巢兒

晚歸望川即事示五弟容如

緩步歸山閣家園勝事幽老夫烹雀舌稚子剥雞頭金粟香猶在芙蓉色欲浮黑甜吾願足何事復耽憂

閒行隨地好況是竹林幽舉世誰青眼殘生已白頭朝耕呼犢下水宿狎鷗浮晚食多君勸其如瓶罄憂

夜起坐涼

夜坐愜幽興雙桐聲復秋卻驚棲鵲起細數亂螢流皓月此新照涼颸吹不休唱酬多雅意生計老農憂

哭 代（字耕心一字孝貴號鍊菴茎之從姪胥姜姓爲邑文生亦名姜代）

遊甘露寺

盤廻鐵甕壓金焦紀勝江邊第一標俯瞰鳳池涵碧落仰尋龍

埂近丹霄危樓曉色凌多景絶壁秋聲帶遠潮信是長風來萬里梵宫早已暑全消

哭湯懷村舅丈

秋行冬訃逐征塵藉藉傳君作古人何至世情皆欲殺最傷未第竟亡身史經半解空存篋左待金箋孰效攀（所解史記半部已行世又助余同校左氏春秋因批上未果）爲憶昔時商確語幾番遥望輒沾巾

才相什佰亦相憐更愧同庚郤占先顧我尚懷姻婭地嗟君不返孝廉船骨留燕市誰招駿魂到江鄉應化鵩老淚拭殘無可泣只因詩業早生天

蔡璐（字翻五號潤軒太學生幕遊粵越足跡半天下詩筆酷肖放翁）

冬日道中即事

添一羔裘尚不支野風搖動老松枝浣衣猶冷溪邊婦採柏身

輕木杪兒半帶酸甜茅店酒並無平仄土牆詩此間雖小堪休駕底事匆匆去恐遲

祝明府招飲并約遊江南

依舊相逢愛率真君今桧蜀我風塵推敲明月詩鄉已斟酌紅燈酒故人砌下仍看槐樹古石邊不認草亭新共言山水推江左能否驅車一問津

嵊縣舟中

定有人家在竹西晚烟飛出與雲齊一篙春水魚堪數兩岸青山鳥亂啼巖際只容燕子過林端多是老僧棲喧傳莫向黄昏渡沙上新痕印虎蹄

紅橋

春在紅橋第幾欄酒爐茶竈盡盤桓偶來古寺貪看竹卻喜山

僧不識官一路輕風芳草接連宵微雨杏花寒隔溪聽得林鶯語似勸遊人與莫闌

伏日雜興

長夏陰晴未易猜小園樓閣面山隈不須遮日雲常滿纔要澆花雨忽來稚子風搖蒲葉扇侍兒酒進竹根杯闌干十二閒憑處一嘯林泉倦眼開

七月望夕宿桑州驛樓

銀蟾飛出海東頭薄藹輕烟取次收只爲三年應一閏不然今夕是中秋倚欄長嘯天如水把盞憑虛地似舟極目故園千里月親朋遠念客淹留

五日與顧侍御王中翰讌集

與爾臨風放好懷古人事往不須哀田公子亦等閒耳屈大夫

今安在哉紅折山花瓶裏供翠分鄰竹雨中栽呼童引滿菖蒲酒輸卻投壺各一杯

雨後道上即事

深秋人在萬山中滴滴寒花雨後逢亂石小橋遊子屐長林斜日老僧鐘雲飛天末過蒼狗泉落峯頭挂玉龍檢點一年今九月長途濕透紫衫濃

孫景璐字夔圃

暑窗睡起涼雨忽至座有高年者以同官錄見示戲答

暑尚秋林盛窗臨水檻開荷香清碧沼日影沒蒼苔好夢如棋散良朋似雨來熱中名念在借問幾時灰

湯志泗字曾濱布衣隱居不樂仕進著有曾濱詩草

咏古

昔有韓王孫家徒四壁立枵腹苦饑寒胸抱帝王業途遭少年侮胯下能自抑一朝高飛翔青天鼓雲翼漂母一飯恩千金報不惜一飯猶不忘詎肯負漢德

季布當厄運髡鉗乞爲奴功名恥未立忍汙七尺軀廷叱樊將軍帝非烈丈夫君子一言出德澤天下數時既窮達異理有屈伸殊當年小不忍後世名亦無

世人重富貴孰不怨賤貧富貴易生變賤貧易保身嗟彼霍子孟高位極人臣諸子封列侯生女椒房尊咳唾生風雷呼吸驅鬼神身歿猶未寒族滅無一存鹿門有高士躬耕蹈鹿門力食雖苦辛以安遺子孫

二疏解組歸倘徉樂天年知止早閒退千載稱其賢時探囊中金呼童換美酒日日開三徑高堂娛親友子孫耕月讀田盧守

舊有多財反遺累斯言垂不朽

過先輩虞原博故居

昔年常到此來請先生益花晨與花夕少長咸相集問奇論今古疑義郎時析胸中頗明朗頓覺開茅塞有時出新詩力追三唐格古調轉淒清誦之令人泣索居甘貧賤不受當路辟方寸在桃源先生有方寸桃源印陋室安幽僻今日重來此門徑還如昔斯人竟何之空使淚沾臆

山居

地僻芳鄰步山深古木多鳥聲喧晝永花氣釀春和對月添詩思臨風起浩歌物情俱可樂奚敢嘆蹉跎

寂寂空山裏幽人寄遠思看松當雨後飲酒趁花時客到因求字僧來爲乞詩忘機知已久鷗鳥自相隨

新春寫懷

瞬息年華又已更，滿懷磊塊卻難平。人同秋後枝將老，愁比春初草易生。花愛幽閒當檻發，鳥憐寂寞向堦鳴。于今誰賞清狂客，只合窮居遠世情。

魏祖清

字東瀾，一字月江，別號九峯，太學生。以孫晉錫貴，封朝議大夫。東瀾潛心經史，議論卓然見根柢。王樓村式丹、劉艾堂師恕交相引重。不獨仗義好施，精於醫學也。河督齊公、制府黃公、廵撫吉公、方伯台公、大將軍海公咸重公醫學。金沙王巳山贈江千送別序，尤能道先生至性苦衷。嘗自題逃禪圖云：披圖不覺意愴然，衰朽形容異昔年。傳語兒曹還細認，月江當日愛逃禪。卒年七十有七。著有樹蕙編、村居急救良方、千金方翼註、衛生編。

金山

一葉扁舟江浪開，攀躋直到妙高臺。千重山翠當窗見，萬里濤光擁檻來。鐘靜上方僧入定，風翻高樹鶴飛回。中泠滿酌神清爽，拈筆吟詩我獨裁。

移居留别諸友

携家移向水雲居諸友從今蹤跡疎門巷敢云謝車馬園開自合狎樵漁

猶記傳杯急限催歡時射覆互相猜吾今非愛山陰雪夜君堪乘興來

陰濃村樹翠偏稠清簟疎簾爽似秋長日活人書愛錄不辭閑坐寫蠅頭

賀　舒字文度一字子長號鶴聚太學生

夏日雜興和同菴叔韻

積雨空庭人跡稀繁枝風亞壓雙扉半牀書可當高枕十字荷堪製短衣酒戰無功逢勁敵棋兵有術解重圍閒時静悟南華理第一篇中參妙機

早秋雜興和伊人韻

依然綠樹尚扶疎門巷蒼蒼趁野居酒散夕陽人靜後簟涼新月夢迴初竹樓風起明河轉蘋岸潮生沙步虛我欲入林招隱士不堪重讀絕交書

荆定遠 字學超號念坊乾隆丙辰 恩科舉人

遊茅山

名山岌嶪碧雲騰歷盡諸峯最上層地脉遙連通鐵甕天門高控鎻金陵秦皇駐輦開馳道梁武停驂擁繡幐聊借籃輿尋勝境七眞堂外紫光凝

殷苑 字藝初號葯房 以子峴山誥贈奉政大夫著有思危居集

三詔洞懷古

綠蘚蔭青松絕壁石衣厚洞口散清陰日夜幽泉吼焦公去不

羈結廬不半畝清風解葛衣江淹詩鸞鷟翩金冊頻爲招見之踰墻走高蹈追許由肯與俗人偶親彼終南客始卽終膺綬天若縱高人夜火反餓年露寢自怡然大雪滿膺尉至今先生名彼較齊山阜

登妙高臺次東坡先生韻

我愛妙高峯樓臺幾甲子飄渺蓬雲中縱月窮萬里了元參禪暇風濤半江耳霞光燭碧落隱約琳宮起瓊窗處處通層崖登如砥鐘聲飄玉龕塔影落瑶几飛鳥集烟竿游魚驚石齒佛火夜晶熒月明澹空水誰云蓬萊遠彷彿瀛洲是試訪維摩詰僧言未嘗死

磨笄山

我今蠟屐登磨笄泉聲洌洌風淒淒竹林精舍出其右時有黄

鶴層巔栖中有高人淡軒晃婹婷一女隨提攜肯把長眉鬬宮樣忍塵了髻簪雲溪所憐郝是今人女辭家遠適隨塵泥誰嫌此地太孤寂淡雲明月映山蹊我心匪石石可轉撼之不動邱山齊擱蘿暫憩一憑弔彷彿猶留翠黛低

諸葛鑛 字利用號竹溪邑庠生著有夢煙樓詩稿

溪行訪友

製得浮槎傍水涯白雲深處結山家烟波泛出迢遙曲莎徑鋤成裊翁科巒氣青浮千嶂樹書聲紅隔一溪花始知蒲柳蒼茫外中有孤村噪晚鴉

曲阿詩綜卷之二十三終

曲阿詩綜卷之二十四

丹陽後學劉曾恩時菴輯

國朝

吳　美字岐丹號鳳岡雍正壬子舉人乾隆丁巳明通榜進士任荆溪教諭

登茅山

予行翠微中雲深忽暗峯古樹鬱蒼蒼斷碑臥苔叢藥草洞口亂山花巖前紅空寂響無盡溪聲雜喧鐘樵者作古歌悠悠不可逢憑虛發長嘯悵然懷仙風

金山

江心浮玉勢崢嶸力障狂瀾一柱擎檻外亂帆風正駛峯頭孤塔月初横瓜州夜半殘燈閃北固軍中畫角鳴形勝漫誇天塹險於今海隅盡昇平

曲阿詩綜

誰扶砥柱峙江心古剎新題護百靈　御墨爛雲霏晴亦潤　行宮雲鎖晝常扃潮迴鐵甕無邊白山接金陵不斷青水底鯨鯢俱息浪講經惟許老龍聽

石驪樓

風景憑欄一目收此身高踞石驪樓江分南北三山峙地控荆襄萬里流瓜步潮平縈建業銀峯雪霽照揚州年年士女新妝出兩點金焦作勝遊

謝安

四十功名猶未遲風流談笑賭圍棋功成卻聽桓伊笛轉憶東山挾妓時

虞世南

永興五絕實堪師不和君王宮體詩可惜風流猶未遂便令人

憶護兒兒

姜朝乘字玉田號瑤軒乾隆戊午舉人己未進士任舒城知縣

宿龍潭

江邊秋夜宿孤月聽龍吟易盡村沽酒難安客路心雞號知漏盡山近覺寒深不待同行促征衣自起尋

秋霽

凉風瑟瑟動寒叢斜月陰陰上荔墻何處秋光最清絕梧桐疎雨孟襄陽

張釣鰲字滄客號旱陶雍正壬子舉人己未進士知長武縣著有制藝

黄觀

精難南來不可支侍中夫子衆稱奇生前誓守龍盤地死後借逢燕子磯天若無心公大節浪偏有意不差遲河干兩兩遺祠

在片石堪爲百世師

景清

生平忠節自煌煌何乃含羞立廟堂不是反顔甘背主期成大事返吾皇緋衣犯座天垂鑒珮劍趨廷氣凛霜莫裹空軀猶縱步靈魂死後更加强

鐵鉉

鐵公智勇自崢嶸國步當艱一柱擎城破佯將牌亚掛門開誤墮馬先傾賺灣具有千鈞力骨朽猶通一點靈浩氣凛然千古在依依猶自泣南京

馬道傳字書淵號繹門乾隆辛酉舉人著有北遊草

董仲舒故里

漢室名儒公號先玉杯繁露至今傳帷中日月成千古策上天

人走萬言處薄東方馳詭混肯爲西蜀閩詞妍道旁樹表稱遺
址過客爭瞻董廣川

贈湘陰徐韓亭

壓埃誰是出羣流百尺惟君獨倚樓神擬禁城三月柳氣澄湘
水一江秋當年榻爲南州下到處樽同北海浮共對蕭蕭僧寺
裏只如萸垒米家舟

送姜夾齋徵君赴禮館北上

儒林孰許長黄池應自先生赴　召時戸鍵山中原作相庫分
内閣更爲師每留勸戒匡衡說多補遺亡束皙詩薄祿不矜稽
古力願抒至極進　丹墀

長安歸里留别龔二墨渠

春閒握手送飛花秋意郎當客思賒漠北烟沙寒夜月江南村

樹望歸鴉一樽酒盡人千里五夜鞭催杵萬家萍跡無根隨雁羽往還空自歷年華約余復上都門

諸葛步瀛字學海號素濤原名躍布衣

邗江飲友人山齋次韻

渚宮烟繞緑楊溪鳴咽遥連錦水西明月二分聽謝豹蕪城五月圖山雞詩情没宕推元白觴政寬嚴變曾齊欲問玉鈎歌舞地不知誰爲阿麼啼

何仕驥字天範號一亭歲貢生

旅中留別有感

秋風颯颯入江城寂寞依人百感生叢菊經霜屢變節草蟲得氣便先鳴關心寒雁三更急身逐扁舟一葉輕獨倚高樓望鄉國浮雲來去不關情

春詞

榴裙翠袖倚闌干慵把孤箏獨自彈門掩梨花風又雨畫簾雙燕怯春寒

春閨

細雨樓臺燕燕飛薄寒猶自礴春衣海棠落盡深紅色惆悵京州客未歸

賀沅宋字復三號復庵乾隆辛酉舉人揀選知縣　欽賜國子監學錄修邑志

權德輿故里

出郭尋芳躡烟横逕路遥荷花溪上棹楊柳岸邊橋大業何能繼斯人不可招夕陽疎碧草獨坐意蕭蕭

賀夢龍字麟抒號問樵乾隆辛酉舉人知英德縣

久旱喜雨

鍊石傳媧皇纖隙不聞堵何物干天和爾維召遑迮逗漏借天驚鉞破雲深處雲破叠翻飛風吹臨牖戸風高不可揚黑滴無從戸哀鄰急鳴嘷蜻蜓半空舞村賽喧塡塡塡塡紛擊鼓赤手將捕龍騰躍干山雨何如業捕蛇深藏避苛虎毒吏酷追逋皇穹赫斯怒大力轉洪鈞回天亦云稱

林下漫興四首

窈窕深巖向悠悠足千載幽士晧志懷高臥樂且愷感此思茫茫觸目見蒼藹孤松不可攀蓬戸自匿采秋意獨瀟颯丈夫志磊磊息深靜者心杳冥佇四海四座寂弗喧徹悟入元宰惝怳遇仁人相顧失所在

回眸睹霜花參差簇成族白黃謂無華黃裳或非福大雅尚典型春蘭與秋菊金風重飄零崢嶸僅存樸激昂青雲間老至不

擢翟兀岸世所忤翛然返空谷
晨夕獨相契逍遥攜杖翁古道久難復眞樸信可風雕飾屏不
事秀色參天工嫵媚人所歡素波誰與同閉門鎖松菊芳草任
西東躁進徒何爲甘心一畝宮霜露隕如斯歲寒時已窮
物情惡遲暮爭先競披離四運迭成功功成終失時矯矯謝世
營觀化徃東籬我命自天生蹉跌無改移或者老其材風塵任
所之奚然擢頭角童顏羨丰姿瘦骨實清削韶華出一奇幽棲
傍茅舍晚節信在兹

黄升元字書玉號詠齋乾隆辛酉順天舉人

遊練湖

楊柳籠堤一桁青烟波極目即滄溟西湖那比開湖大只少千
峯翠作屏

三月湖堤柳腳斜蒼茫何處是開家今年秋水粘天白波湧如銀蹴浪花

許渾張祜兩詩人吟賞當年知幾春陳迹到今無問處惟餘青柳繞堤新

高閣危亭入望遥經營曾見一朝朝可知不及蘇堤柳遺愛千秋說六朝

荆之棟 字文仲號杏樓乾隆辛酉拔貢生官錄館謄叙由州判陞兵馬副指揮轉正指揮

瀉崑河前董迹其令祖學憲心曉公行實恭紀

懷淸御史侍鑾坡遺事文孫善網羅白簡奏還封楚號心曉公奉使封楚籓別爲異姓奏罷之烏臺重啓待公過龍圖公臺惟公坐之臺舊有記云若要此門開除非馮氏來理冤馬亦能言訟公爲太守時有馬求庭訟冤故志爲能言布澤民還競作歌種種嘖堪垂史册流風貽向後昆多

畦朝棟字曉章號樹人晚號翅林乾隆辛酉舉人壬戌進士授軍機中書丁丑欽賜翰林院檢討貴州提督學院歷宗人府主事轉郎中授監察御史左遷同籍乙酉詔知沅州府轉衡永郴桂道有德政永郴民建專祠祀之

奉和少宗伯聚奎堂原韻

霽景澄鮮鎖院深　新恩額俊又重臨　高吟已入賢人室　眞賞還歸作者林　樹轉涼飇看葉下　潭空素練識沙沉　十年前記曾分校　遙隔龍門證此心

山東迎鑾詞二十四首之六

鈎陳曉肅日曈曨　羽衛森嚴發紫宮　要識至尊清問切　翠華四幸大江東

元夕纔過月浸虛　繡圻風景帝京如　燕南趙北春還少　燈綵千家候翠輿

迎鑾亭廠太喧呶　遮莫吳儂擁旆旓　天語不教呵避路　時時

勒馬立青郊

江天花月故無邊才著人工失自然本色丹青　宸賞在舫齋排日出吟箋

誰言吳俗尚繁華會聽前番　詔戒奢戲鼓燈船俱不設只排香案迓雲車

風物餘杭景故饒更搜龍井潑春韶豈知　聖主臨於越要看塘工障海潮

張敬祖字長庚號墨梅布衣著有寒香齋集

狎鷗磯賞荷追憶舊遊而作

憶昔鷗汀上嬋娟漾遠空歡呼常卜夜談笑欲生風意出烟霞表身居圖畫中金尊酣歌舞依翠復依紅

池館黃昏後悠然暑氣空窗籠楊柳月幔捲芰荷風勝賞十年

外清歡一夢中花前須縱飲莫惜醉顏紅

陸廷檒字龍尺太學生選有歷朝玉琴集詩選

狎鷗磯賞荷步張長庚追憶舊遊韻

一泓當戶媚蒲暮草堂空花簇波心月香浮水面風客遊明鏡裏人醉碧筒中回首聯詩日清歌憶小紅

綺席開蓮落華燈漾碧空螢光低度水蟬翼細吟風朋從喧池上笙歌沸院中名花如解語長此向人紅

賀青潮字雲從號鶴溪邑文生

訪玉乳泉同郭子定遠程子禹功厲子武承有復興斯泉之約各紀以詩

舌根無真味世人好耳食一語發靈泉千秋理古蹟先是有蓮宮言斯泉有屍水氣因此泉廢同人發高懷奇覓擬共雪雖非洛社英彷彿西園集

或擅鍾王法腕底蛟龍活或擅丹青妙輞川奪摩詰或擅倉公技精理可醫國或負江郎才燦然握彩筆或擅兩晉談淸言吐如屑或擅入仙飲持杯養鯨吸云有方外流玉帶留蘇軾亦有一姓奇既咸隨阮籍重九鳳日淸共赴黄花節登高曾先躋懷古競尋覓頑石覆名泉冉呰如誰孽速命揹去之甘醴如湧出味濃天酒甘色皎良玉潔中冷竟何爲惠山徒浪得又新固非謬第四毋乃褻此理實不欺可與知者說爲告吾邑人乳泉已可汲一杯淸共賞盡滌見聞惑

録太白詩

太白有豪氣吟咏殊淸奇隆冬録新句豁然開襟期好酒固本色仙遊多浮詞山水玩成癖歷覽無疲時哀哉夜郎流乃復多憂思時時戀君闕合轍少陵詩

書懷

本絶富貴想貧賤何足辭但得遂所願丘壑甘如飴胡乃不輕假造物誠妬之落拓三十春飄若浮雲無依老驥志千里孤鶴懷高飛況彼龍與鳳塵凡豈終羈一切擯清風永與世人違

蓬瀛何縹緲乃在大海東願言陟其頂風濤誰可從緬彼彭澤宰三徑遺清風而我欲效之田園隱孤踪從此得俯仰肆意林泉中高山聽流水野寺聞疎鐘悠然樂懷抱一生於此終

長夜不可晨獨寐滋寤嘆忽聽烏鵲喧窺牖識明旦涼風自遠來飄飄欺羅帷披衣起徘徊積雪明我家是時天始寒凜然不可折簷滴凝作冰晶瑩玉光燦我乃擁爐坐高歌讀秦漢始皇好長生武帝喜談漫蓬瀛渺難求今古一消散感此心悽然掩卷嗟歲晏服藥既多誤神仙亦漫漶惟當事林泉山水足清玩

一洗世俗塵豁然去羈絆

東坡養生集

秋雨晝如晦惘然失昏晨簷頭有餘滴門外無行人書卷破積
悶一編好養生當窗試展讀帖然適我情坡公信天才言語妙
古今嬉笑與怒罵佛老兼儒林意到筆自隨爛熳皆天真尺牘
恍面談詩句絶點塵隻字有奇趣燦燦安石金縷縷千萬言寫
地如水銀夢幻視遷謫儋耳等帝京生還非所望偶然到宜興
哀哉竟不起揮淚霑我襟

五月

又是端陽節依然客裏身愁添新白髮病減舊詩情不飲菖蒲
酒空聞艾葉馨故鄉如可接憑夢到家庭

近況

青松四面亂山橫寂寂書齋遠市城花意闌珊春欲盡詩腸冷後酒初醒更無佳興開懷抱別有閒愁惱性情人事只今多索寞倦遊誰說讓長卿

端午館中即事

五日村庄宮艾蒲新秧簇簇水平鋪座間客到除青笠山外田空起白鳧身健何須長命縷時平誰識避兵符啣盃共叙桑麻事笑殺人懷屈大夫

荆人鳳宇振翔號小掃花布衣詩見西清散記 陵雲之子

孔文振以詩寄贈次韻和之

參差魚網向山田殘暑初涼雨後天白露滿葭清月墜稻沾螢火下空船

秋日偶成

秋山漸瘦雨絲慵院草愁生絮絮蟲從此落紅都是夢冷尋寒
覓悔相逢

荆蒼成字子任號息園乾隆癸亥郡貢生任豐縣訓導

次子久客

烏鵲棲紅樹黃花覆綠苔眼看秋又過何事不歸來

姜文鳳字舜儀更字晉義號雲巖邑廩生

抄秋館中臥病懷族姪孫栖來

秋色殊慘淡臥病滋無聊輾轉竹方牀懷我忘形交悲風從西
來落木聲蕭蕭何當掉扁舟歸與談風騷

傷別

征輪促駕臘初殘檢點琴書賦別離餘雪未消梅萼綻朔風纔
息曙光寒潺湲流水聲嗚咽迢遞行蹤路屈盤寂寞羈愁誰共

語斷鴻嘹唳白雲灘

姜增琳字棲求號韞青朝俊長子太學生工篆隸能詩詞

雲巖叔祖久客有懷

惆悵神交會面遲倚樓脉脉想風期烟含衰柳斜陽路門掩寒燈明月帷揮麈談心眞可快歌騷飲酒亦堪思睽違兩地情無限何日歸來慰故知

荊來鳳字襄臣號愛蓮邑文生工詩善畫花卉

自題畫荷

爲愛芙蕖淨曉風淡妝濃抹自天工寫將雙影分秋水絶勝西湖六月中

橫披豎幅畫荷花嫩白輕紅整復斜我在鶴溪灣裏住采蓮艇子便爲家

荆體乾字培元邑文生

雁字

生憎識字誤從頭今見賓鴻豁達時天上豈勞書甲子人間底用記春秋來傳塞北征夫恨去爲城南少婦愁整整斜斜雲路遠此身寧作稻粱謀

姜時夏字南川號欵止亭初號逸休居士邑增生

哭弟

氣誼同懷篤今逾三十年全歸余遽爾長别汝夷然父母哀堪念妻孥弱可憐孝恭知不忝重結再生緣

夢中得桃花夾岸颺春帆之句醒足成之

恍聞鶯囀燕呢喃夢裏題詩景不凡綠水一渠風瀲灧桃花夾岸颺春帆

湯周鼎字禹九號拙齋寅之姪布衣著有拙齋半豐同心之言經正編善蟲魚花鳥設色淸超有致

讀葛蒼公詩詠楊嗣昌疏

浩氣陳東匹直言就與京鋤奸明斧鉞衞道著干城字裏秋霜墜行間木鐸鳴卓哉葛氏子千載一書生

得一佳石名之曰南宮遺玩

汝窯盤裏石皺瘦米家風愛潔常眠水逃名不友嵩九華慚刻劃一品遜玲瓏爲問元章後誰堪作主翁

張蘊字展野號耐圃太學生由常州流寓丹陽幕游燕薊晚遊浙閩著有儀松堂遺稿

秋日同金容齋葉幽齋喻蓮菴坐雨看松色有懷家梅磵分得華字

秋色艷春華紛披一院奢不辭衝徑雨特爲訪林霞蓮社容攜酒松關好試茶分題懷仲蔚隔水聽蒹葭

河陽謁韓文公廟

道原孔孟憂饑溺一表千秋斥異端直以精誠驅怪鱷不徒文字挽狂瀾四科兼擅儒宗遠三黜無慚臣節完再拜荒祠欣仰止斗山在望肅衣冠

春遊

春冰銷盡草生齊細雨香融紫陌泥花裏小樓雙燕入柳邊深巷一鶯啼坐臨南浦彈流水步趁東風唱大堤還憶當年看花伴錦衣驄馬玉門西

丁聖田字禮耕號夢郊邑文生所著有南窗漫興詩集西征記畧

春日偶成

滿目生愁緒因春作遠遊年華隨草發鴻跡逐萍浮西蜀烏蠻側東吳青海頭錦江流縱急豈異到金牛

麗日裝春色和風送鳥啼窗明山更近徑軟草初齊時有熱尋
興因多感遇題阮生原曠達到此忽悽悽

許士耆字少穎太學生慕遊齋
省著有還我堂詩集

九日登陶然亭

挾策來京邑尋幽訪道林菊花高處少蘆葉岸邊深鶴去孤松
老人稀一徑陰素衣塵未久容易滌吾襟

秋夜獨坐

天到秋來爽尤貪夜氣清月因高益小山以遠而平風靜葉猶
落人眠蟲更鳴塊然忘坐久長嘯孰爲情

雁來紅

凋零風色正當頭傲骨難將媚骨收綠退已非年少日紅深偏
繫雁來愁莫嫌臨老癡猶在轉見懷春醉不休自是道人多冷

與故敍糙點滿庭秋

太白樓

神仙何必待騎鯨白眼雄才氣自横采石有江仍有月青山埋骨不埋名香餘夢筆魂猶在紅褪宫袍色不明莫道登樓容易賦烟波還恐對先生

九日至滕王閣

勃也昔從交趾去者乎今在嶺南回不知風便何人好都向登高此日來

丁　曉字紫介號臥雲太學生

旅中雜感

劍倚長空山作屏天涯浪跡一青萍腸於直處尤能熱眼到空時不用青客况九秋同月冷鄉關千里望雲停最憐四壁皆榛

舜青卷還攜燕雀廳

歐陽璽字允昭號邑醫學訓科嘗有雁字詩云夢回遠戍三千里腸斷孤臣十九年鮑步江張石帆於亦川湯對揚皆賞其句

雁字和鮑步江韻

不向盧龍戀故居一行飛帛爲元盧墨花秋霽澄江靜筆格春排遠嶂虛湘浦月明人去後長門燈暗雨來初重重塞北書難寄直渡衡陽換鯉魚

郭序字玉璿號鷺州邑文生善畫

過周大蓮舫即席口占

岸曲橋廻一徑斜探春古巷小園花亭開直入維摩室樹繞眞來處士家長駐朱顏惟酒力每逢青眼是韶華東風料理窗前草茂叔襟懷尚未除

吉夢賁字廷振號傳崖乾隆甲子副榜歷仕碭山黟縣蕪湖教諭著有棣韡書屋制義

過箬嶺

山居畏涉波澤居畏登峻夷險安有常底此存戒慎巍巍重關道屈盤歷危磴身已涉高峯前山猶萬仞巉巖疲僕夫籃輿貫以組沙礫灘芒鞋寸步衆力併俯窺深谷杳股慄久不禁坦途幽人貞諒哉保身命

詠古

祠廟臨空濶雲飛薦血鬻晴巒朝冥冥秋葉晚蕭蕭風殿錢唐霸功推越國高灘聲五夜氣流作浙江濤

湯登鰲字殿升號海門乾隆甲子副榜知廣東茂名縣轉知廣西北流縣陞知養利州署鎮安府著有雙日山房制義

遊飛雲巖

幻成奇境絕塵埃曲徑閒雲鎖綠苔怪石岐嶇離地插野花錯落任天開亭飛遠渠晴來雨洒泛殘霞客裏杯乘興倚欄憑指顧此間佳勝擬蓬萊

舟過端州刺史趙伯符招遊七星巖

犧舫攜樽信宿因行來秋色畫圖新山迴岌業雲藏寺境別仙凡鳥問人巖拱寒星高欲墜臺聯寶月夢難直（巖下有寶月臺）今宵一別孤舟遠此後相思獨愴神

楊（墀字泰安志遠之孫 乾隆乙丑邑貢生）

書李綱傳後

具有掀天揭地功緣何提舉洞霄宮兵成犄角分三路敵欲長驅掃一空在昔披靡甘退舍到來整頓起雄風主持國是時無幾閒卻經綸一釣翁

楊光漢字長民號惠菴邑文生

練塘觀荷

聯袂西郊七月天空濛千頃足雲烟含情柳引風中客解語花開水上仙勝地繁華何寂寂平湖清淺自年年忘機空有閒簑笠垂釣波心得靜便

竹林寺

南郊歷歷見雲岑幽徑逶迤任我尋石竇暗流泉自冷日光微漏竹成陰琅玕刻劃龍文古金碧莊嚴梵宇深偷得浮生閒半日好將清靜印禪心

八公洞

尋得泉源不斷流高低又復過林邱斜通樵徑荒烟合深鎖僧房落木秋古洞入聞人跡少層巒時聽鳥聲幽八公自是真高

隱姓字何曾世上留

賀五瑞字公輯號舫菴乾隆丁卯舉人內廷教習軍機中書　舫菴從張石帆學詩宗法唐人音節諧暢

火鍋

風詩詠錡大易象列鼎茲器審厥形錡與鼎並等創制昉何代得毋漢帝景景帝製五熟鼎春秋多佳日器具各井井朔風一以發峭寒當戶警玉盌倏韜光晶盤渺潛影盦飧何有饌棘七詫橫梗蒸然憑盛氣舉案失嚴冷雜貯五侯鯖老饕恣所逞中虛更善愛粗糲亦不屏下箸翻畏炎悅口但求飼借問春徂秋茲器胡勿省適用須及時請君鑒此皿

食蝲用漁洋午食得鱸韻

秋風運宵引歸夢鄉味頗憶淞江鱸尊前茁菊觀我笑遥情千里毋乃紆津門蝲胥來渤碣二螯入跪宜葵葅菊天新酒試斟

酌襟袖都欲沾膏腴小鬟雙持左右手引滿何必嗟無徒爬搜剔抉耐咀嚼雋永全與俗物殊草泥郭索自行樂何乃入餱同釜魚稻畦輸芒恣果腹一燈水次難逃逋不見巨鰲出海上山神失勢驚躨胡壽常穴寄有如此堆盤磊落吾憐渠

叠食蟹韻戲答陳雨亭

職事塡委百不暇品食遑聞繪斫鱸手拂蟹螯亦偶爾何來妙墨紛縈紆老手詩思淸到骨氣味不類奉常稍拂珊京兆越水翩翩兩騷雅一一創獲含眞腴桐岐梧岡況兼好事有畢卓淋漓大筆韓蘇徒秋帆公子好客貴異物奢望乃與生成殊要使四螯佐尊俎座中未免歎無魚雨亭有四螯早硯生淸渠之句我儕比似饞太守持务定欲追亡逋相從夜復索君醉酣後說劍呼風胡四螯不能二亦可醉翁之意不在渠

石鼓歌劉少司農命賦

金石遺文溯三代岐陽石鼓推權輿細文淺刻變蝌蚪字畫微與大篆殊文成之物久聚訟斷自中興始韓蘇吉日車攻符小雅璽妙信是史籀書雨淋日炙陳倉野何異終老滑泥塗氈包席裹橐駝背鄭氏拂拭歸鴻都尊古崇文功第一誰與繼者伯生虞神物從來閱興廢汴梁昔日輦載餘塡金縱然掩真面早爲異日留根株遷燕記在金元代草萊塵土埋形模有元仁廟世皇慶大都教授緊名儒上言徙置辟雍內左右甲乙磚壇趺疏欞扃鑰不可近橋門壁水相縈紆從此不動作雄鎮昌黎心力嗟區區入覩不數鳳翔一髯老惜未來睢盱於今已歷五百載深擁大廈安如初嶙峋直與琬琰並磨滅不隨鐘鼎俱疑信紛紛苦攻詰穿鑿陋彼歐陽徒文書彝鼎武刻鼓三代之制非

荒迄周宣賢王集鴻雁東征北伐張天弧獵碣煌煌豈誇耀覲

光揚烈昭前謨　盛朝德威播遐邇舞干苗格堪絜諸勒石鐫

碑太學在貞珉輝映聖座隅謂平金川事　武功詎止岐陽狩萬年盤

石恢　皇圖

晚眺

垂柳茶津亭漁洲繫釣船風生新漲碧雨洗晚山青歸騎穿斜

谷飛鳧泊淺汀江鄉圖畫思眺望入空冥

北行雜咏

旅店殘更夜鄉心特地增夢回空襆被吟斷只孤燈　上苑思

調馬寒原想按鷹如何猶彳亍行腳類山僧

和邵耐亭雪夜直宿二首用東坡書北臺韻

簾捲西風雪影纖　禁庭簪筆勝秋嚴才名高並人呼玉宦況

淸於味斷鹽堆案黄封背隶燭當空白戰晚侵檐飄然詩思來無敵第一先賡險韻尖

昨宵宮樹數寒鴉瞑色依然赴早車前一日予寓直朔氣暗隨秋盡信嶺梅飛報禁中花試看積絮連千仞早上平疇視萬家獨向鳳池宜雅奏知君不是手頻叉

悼亡

河干握别暗魂消掩淚無言送晚潮捧檄有心勞寄錦畫眉無計悔題橋也知世事鴻飛雪不謂前因鹿覆蕉把筆思君終擱筆夜窗風雨恨瀟瀟

和石帆張師九日登高韻

聲望人瞻北斗高掀髯長嘯俯晴皋秋横雁字新詩筆曉拂霜華舊錦袍自有光芒容載酒況逢佳節話持螯履基愧未隨淸

賞擬和陽春與巳匋

寄呂鈞來

姓名次第大青銅歲乙丑君縣試第一予第二府試若輒躓然同補邑弟子員文藻如君思獨雄書劍我生悲作客鼓旗公等健揚風六朝山色迎虛牖君比年游學秦淮八月江濤撼碧空命駕歡然留竟日愧裁巳詠答郢筒

口號

社老何曾剩一錢空餘塵甑冷炊烟怪他豪客荒唐甚猶賦蒙莊胠篋篇

賀朝晃字崧五號嵩林乾隆丁卯舉人知朝陽縣

珠江晚眺

徙倚江樓外萬條恨易生歸心隨鳥急時事看雲輕水寺疎鐘遠山村暮靄平發方秋欲老候雁竟無聲

廣州立秋

蕭蕭館舍粵山陲正值秋來薄暮時爽氣乍高雙女祠鐘聲初動五羊祠遐陬苦熱勞形役故國新凉入夢思到此雖無搖落景也教宋玉忽生悲

上巳遊粵秀山

修禊曾傳晉永和勝游今見粵山阿乍晴嵐影開如畫漸老春光去似梭流水坐臨浮綠蟻學書未許換紅鵞一觴一咏幽情暢秖恐羣賢未必多

吉廷鎰字裕民號邑文生著有棣晴書屋制義

秋齋

秋齋天氣爽無事不相宜雨過移花活風生醉酒遲新歌調綠綺小字畫烏絲只此消岑寂尊鱸莫漫思

補砌

西風颯颯透疎櫺搖落驚心不可聽爲取剡籐還寄補讀書檠照一溪青

朱章華 字韞佳號楚閭乾隆丁卯副榜任霍邱教諭

吏部窪

此窪垂名久緣何不共攀策笻循石徑游屐轉泉灣楓葉霜中醉林花雨後斑佳城有餘戀明月照空山

登圌山

圌闕高控勢重重挹袖登臨石徑封雪湧海門千尺浪雲浮江上五尖峯雁橫影落東霞寺秋老風來北固鐘絕頂蒼茫憑一覽更從何處問元龍

丁之球 字夔文號花溪布衣

三叉河曉泊

如駛奔流淮水明楓林鴉噪曉風清盡來樓櫓星初落聽去村莊雞已鳴烟草綠楊看日上水侵紅蓼覺潮生黃蘆岸曲芙蓉外回首雲山江上橫

汝陽道中

沙堤衰草雨淒淒水濶泥深路漸迷風急雲低天欲暮空林時有鷓鴣啼

厲翼字耘岳號南靑一號鄰湖乾隆庚午恩貢生著有綠雲堂古文翠微堂詩鈔谷音集制藝京口耆舊集云鄰湖篤學力行爲諸生祭酒所作制舉文名谷音集一時翕然宗之其雜詩云願以松柏節終世至歲寒始又云至行出性情爲道非役役可知鄰湖所抱不僅在制藝間也

六月既望偕印希思練塘觀荷

吾邑遶江山練湖負郭遥襟帶西北隅吐納長山水波心築滸

墅滄濵結屋市盛夏蒼芙蕖淩波集仙子我來已愆期紅妝不可藉萬頃葉亭亭殘葩晨星稀吁嗟弱冠年邑宰殊不鄙不以睛自封來將棟宇理荒石葺於山桃柳江洲徙彩閣煥明霞雕梁脩清泚不知羣兒愚亦用故摧此存者日就傾樓危尚足倚倚樓望所思宛在水中沚老僧說滄桑彷徨夕陽裏湖上碑亭復湖時所建邑令王時昌因之構殿宇營樓閣建書院築長堤繞堤植桃柳衆怒其貪殘諜聚毀之索其黨於湖亭毀書院遂無完宇

對菊有懷

有色不求媚有香不取憐耐久得良朋亢傲伴寒宜平生感意氣白首心彌堅結契外形骸矢共老巖泉

玉乳泉

天下名泉可歷數京口中泠與玉乳玉乳之味旨且馨能駐紅顏滋臟腑邑適有泉與作鄰銀牀甃然如列堵寬廣下虛深不

測鰲星潑潏鳴金鼓安知不是神龍宅其中入表甘霖於焉溥
谷荒徑僻人跡稀屈子汨羅投莫覩土人議閉玉乳俱前有人溺其中
覆以磐石陻以土棄置蛙黽蔓草之穢墟空令瓊漿化爲蠱弔
古人來慕山阿棲霞一望惟宿莽荊榛之間露銀脉隱隱騰上
氣如虎鑴來剝落大字三遺跡宋賢堯佐甫吁嗟躑躅可勝憐
宜在聲玉與元圖胡爲廢剎發餘旁時庵福寺火焚惡能忍此而終古
乾隆歲乙丑顧士邑某某欣然集得同心人寶匣鏡開光燭斗
壁沉影靜殆百年素綆轆轤競奔走家命負陸羽人盧仝黄甕知
味別白叟已而道遠汲者艱只今塵埋又八九悲哉不出五陵
杜鄠間稭藉豪華貴遊口好待玉輅南廵 清問甃 天章宸
藻千秋壽

和廖明府經山銀杏二首

古木逾千載凌霄障數峯根盤蹲虎豹葉密護虬龍髯接天風
廻影隨山月濃秦封猶在否追配岱巖松
嘉樹誰封植蕭梁紀大年幾經人閱世依舊鳥啼烟老幹冰霜
飽高枝星斗懸精英垂萬古桃李敢爭妍

春夜坐雨

小院陰陰客思攢春光猶未到江干青燈低映三更雨綠綺高
懸二月寒覼縷家書愁紙短辛酸鄰笛借尊闌遥知刀尺深閨
裏共此淒其聽漏殘

送友之禹州

老於鄉里類蜉蝣郤羨君能汗漫遊馬上名山窺五岳胸中古
蹟印千秋寵崇雅以江湖號元亮徒爲松菊謀自笑不知南北
路蠹魚堆裏雪盈頭

諸葛武侯

治蜀才固奇南陽出處正管樂何足方斷非所自命

諸葛瞻並子尚

拒敵身殉國累世受恩深子復不忍生劉禪獨何心

北地王諶

紛紛隨面縛誰復念昭烈卓哉哭廟人漢氏錚錚鐵

姜維

纔詣會軍降旋與會俱死降後徒區區終見傅僉恥

吉夢熊字毅揚號渭崖乾隆壬申順天恩科舉人壬申恩科進士翰林院編修歷任御史署兵科給事轉太常鴻臚光祿諸寺卿通政司副使順天府府尹太僕寺卿山東大主考通政使司通政使提督福建學院內廷供奉三十餘年從祀鄉賢著有所紀堂詩文集棣睛軒制藝

平定回都鐃歌八章并序

臣伏見我　皇上神聖文武自西陲用兵以來五年之間平定準噶爾全部左右哈薩克東西布魯特咸入版圖逆回大和卓木小和卓木向爲準夷所拘　皇上釋其俘繫予以生全酋負恩叛逆　皇上命將率師聲罪致討今年孟冬月將軍臣兆惠臣富德等露布至京師逆回授首邊陲永靖拓地二萬餘里駿烈鴻功推校史牒罔有倫比臣仰荷　聖恩職司文字恭讀　御製太學碑文載平回始末有八事焉依文按義謹作鐃歌八章以獻

皇威鬯言西域歸誠邊陲底定寔神人之協贊受　天祖之鴻庥克奏膚功悉由　宸斷焉

皇威鬯海西隅揚　祖烈合　天符斷羣惑伸　廟謨士挾纊馬肥芻熊羆集貔虎趨秉玉鉞控雕弧役谷蠡骨都服日逐

降虜屠戮水火閼榛蕪拉者朽摧者枯兵皆屈人皆愉就事日

霑渥濡修嶽貢効山呼功無極德感孚

剪奔鯨言皇上平定準夷擒霍集占兄弟於俘繫中二酋負恩助逆皇上赫然震怒命將致討焉

剪奔鯨釋冏鵠　天子聖仁待爾以不殺俾爾歸室廬存爾爲統轄窮猿破獍肆猖狂爾狂從之助桀黠元凶已梟爾小醜跳梁能幾時偷闚關外羽書馳天戈遙指雪山陲

索倫兵言逆酋逃入庫車索倫兵奮勇克敵逆酋駭遁焉

索倫勇健無堅不摧崑崙壓壘卵憑依三窟何爲哉　聖明洞見萬里外蹩矣游魂尚狡獪螳螂誕敢怒臂張幰外驤騰士氣揚夜斫賊營賊遁亡自相蹈藉勢倉黃崇墉仡仡庫車城王師巋巋索倫兵

黑水堡言逆酋據葉爾奇木城擁數萬人以抗我師我師纔四百餘能刺將搴旗築堡黑水以討賊焉

黑水堡萬里樓蘭道雲布星陳行電掃蠢爾蟻聚之凶頑數萬甲兵屯絕島我師四百餘摧鋒能直搗前渡千丈河河流奔浩浩莽浩浩誓將逋寇塗肝腦頃刻隆巖嶮壘成鳴金縱鼓伸天討

神兵至 言皇上廟算如神先期調集軍士決策制勝焉

神兵至五夜貔貅薦鐵城九重宵旰籌邊事先期部署飭戒行龍豹韜鈐資 虜思白日旌旗大野懸突圍奮勇舉鬭次趄桓將軍來自天喧闐鼓角聲殷地招搖抽鋩列缺搖欃歸臣拜手惟帝之錫批亢擣虛鋒蠆斧蜎浴爾逝迺敢攜貳

天馬來 言我軍驅役隊之馬由戈壁抵黑水夜擣賊營中外夾攻賊人驚潰焉

天馬來天閑十二蕃龍媒隊隊權奇俶儻才擬金敳玉疾銜枚蹀躞趁趯殊未已日落葱山暮雲紫轅門候騎識我師中外交

攻相犄角飛騰駿褭豎蘭筋欲蓋長蛇藏封豕阿克蘇城振旅還烽火遙通黑水流 宸算常俾掌握中長驅采入排驪

克二城言逆酋懼我師之臨其城下携輜重以逃至達山而葉爾奇木哈什哈爾之舊伯克獻城以降我師撫定用是長驅拔達山焉

克二城壺漿以迎昔恃嚴險今隸編氓昔羅罔穽今樂昇平將軍按部宣 天德童孺謳歌氣旁魄蒲萄罽𦋺入貢隸水衡之錢易騰格嗟爾賊子徒奔竄脫兔投依拔達汗拔達山高大瀕間 聖朝聲教服侯猕不容小醜相追攀

露布傳言神武遠揚拔達山汗素爾坦沙函逆酋之首齎送軍門邊陲永靖 皇上告成 天 祖承歡 慈寧並宣 恩中外焉

露布傳逆酋之首槀街懸豐碑銘偉績 膚虞矢乾乾 天子神聖文武虎臣貔貅盈軍府萬里靖烽烟雨堦舞干羽鴻功深

昊穹芬烈馨　列祖　大孝歡　慈宮　湛恩洽　帝子景星慶雲和風甘雨億萬斯年永受天之祐

短歌行

薄遊川上逝者如斯悠悠歲月亡何弗思解一思古之人孰丕令名涉氷履尾執玉捧盈解二鼓宮應宮鼓商應商愼其所比鳴聲相當解三佐饗得當佐鬬得傷毋黨非義積善有慶解四譬彼作室豈俗構楣亦若稽田穫早黍遲解五行無愧影寢無愧衾古訓可監永存於心解六

河間五詠

河間獻王德

經籍蕩秦灰斯人拾煨燼實事求其是迨次儒術愼淮南亦好書鴻寶雜蹂躪大雅茲不羣兢兢式古訓起召三雍對歸考六

尊信帝王治復還此論洵可證

博士毛萇

雅頌久蕪沒義晦三百篇毛公雖晚出遠自西河傳彬彬賈馬徒服膺守一編古來訓詁家傳注申言詮卓哉鄭康成創例爲之箋金石或寒泐茲事永不刊

太傅韓嬰

内傳不可見外傳起遐慕魯詩托申培齊詩藉轅固如鼎有足三屹然尊太傅以事爲之緯其義經則著易注久不傳乎自云祕付重茲十卷書辭君演章句

江都相董仲舒

功利蝕人心夫子秉正道當其下帷時發憤積千歲一朝對賢良三策帝心易平生禮自繩兩折驕王勢流傳繁露書微言炳

天地迺珠識拘墟稷鑰揭其粹

博士熊安生

當塗暨典午老莊山水擅河北挺經師植之最名彥賓館折冏使禮書深貫穿武帝入鄴中安車趣敦遣義疏補不備籍遠爲論譔流風逮鄉人精詣數焯炫

秤鈎灘

下水灘之右上水灘之左灘以秤鈎名灣環形稍稍訖沲未開鑿山骨蹴衍間下水勢建瓴去帆疾於箭惟有上水難雲舒爭堆垛撐篙手刖顫搖櫓腰必軃長或百丈牽短或尺纜拕飛採高忽下步步歷坎坷周迴綫路微曲折烟磯鑽眼呼發聲厲邪許用力果轉移給便提水工工捩花當其傾側時篷窗頻起坐焉得巨靈斧手劈此磊砢川流浩蕩中鏡面浮輕舸

讀前後漢書作

劉向經術

春秋有五傳宣帝立穀梁更生年方少石渠事表章始慮宦豎變終防戚畹昌精思不能恪著書懷悲傷洪範推五行傳序說苑詳鑄金乃徵瑕終不掩圭璋

桓榮禮讓

建武崇文治議郎用經師春卿少力學傭工以自資屯遭匿山谷講論忍困饑一朝風雲會稽古荷恩私從容說書史天子屢領頤通經羽林士賴此風教基

賈逵義詁

昔爲六經者聚訟靡所從長頭析疑義天地各三宗羣經多論難大治歸陶鎔帝迺選高生才叩鐘令呂春容往復百萬言庶以銘

塵封嘉彼屢空節恐矚首陽蹤

鄭衆守正

青宮變儒雅束帛敦禮聘謝彼四皓徒確然守其正後來使單于露刃節彌勁以比典屬國先後相輝映詔復臨鐵官犯顏敢諫諍太息司農書畢止章句競

鄭康成註經

遺經有十四三禮浩卷帙康成註該博聖作明者述其餘箋義繁一燈照漆室因雜讖緯言後人貽口實猶嗟黃巾徒尚不入高密大賢宜服膺惇庸欽敘秩

送門人成城之羅田任

朝菌閱晦朔松柏經歲年立身重晚節君子防未然方兹綰墨綬民社是所肩嚮守學道素而揮武城弦摘發非無智擊斷亦

有權馬班傳循吏炳麟周漢前教養戒操切君當師其賢
遠望無諸國跨海兼連山風氣所磅礴眞儒萃其間起宋七閩
盛抗衡濂洛關游楊及羅李考亭絕躋攀遺書或可採治理詎
能班文翁昔化蜀七經無一删君今搴帷至報最超塵寰

按試永春以背寫十三經暨作經解詩賦來應試者三百
人就中童子年九歲至十五歲者十二人別置一所嚴
加考試錄其文理通順者三人德化縣許元生徐鳴鳳
永春州曾鵬程詩以示之

四齡讀賦完三都六歲誦詩日九紙古人早慧傳史書渥洼生
駒志千里使者按部來永春山圍水繞民風淳口銜　天憲試
多士臚辰玉映十二人就中許生烏十經童烏應入草元亭徐
生寫經篇有七背誦豈數知風丁曾生丱角操鉛槧初學吟詩

辨通籍得非驃騎所掄才賦琴賦席兼賦犬其餘九人亦迅驟求衣孰學希元肯期爾文章老更成自昔書升惟論秀嫣哉三子毋矜誇浩如烟海詎有涯詞賦傳者正且葩別材非學流罕哇請看吾徒記章句漢儒緒論存箋詁能抱遺經究終始始說文宣歸阿士

甘泉漢瓦歌爲林學博李天賦

谷口崇構甘泉宮露寒鳷鵲相西東孫卿誕說樓居好通天臺與寥天通後來淵雲奏賦頌諷詭推嗤辭難窮長林公子早嗜古邀庭縱目心豪雄（爲中書舍人林佶之孫）匹馬短衣東渭外彎弓射虎南山中日暮烟横重巖巔寶氣迸出荒榛叢拾得土間一片瓦歸來洗刷排埃氛雲紋長生未央字斯邈篆法陶人工刓方爲圓琢成硯外環輪郭中虛盈漁洋山人竹垞叟甘泉漢瓦書曾塵

同記安學傳摛過我述祖爲我陳始終摩挲試滴方諸水含墨
宛宛琴中蟲蛀腸附挎過火氣持此光物清雙瞳羽陽銘況銅
雀沒灑面仙淚盈金銅楚王廟磚不可辨香姜閣瓦誰爲護建
安興和六篆隸容齋遊後塵沙裳搜崖剔藪忽得此贏劉故物
光能照曜窮摹拓一本過還之學傳綴以嶸其似灘哥昔年石
僅寫梵夾傳房融書懸四庫灊擬述且爲爾歌塡其空

隴頭吟

隴頭岐坂不得上上有激水懸危嶂落日旌旗照列營白草黃
沙莽相向漢家舊有飛將軍猿臂長身材氣壯疾馳生得射鵰
兒危急擲殺白馬將左賢萬騎出穹廬陣苦雲深矢集裾日暮
吏士無人色將軍意氣猶自如身經大小七十戰師出東道行
徐徐嗚呼失勢尚逢醉尉呵將軍其如貴人何可憐李蔡下中

儔論功旋封樂安侯將軍射石空没矢千古隴頭鳴咽水

張晴溪招飲題吳仲圭竹譜不全卷

開元以來寫墨竹道子摩詰最推獨流傳競說李夫人高格何
緣混脂盝此卷異梢抽翠琅烟姿雨色横瀟湘誰與作者元吳
鎮梅花野屋堆元霜可憐渭川失千畝殘縑瘦節蛟蛇走初疑
東坡老居上不然洋州饒太守篔簹記文氷雪如卷首五百餘
明珠人云以畫掩其竹吾謂以竹掩其書書全畫缺亦何怪存
之可見四家派金粟行劫會有時寥寥此意何人解秋臺郎官
心好奇神金市中搆得之酒間示我珊瑚枝請我發筆題新詩
我聞子昭多積鏹道人妻孥愴悒怏過我雲烟二十年聲華迥
出鄉人上即今斷筆就飄零風搖碎影聲瓏玲偃仰顛欹自有
意中藏直幹撑青宜蒼碧莽莽氣韻異華亭尚書印殊契昔目

王孫金錯刀書邛畫邛豈絕致此書相如趙璧完奇珍席上歸來看此畫少陵飛鳥句脫字欲補吾知難

潞河行

我來輕舠出潞河野田菽粟風傞傞初秋爽氣致佳絕雨珠滴瀝鋪圓荷紆廻百里背城邑但聞岸旁喧囂叫呼急千夫萬夫牽挽不得上岸檣楚柁如林立正供什一輸 皇都歲歲飛芻來直沽沢且往蹇胡爲者白河流沙無時無流沙挾水行河駛沿途淤澱烟波裏不施疏濬施鐵板昆刀切玉銳無比畢官袖手愛安便役夫虛費水衡錢坐使中流易停滯軍船遲遲招民船民船紛紛藏野岸得間居奇求龍斷丁男繫汰行江湖何堪苛索多驕糾是時溫公與范公碧油紅旆搖和風珍重神倉奮宿弊芻言往往叩優容一紙官符疾於矢五百役夫齊下水傭

備之艑船鱗次排萬方秬秸航滿泚我歌潞河行兼語同年生空山伐木求友聲歌罷月明天宇清

重摹宋搨本漢石經殘字碑歌爲編修翁覃溪賦

翰林耐暑來山茨貽我新刊殘字碑云是東京舊石本宋人傳拓今鐫之殳精嶔起珠囊理獻書寫書文在茲石渠虎觀事尤偉餘畧傳注相維持河間班班諸姪文蘭臺校書以賂遺是時貂璫能建白博士試者直堪嗤議郎臣邕憤所切六經道喪行其私請懲穿鑿正訛謬遂石刻劃臣能爲熹平天子詔曰可命邕書丹工琢雖鴻章磊磊列星布日見千輛車奔馳盍毛包周條論語嚴顏春秋曾故詩以茲經義示千載豈但分隸稱神奇可嗟一紀爭有廢滄桑幾閱石幾移或爲礙石或柱礎或叉委棄爲橋基鄭公鳩聚十之一拓本深嚴秘府垂明皇在御尤寶

壐開元小印鈐愉麋後來儒生好博辨一體三體分妍媸楊家作記沿范史趙氏著錄尊皇羲漢惟一字魏三字廣川東觀見各歧番陽洪相雖晚出辨釋原委文紛披蓬萊閣增蘇望本重於寶鼎陳汾雅七百年來閟久毀況能片紙窺藩籬眼中突兀忽見此百二十顆珠探驪將毋拾自防秋館不爾投之嘗造司顓門洽熟仍師說文字增損君何疑孝平惟孝今生讀我筆本同黃伯思即語筆法亦瘦硬鐵波濃點兼參差名工重刻存古則斷圭裂璧價不貲杜林從此訓詁守楚金要遵編圖視此本不是糊塗墨（用元龔璛句）形影橫山古玩隨吾鄉寸字渺未盡延陵故里嘉賢祠鴻筆試問篇家誰上掩史籀況邈斯他年搨來送君閣虹輝何止滄江湄

纍山學舍同傳野兄作

昔稍挈盤飧空齋雨後寒地高山人戸夜承月當欄雁陣離還
合艫堂窄亦寬對牀牽別緒何日返江干

姜元章招飲宛委山堂陪徵君姜上均作

桐廬插架列縹緗詁訓羣經鬢有霜顧我欲逾皇甫序對君疑
人鄭公鄉石渠往日論同異玉尺何人校短長剪燭劇談忘漏
永故家文物盛山堂

酬湯文學拱宸

別來不作三万拜當日先投七字詩京口江山原壯麗故人詞
賦益清奇閉門索句心常靜插架排書手自披盛事祇今朋不
朽莫嗟高臥鬢成絲

赴埤城作

出郭秋嵐萬疊清巉巖歷盡到埤城河流暗挾江潮入山脉潛

根地脉行兩縣界分南北岸千家聚有葛懷民豚蹄盂酒衎嘉
祝喜聽村莊打稻聲

過經山宿從教寺看銀杏有感

樹爲晉代物大四十圍近燬於火而根未枯上已茁芽

詩以誌感

昔遊重到碧山隈晉代遺株付刼灰境僻故容千歲樹年深邊
遭六丁災捎雲蔽日成陳迹布葉抽條茁故荄說與寺僧勤守
護莫教剪伐失滋培

經邵氏五公祠

宋代門才遠人文舊有聲嚴陵工作篆邵餗幕府善論兵邵約史投
簡文思院邵爊銘勳泰鳳營邵鑄循良三縣最邵景先博洽百家并邵彥
世係堪徵信蒸嘗漫闕名崇祠五公外增祀禮方成

過羊太傅祠

高梯觀石印都督控荊襄地識三公貴身長七尺强五城還據險三境且安疆示信先禽左推誠及樂巖畋漁憑暇日裘帶試徵行執策爭徐允招降縛鄧香德猶江沔服讓獨衍戎張物論雖無定臣心自有常奇兵勳深益至計緩泰京天塹何難越人謀已悉藏水龍偏致畏岸獸欲深藏抗表留王濬辭封比子房角巾標雅素籌策擅精詳議祇張華合才惟杜預長遺操悲晉帝決意走吳艎不久樓船下終敎鐵鎖亡殘碑曾墮淚參佐盡含傷早卻三司罷遺榮萬歲鄉鬚眉祠廟在魂魄峴山陽典午推儒雅風流孰頡頏

陳山五首錄二

差峩壁立疑無路宛轉山坳別有村此是羲皇前世界秦人誤

詫武陵源

林鳥鳴呼山鵓鴣山農爭穫潑巴秫數聲簫鼓喧同巷一幅朱
陳嫁娶圖

呂兆安字政和號乾隆壬申順天恩科舉人任吳江教諭

夏鎮阻風

停橈夏鎮恰初更雨後河津寒漸生野寺鐘鳴驚客夢荒林葉
落送秋聲連朝颶母催風急駭看陽侯鼓浪橫惆悵歸思添寂
寞幾番屈指計征程

滹沱河懷古

浩浩滹沱接杳冥曾傳河伯效其靈至今一片蒼茫水不見當
年麥飯亭

孫朝盛字雲儀號懋齋乾隆壬申恩科副榜知麟遊縣

就景亭和友人韻

俯仰乾坤總寓形壺天託迹慕仙靈逍遥風月憑傳展拂擋雲山寄一亭著處勾留心自白覽時嘯咏眼光青無邊光景無窮趣面面詩題幅幅屏

金天觀

紅墻缭繞舊仙壇翠擁烟霞殿宇寬古木千章來鶴舞渾河幾曲見龍蟠淮南雞犬雲中杳子晉鸞笙月下寒回首滄桑何處問忽驚雷雨起空潭

彭璿　字五如，號璞齋，乾隆壬申恩貢，任歙縣訓導。

權德輿故里

為訪幽居到練塘頻年湖海易滄桑燕翻波面湖光白鶯囀堤頭柳色黄姓字不隨朝露滅樓臺空逐水雲鄉溯洄遥指伊人

處幾點殘鴉噪夕陽

戴錫爵字漢英號乾隆癸酉舉人任黟縣教諭

謁陳少陽先生祠

義氣當年似鐵錚舉賢除佞獨推誠祇留熱血酬君父豈向微軀計死生不忍二宗終北狩甘一就併南荆聲名自足芳千古秘閣何須辱再旌

荆行舉字雅南號南村邑文生著有賦名臣言行詩七絕百首未經得見又有詠明史樂府六十首筆力雄崛直接楊升庵李西涯諸前輩因亟錄二十餘首

昇舊內

賜舊內中山辭與之邸飲以卮昇正寢覆以被醉不知醒請宛高皇天顏則大喜王之純謹機管乃若此惟賜舊內不敢康所以後有大功坊

三

花將軍 夫人郜氏 侍兒孫氏

花將軍仗劍從王屢立勳天生眞人鎭乾坤列宿奉命來天門大刀長戟敵萬人追逐山寨如羊豚吳楚之域殺氣屯特命開府大江濆手挈兵符成令尊上游控制爲國藩是時僞漢恃豕猾鬣旋尾沸姑熟閫侯平章勇氣凌雲十盪九決勢欲吞無何之食士卒塵城破被執縛以縆奮呼縛斷縆紛紛奪刀連斫數十人賊怒矗攢碎其元懸檣叢射將星隕罵不絕口齒齧齦夫人郜氏尤錚錚知夫必死爲忠臣牲酒告廟會族親夫死我必不獨生花氏只此呱呱嬰涕泣付托侍兒孫聞夫既執投水濱侍兒瘞屍抱兒行路逢漢軍擄入營營中禁聞小兒聲走寄漁舍贈珥簪漢軍既敗視兒存竊向陶穴潛身蹲出資買舟望帝閽亂軍推墮江水渾適有斷木前浮沉一手抱兒一手憑幸逢

蘆葦邊青芬取食孤兒將一句嗚呼義夫節婦鬼神欽忍令花氏盡沉淪夜半忽聞人語喧引之達岸遂金陵侍兒涕泣訴前因高皇抱膝天語温詔宣雷老酬其恩咫尺不見歸青雯

黃侍中觀

烈烈黃侍中奉詔募罷能行至皖城界君邀兵入靖卓哉翁夫人秉性素堅貞斂釧紿象奴携女投水濱公知時事不可爲東向再拜泣君危倉卒招魂壅江上翻身躍入羅殺幾人云公與夫人死一在與頭一在尾浩浩淼淼隔天涯應嘆精靈各一涯君謂浩氣塞太虛如水在地無不至幾兮橋兮究何兮雲旗倏忽乘雲駛君不見清溪橋畔月淒凉冠裳時摯三女所東草行到又何妨

遣鄭和

卷二十四

金川既已入讓皇既已匿忠臣既已誅大位既已弋四顧增躊躇成王竟奚覓人心向背間忽然事叵測惟有宣國威戎兵肆覓諸果否焚與亡藉是潛蹤跡海內尚服從中原自惕息鄭和久服勤樓船可樹蹟自蘇至浙閩舳艫屢相接若瓜哇若占城若舊港若蘇門三十六國齊獻琛崩角稽首來王庭另有密旨人不聞

周廉使 新

關節不到包待制冷面寒鐵周廉使執法如山令不移熊車爭喜迎公至樹葉飄伸寺裏魂蠅蚋叢訴草中斃云何先入紀綱讒殺我廣東忠直士紅衣見形赤日中衛江城隍擘奸吏

錢塘一葉清 宗留

藉藉口碑道錢塘一葉清一琴一鶴趙清獻官舍時聞誦讀聲

周廉使時出巡按部至閩無人覩其厨兮入其室祇有銀魚挂素壁分得數兩歸署中㬰息清廉誰與匹明日傳呼宴縣官樽酒簋貳品精潔笑指盤中笠澤魚此味原是君厨物

北狩

天下事誰人弄得如此好好雲端坐推入塵埃裏命下兩日郎敵行倉猝覩師惟閣指風雨連日聲息危人謀不臧天象否爲進鞘運賊合圍五十萬人同日死也先耶伯顏耶大同毿剣耶出語驚與恒人異千軍萬馬死亡中矢鏃不沾識天意窩兒帳房帳底温赤光覆繞如龍庇兩足夾温向袁彬六羊挑自沙狐狸吾爲萬世留美名豈顧修好矜盟誓一穴何能容兩龍一龍何能久盤泥留固可羈靖康謀歸亦可收漁人利若非忠肅定廟謨幾何不墮奸貪計素稱王先生幸先摇擊幾桓桓樊将軍

曲阿詩綜

名忠義軼陳元禮不然又一叛臣壽胡爲復辟復戀戀特詔塑像

雄忠寺

一腔熱血

賴天地祖宗之靈已有君矣擁帝於大同對之若此擁帝於宣府京城又對之若此斯言也事固以之成覺亦以之敗事以之成使彼抱其空質而無所用其要挾之謀覺以之敗謂竟恝置脅君而不急請爲奉迎之計厥後錮南城易皇儲謂公不能强諫皆若公之竊計而私議又况有貞不用以公之忮之也惡之石彪貪暴以公之岀之也妬之劾英國之失機也以故張軏嫉之致中貨之來手也以致吉祥又怒之一腔熱血灑何地此皆公所抑鬱而誰訴者也不殺于謙今日之舉爲無名乃知迎立襄藩特綳之耳

石城吏目鄒智

人生大事做不了龍吟虎嘯凰皇叫弱冠領解何足驚梯階撞破天門曉别白忠奸列若眉紙糊泥塑一筆掃身親三木甘如飴北風吹向羊城道數年黜陟恐如公公在九皇應含笑

羊城義骨

羊城張聚眞義士爲吏詿悞被黜褫甘心擯斥田野間不肯私慽慽公義爾時韋泰督市舶橫肆貪暴爲民厲監門陳選實忠貞每事裁抑不使恣懷怨誣以他事逮鋃鐺周內苦無詞忐言張聚受擯黜謂可藉藉實其事啗以厚賄既不從威以嚴刑又不悸身受三木無完膚始終一詞不忍二陳選剛正被屈辱憤憒成疾旬日死勘官李行承泰旨疾報陳死洩泰恚聚特上書遶九閽具陳顛末懇詔示奏入不報胡爲乎洒盡荒陬義士淚

嗚呼其美豈夏姬夷齊豈盜跖千古忠奸事不平傷心强半盡若此

黑眚見

黑眚見西廠建黑眚非妖妖由人西廠即是黑眚驗誰令猺獠督其事不察奸宄察便利入獄出獄憑罔兩口含天憲纈東紡爾何人不畏國法爾何人不畏西廠咄哉阿丑好酗酒仗兵兩鉞左右手危言頻入天心移出爲南京御馬趣道途落寞供帳稀尚云聖意不可知西廠罷黑眚止

翰林四諫章懋　黃仲昭　莊泉　羅倫

鰲山燈火悦兩宫分題命撰諸臣工楓山三人抗疏入何異前詔勑省躬江西湖廣旱千里民不聊生半羸徙若移冗費賑流離其爲孝養孰大是疏入忤旨命廷杖血肉淋漓氣彌壯前此

南陽起奪情李賢一峰疏諫先鋒鋒謂羅距視時事六月耳翰林四

諫今猶鏗

羅念庵洪先

人有出世操方有用世具緬我念庵羅先生丰神洒落淡勢利

嬌翁喜慰斡大事公面發赤何足異投刺雜沓來門庭袖米講

學蕭寺裏嘗云刻苦二十年始能刮去狀元字

趙風子

嗚呼怨毒於人甚矣哉不信請看趙風子趙風子一賊耳大言

自負豪俠士後爲劉六劉七擒賊黨得之勢益熾入泌陽恨焦

芳芳知必死潛逃亡斬其衣冠代其體此一舉快人意

毛老翁

毛老翁年八十訓蒙童求口食適有星學宿館中篝燈四壁雨

濛濛聞設既久情欵洽請翁庚甲待推窮翁言吾年已若此功名富貴尙何冀請之再三始云云拍案大叫眞奇事太公八十遇文王翁年百歲運乃昌翁言先生且休矣何用虛語來欺狂果也年至一百三其孫文簡狀元郎名澄官至尙書九重命是人瑞坊烏頭卓楔姓氏揚不信試問蘇太倉

董圭峯 玘

董圭峯攜思絕坐樹巔閉室家日鑿一竅混沌死滅火更燃肯因蕤惟其失心深是以立品潔痛其師事瑾逆依阿與認不能決當時一言同去矣奚用今日相對泣衣鉢私恩豈公義祇書願削門生籍君不見無名子早陳詩迴首湘江春草綠鷓鴣啼罷子規啼

草制盍泰封

人所不能諫之事而我能諫之并無倹乎我之諫設言微中漁然釋斯爲進諫之尤奇武宗毅皇帝舉動多任意左右納秦賄勸益備封地此地廣且饒大非宗社利公卿競進諫毅皇怒震厲楊將其引疾晁廷和公獨草其制誥語引高皇將順奇規替闕詞未及終急令寢其議乃知盤根錯節利器歸回天只在數語間

三人做得好大事 胡世寧 孫燧 王守仁

三人做得好大事神靈早向空中示一發其姦一死難俱平還有陽明子當日寧備逆謀稱賢稱孝圖入嗣賄囑錢寧與臧賢私暱僞學劉興李世寧特疏早裁抑離間親王反被繫以莒減鄣十四年孫燧抗拒請宸旨陽明定策潛步備便宜勅書先本部先攻省城虛其巢繼邀鄱陽擊其墮遂使千年黃石磯巢

詠舟子王失機

嘉靖三楊 最 爵 繼盛

永洪三楊遇何隆嘉靖三楊遇何蹇同是當年社稷臣祇緣遇主殊歌泣端拱元默自仙壽何用深宮始靜攝禍亂皆由失人心危言一一甚懷切十罪五奸糾權奸朝奏夕錮詔獄室浩氣沖塞太虛中忠魂尚欲補衮闕遂令後世忠義徒羨彼惜此增躊躇若使三楊遇洪永不知匡救復如何

張曹冤 經 邦輔

倭寇犯東南世宗勤禱祀欲藉海神靈殄此羣醜類特命趙侍中兼充觀軍容郎君義兒是則工烏有籌畫堪臨戎貨賂不至義不同縱有頌牧難爲工君不見王江涇倭患以來第一捷玩寇殃民跡已入又不見滸墅關壞功未能偏死鬬僥倖成功又

續奏

昇艷婦　蔣文華

艷婦十二軍中擡豈爲鬭比腰肢來今壂關前若麈戢幸是殘冦未曾面君不見葉麻徐海與陳東將擄婦女攻城墉晝則織絲夜擁臥莫同祝嫂羣稱賀

刑東樓

魯雞之不期蜀雞之不支自謂揣摩熟欵段出京畿誰知計中計翻以此見給命下棄西市抱頭涕漣洏惡貫既已盈難逃天網恢臨刑所人悲胡爲樽酒相呼馳還有匹帛書夫子謂今含笑九泉矣

張江陵

張江陵經濟臣受遺詔輔幼君嚴保傅肅宮庭三揚未能制王

振劉謝未能制劉瑾毫閹憚之不敢逞公於此際力尤勁祇緣
居寵不思危結憑保兮逐新鄭三部亭接宫驪已知陵谷有變
遷胡為紛呶戀奪情嗚呼進退存亡不失正其惟聖人能之乎

黨東林

東林本無黨有黨非東林黨係崔魏輩借以摧其鋒龜山講學
處變為陷人坑天鑒錄點將錄中外牽引通線索按册驅除恣
殺戮草向高及時雨繆昌期智多星托塔天王李三才聖手書
生文震孟遂使文章節義倫書作天罡地煞論嗚呼一網打盡
幾時休六等早定御頭案

五人墓

五人墓即是逆璫祠壟處山靈不肯被逆汚易為義士埋骨土
當日逆璫逞毒燄緹騎四出忠良錮吳江江陰方洶洶蘇城又

逮同吏部萬人號泣爲請命銀鐺擲地聲何怒拒逆詔書爲亂民東厰拿人何必赴顏佩韋首先揮衆怒羣毆聲如雷羣狐竄伏蜷着一五人自認爲巨魁自是校尉不敢出一擊之功何偉哉吁嗟乎當年五拜三稽首斷瓦頹垣盡作灰惟此巋巋五人墓自今憑弔生欽哀

六君子楊漣 顧大章 左光斗 魏大中 周朝瑞 袁化中

六君子乃在熹宗時熹宗寵魏閹太阿任倒持王廷擊護東宫爭移宫保聖躬文昇可灼當究窮都是人臣致主忠二朝要典忽翻案是非顛倒誰執中閹於芝之崗本無恚虎彪兒孫共私計不惜封疆事不鉅不倚追贓刑不厲既借楊左殺芝之崗又假芝崗坐納賄天乎寃哉文定抵死不忍承鍛鍊周納媚聰記撥夾搒掠無完形語不成聲訴高帝人非金石誰能堪七月廿六同

日燒嗚呼鳳陽安置阜城縊詔磔其屍仍傳示惟有獄中靈芝
六枝枝都戴忠魂馥

青田先生

玉斧開天揮八極羣宿羅列供驅策中山既冠武臣班文臣先
生復第一先生讀書青田山星宫陰符若夙嫻天生異才必有
用石室寶冊驚人寰是時方谷珍發難首八閩公與石抹宜孫
相犄角谷珍慴伏不敢逞如何聽讒反驅逐致使忠義心耿耿
西湖忽見彩雲起喜謂此是天子氣赴命鳳鑑訪眞人莫作尋
常藝士覿厥後孫炎承主命往復數四始應聘魚水雲龍際會
時登壇賜劍同韓信肇畫興漢如指掌運籌帷幄出意想金爪
鐵券表推誠帶礪分封錫土壤嗚呼先生爲元進士則忠於元
爲元逐臣則養晦待時以俟明主之徵聘而翻然蓋公之出也

甚正其處也甚悟直合子房諸葛而後先又何告乎仕元之不終與知天文達地理不能識胡惟庸毒害心如拳君不見鄗離子九難篇醜物類情事不一總係悲生民之塗炭痛國法之毀裂而惓惓吾於先生又何惑

誰與乃公作傳

忠義自不朽豈在傳有無卓哉周編修（名是修）殉朝捐其軀豈爲身後計綱常須人扶伊予欲銘德特向西楊趨西楊相業冠四朝當時亦與周同僚乘時際會翻皇猷竟爾升沉殊雲霄誰爲乃公作佳傳此語寧不令人嘆我知對此心懷慚聊假戲言供扼腕

賀江夏相公 字對揚

嗚呼自古豪傑士孰不從困苦中淬勵哉歛我賀江夏三念痛

呼號惻惻祖父艱言之令人喟炊爨在床頭敝帷墨色穢上漏並下濕烟蒸兩目瞍況值年饑頻雜豆過除歲兒孫莫妄求堂聯戒趨背當其廣文時體恤兩寅備因同嚴慈庚儀如父母在晨夕事聖宮汪香躬洒掃丁祭誠且潔燭結會參穗泊登甲門榮敷陳罄奏對人相僅半年調和洽中外時事日以非急流廿勇退作書勗親知字字可弦佩三吳表殊徵老佛歌蒸惠流氛逼君親盡節御河內河伯衛忠良七日尸不壞浩浩長江流芳名峙泰岱忘想皮皮皮對此慷以慨

陳天詔字龍章號　附貢生著有小有天詩鈔沈歸愚爲之序

古意

鷦鷯巢深林不過棲一木偃鼠嘗飲河不過滿其腹何須肆營求精力塡谿壑交情蟬葉輕世態秋雲薄遐哉安樂窩弗驚籠

與屏相彼顯爍夫聲勢搖山嶽美盡人間姝食徧天涯玉寒暑
遠不侵威福從吾作金壺漏水多未醒蕉下鹿倏爾餗覆公倏
爾輔脫輻春風依舊新芳草隨時綠與廢幾何年狐狸上門屋
東山高臥士欹枕烟霞谷朝採嶺上雲暮友亭邊鶴翛然夜氣
清梧桐一葉落

鮫人詠

驪龍贔屭毋翔海波撞碎寒星光銀河瀉影黃姑滅鮫宮紡
織夜相望淵常來客賣綃絹平攤六幅春冰練霧縠還同蟬翼
輕開函珍重主人面涓涓淚雨忽焉傾大珠小珠落滿籭絹值
非比珠值昂葛不驚此水之精夜光吐出照乘色暗投那肯為
君得冰室輕綃手製成艱辛不惜通中國鮫人一去疑神輸滄
海猶遺徑寸珠驂螭駕鳳　聖人出會看鐵網貢珊瑚

妙高臺觀潮

漂沙圻岸魚龍蟄斲成浮玉沉江底俯臨蛟窟百千尋巉絶危磴山雨洗妙空雪淨客思淸妙高風晏暮雲平帆遠歸舟不可識但見鷗鳧點碧汀維舟江上傾襟抱攀捫蘿薜穿霞表春水春山無盡時離離江樹横斜繞忽聞雷吼夜朝生鐵騎突出兵戈鳴掀翻霧縠瞿塘暗噴薄銀濤河鼓明澒洞激怒天倒開天吳近從地軸廻遠犂長鯨吸百谷巨鰲抃山欲摧獄獄動盪搖心目千里剽悍還壓縮須臾滄海漾冰輪纖阿碾碎潮頭落朝胡爲有潮夕胡爲有汐循環迅駛幾時歇譬猶人生一氣之呼汲潮落江聲何處歸江平一鏡漲漁磯倏沸倏恬互相異轆轤噓吸不停機君不見萬里乘風駕怒濤登將沆瀣倚岩嶤天池混茫叢馭蹺隻手還思釣六鰲

舟泊孟河遊黄山

爲愛名山渴欲看周遭孟瀆鎖烟巒千尋石壁排蒼翠一折梨花放嫩寒風入平沙遲印屐鷗明遠瀨疾回湍登高我亦狂吟客把酒高歌眼界寛

曲阿詩綜卷之二十四終

曲阿詩綜卷之二十五

丹陽後學劉會恩詩菴輯

國朝

姜藻字元章號春江鶴儕之孫乾隆癸酉舉人著有韻石齋初稿春江韻石齋稿古文皆有宗法王己山諸畫山咸爲激賞而彭芝庭以爲穎發葩流莊耆石以爲和平雅正于午晴以爲清華典則而其詩品亦可見矣

聽琴

軒庭散梧竹置榻蒼靄間客至坐閒傲景物靜怡顏拂拭龍唇琴十指叩元關沉動集風雨流水與高山心細手亦化出入難追攀幽鳥不復鳴白雲自飛還因嘆鍾子期知音邈塵寰

江上別

秋月挂江樹行舟繫楚關欲別還把袂共立塞雲閒此去千餘里猿聲無數山

雨中友至

積雨漲廻塘寒烟暗深竹竟日無鳥啼青簾掩書閣故人帶笠來訪我林間屋談詩瀹清茗悠然慰幽獨瀟瀟風雨中淸燈對牀宿

梅花下聽蘊涵上人琴

寒梅横石壁坐彈綠綺琴幽響冷禪味孤韻清塵心蒼徑無微風何以落梅深幽終抱琴去明月留花陰

金山絶頂觀日月出入歌

宇宙光怪烏與兎海濶天高等閒度吾聞光怪惟金鰲千古不動蹲洪濤我來金鰲蹟層巔控江影俯窺臺殿高鳥飛蕭蕭天風拂衣冷蒼茫遐矚意飛越日落崦嵫生海月驚詫鮫人捧玉壺湧出滄淵掛天闕澄暉靄靄散綠烟流光照徹蛟黿窟有時

破曉登泠露濕青躋西巖蟾影斜欲墜一聲天雞日漸升初時海門渾赤色萬疊金蛇光互織夜潮飛盡火珠騰沙樹雲帆見江國遊人每乘日中聚拄楫匆匆渡江去叩景寂寞景乃眞誰從昏曉得奇趣人間日月無處無不探根窟終拘墟置身高曠因見道極目天海排雲呼雖然金鼇絕頂攀危級可能帝座通呼吸他年更向岱宗行振衣日觀峯頭立

神亭懷古

春山白鶴盤空起獅兒逐鹿東南里大喬初嫁愛提戈奇捷神亭史書紀會從暇日費搜討春風載酒延陵道延陵城郭蒼莽間爲訪亭基沒青草平原竹樹隱深烟竚立搔首懷當年伯符進擊劉繇將亭隅似雪排戈鋋狂吼一聲衝亂矢日落雲深戰不止縱失兜鍪詎震驚反戈刺敵花驄死自後威名薄海馳帳

下新降太史慈英雄不記射鉤怨執手笑問神亭時當年意氣眞豪舉英雄一去成千古我浮大白作高歌精靈有知應起舞嗚呼英雄誰繼長沙王難弟庱亭曾射虎

妙高臺觀濤

長江浩淼淨如練突兀金焦鎮波面催渡飛艎江水中梵宇琳宮隔波見輕帆忽落到金山雲廊石磴閒躋攀中峯高踞江心寺一聲幽磬非塵寰紆回側嶺登危級尋向妙高臺上立三兩梧桐蔭石欄日影到簷青靄入茲臺建造了元功袠虛直吸海天風潤州城郭揚州樹憑高一望烟溟濛開敞層臺自徙倚檻外驚風濁浪起軋盤湧滴不可當震動岷流數千里或如白鷺爭飛翔或如素車帷蓋張或如萬馬亂流渡或如金鼓訇汪洋疑是鮫人泣珠罷掀波欲探藏金鑄又疑焦巖走毒蛟陽侯怒

逐洪濤瀉如此風波行不息吳艫楚艦仍如織來往江天慣不驚推篷自看金山色我聞張騫昔泛槎茫茫天路曾浮家升沉不討君平卜支機石畔捫烟霞又聞錢王發萬弩矢入江心怒如雨後種前胥白馬廻神威攔截馮夷舞臨風懷古情無端楊子江濤自渺漫依欄脉脉不得語一聲鐵笛吹高寒須臾波靜江雲掃沙岸烟帆歸去好何時再借白黿騎乘潮直溯蓬萊島

遊經山寺

蔥鬱經山路尋春古寺隈幽龕凝佛火閒鳥落經臺花氣層巖出松聲隔嶺來名僧會駐錫遺碣鎖蒼苔

山深多古蹟遊覽興遥飛片石留仙枕重崖肖衲衣金牛奔暮嶺銀杏掩朝扉孤嘯無人覺前山未落暉

呈王巳山

海內知名士靈光魯殿留雲開千嶺色風静百川流藝苑欽圭臬儒林望斗牛蒼顔勤著述高志寄林邱

鍾山

高巒踞上游臨眺豁雙眸到海全吳地沿山故蔣州橋陵龍影权臺殿鶴聲秋建業西風裏何須問仲謀

登潤州城樓

古潤東南鎮高憑萬堞間江聲環鐵甕海色壓金山人代懷吳晉登臨憶謝顔鄉園百里外天際鳥飛還

同楚珍姪遊竹林寺

微雨過城頭攜琴勝地遊林紆藏梵閣雲渺結僧樓杳杳千峯靜蕭蕭萬竹秋當年籍咸侶清興至今留

北岡山懷古

北固名山依鐵甕白雲雙展一相從江聲晚動金焦岸海色秋高吳楚峯三國雄圖尋斷石六朝餘話付疏鐘蓬萊宮裏吹長笛欲向空江起卧龍

金山覽古

浮玉峯巒映水奇留雲欄檻坐經時潮聲猶挾蘄王弩樹影仍涵張祜詩裴洞花深雙碣覆郭墳波遠片帆移仙山縹緲東南望砥盡狂瀾賴主持

柬張冠伯

江左英流夙盛名翩翩公子最多情儲王詩入青山社沈謝文高白水盟九日樽罍花韻逸三更歌舞客懷清遥知太史占星聚詞翰聲華滿玉京

寄少司馬彭芝庭

青瑣仙葩湛露開，夌雲健筆冠鄒枚。曉隨玉仗朝天去，宵擁金蓮侍講廻。三月春風生相府，九重咲古寄銀臺。立朝久著經綸業，豈獨詞垣淹雅才。

寄湯殿升

天半奇霞照別筵，清歌折柳送遊燕。千秋虎觀雲霄志，十載芸窗翰墨緣。曉口金臺騰駿足，秋風練水到魚箋。知君輦轂聲華盛，傾倒多逢玉署仙。

贈黃敬可

江夏名流自古多，君才射雀向清河。鴻文蜀錦兼花浣，壯志吳鈎映雪磨。異日玉堂推國器，今時珠蕚聳庭柯。相逢吾愧林宗鑒，心醉汪汪千頃波。

送紀叟奕蕭歸真州詩人伯紫先生孫

魯殿靈光塵刼後問年君已八旬過杜陵有祖遺詩在羊祜無兒淚痕多遼鶴重來方對語冥鴻忽去更悲歌曉風殘月歸仙掌江水無情自起波

促高子家刊其尊公斧文先生詩集

青燈風雨抱遺經詩卷悲涼憶過庭玉壘高吟驚蜀魄荊門孤嘯感湘靈松楸三載哀垂白梨棗何年爲殺青藝苑騰聲應紙貴早教後輩識儀型

聞湯魯濱舅氏遊京口諸山却寄

南徐名勝劇堪遊練水秋風曉放舟萬頃雲濤京口渡停帆沽酒暮江樓

爲秦郵刺史題細雨騎驢入劍門圖

驢背吏兢棧路遙蓬莪劍閣上青霄年來淮海歌陰雨猶記衝

寒萬里橋

送林春山遊梁

獨携書劍大梁城勝地知多懷古情君過夷門應駐馬蒼烟落日弔侯嬴

雨花臺眺遠同家兄元起口占

蒼山忽擁大江來烟樹金陵望眼開千里斜陽一行雁西風吹上雨花臺

贈王蔓樓時遊茅峯

千頃洮湖雪後坡客窗相對發高歌陶家雲影茅家鶴謝朓青山好句多蔓樓茅山積雪詩有陶家雲不去茅氏鶴初還之句

黃廷弼字陛清號恍齋乾隆癸酉順天副榜任清河教諭

彭城道中

山勢遥撐塔河流近抱城雲歸遠樹合風逐去帆輕客思銷春
暖農歌放雨晴揚鞭前路去爲重故人情

春寒

已近中和節春寒不放晴雪殘梅有色氷結水無聲酒盞生新
煖綈袍戀舊情東風正可恃嘘咈萬花明

荆雲鳳 字漢翔號拂雲邑廩生著有春草軒詩稿

過端梅書館

乍到聽鶯閣闌欄曲曲遮波紋三面繞石筍一枝斜紅葉捲新
葉朱簾胎古花新詩吟未就茗戰手頻叉

秋郊晚眺

風急天高捲暮霞荒郊躑躅度平沙小橋水漲横漁艇古樹烟
迷噪晚鴉十里秋山明翠黛一籬新月淡黃花人家早稻登場

急幾度衡寒壓擔斜

感懷次家芷衣兄韻

中年多病慣飄零嗟喜元亭合授經窮路關山頭早白幼孤家世眼誰青拽來文獻君才富時纂修邑誌讀罷離騷客夢醒最是愁人聽不得瀟瀟寒雨打窗櫺

姜　爽字邵賓號瀛臺兆錫孫邑文生著有傳經堂集

雉子班

雉于飛出復没文章五色何斑斑告爾獵師矢遲發雉兮雉兮野草中盡地守疆哭飛鴻雉心潔白遠如許耿介性成默不語可執爲贄通道緒嗚呼耿介性成默不語可執爲贄通道緒

臨高臺

臨高臺振衣萬里離塵埃游和四望天爲開天爲開乘風長嘯

破雲堆鸞鳳吹且休息使欲招浮邱携子晉共騎黄鶴馭風雷雷公侍前風伯衛後彷彿羣仙衣芳菲酌天酒春日情座中乃有許飛瓊瑶琴賣瑟天樂鳴洪崖桂父凌虚行十洲三島疑靈境同謁西王朝玉京須臾回首人間世羣仙雲散黄鶴唳黄鶴唳秋蒼旻百和香氣空繽紛嗚乎昔日高臺人烟杳至今臺上飛黄塵

狠石

狠石舊在甘露寺中形如伏羱相傳武侯坐此論兵

伏羱何爲者片石卧山前不有武侯坐到今誰復傳風霜鍊山骨苔蘚老雲烟孫劉遺勝蹟懷古興蹁躚

靈巖山琴臺

琴臺聳嶙峋高踞靈巖頂坐石調素弦長風拂衣冷美人不可

招但見洞庭溟湖光入眉宇飛鳥下烟庭

虎邱劍池

虎邱近城市劍池特幽峭嶙峋山骨奇劃然出天妙中裂尺水與苔蘚壓碎窱突兀賦孤聳壯士焉敢超陋儒錮緣想詭言秦所剸卓哉王學士措銘破衆譏我昔觀圖經搜古極精要躋此見真蹟淩雲一長嘯

黃安 字光遠號元圃邑文生原名聯避諱例改

讀李廣傳

夜行千禁尉何尤掀至軍中竟復侁當日將軍功自偉恰緣斯舉不封侯

張懋準 字君度號　邑文生援例爲太學生性耽書史家雄於貲書賈得善本必造其室售之書籤餘記皆一時名手所製積至四萬餘卷齋名蛾術終日與同方名士坐其間翻閱不少休暇著有蛾術齋詩及詩話詞諸

舟過呂城

民屋夾岸市聲喧無復闉闍曲巷穿阡陌連雲馳道改閭閻樸地舊城遷六朝事業荒烟外三國英雄落照邊剩有零陵祠畔柳年年飛絮白漫天

書漢史梁冀傳後

梁大將軍總漢綱墻茨一詠玷閨房可憐孫壽逍遥處正是秦宮讌宴場螺髻高堆名墮馬桃腮輕拭號啼粧百般幻出如雲態取次巫山一段粧

書宋史蔡京傳後

元祐諸公何罪哉黨人禁錮久無回中流柱石埋塵去直北關山躍馬來王婦牽衣猶上壽大兒胗脉妄稱災家庭乖戾羞千古賊子聞之心也灰

黃肇熙字敬可號雲聰由太學生援例官刑部山東清吏司郎中

和于仰山呵毫炙硯二律

侵曉開軒座寒凌詩思凝饑水將欲試賦雪覺難能握管雲光展濡毫暖氣憑生涯莫道冷江彩任飛騰

文房寒氣肅鸜鵒硯冰堅欲賦梅花句先添獸炭烟龍紋和霧暖鳳味綴珠聯墨海元翻浪青瓊坐欲穿

湯拱宸字對揚號邑文生著有浮玉山房詩稿

冬日書懷

歲暮天日短朔風逼衣袂袒裼不禦寒長歌度寄晝及壯不封侯蹉跎逾年歲兩鬢漸已斑一身若疣贅唐虞及三代成功日就退淩夷至此時詩書竟何罪聖賢重返身怨尤非所貴達人標雅懷聊以付一醉嗟予鄙陋姿困窮安足訴無為漫搔首彼

蒼不可憖人生非金石況乃自憔悴通塞有定理一杯日高懸美人既已杳丹鳳偏高翔伯樂不世出悲鳴徒爾傷丈夫重氣骨誓絕齷齪腸蘭蕙在空谷孤松凌清霜幽香自欣賞青翠不改常君子固如此三復雞鳴章

七夕歌

新月正一鉤明星如白石星月相光輝佳哉此何夕人云此夕是良宵黃姑織女渡鵲橋黃姑織女是何物我欲乘槎訪消息銀漢迢迢不可航迴廊遶遍空徬徨世間兒女不曉事穿針乞巧忙閨房穿針乞巧巧孰多蜘蛛網密絲如窠陳瓜設果樂未畢家人一笑摩喉羅明燭高高漏漸稀蘭閨密邇笑相攜背人私語一何切生生世世爲夫妻爲夫妻苦別離別離離苦不足辭美人此意應可知不愁經年經歲隔只願白頭無棄遺君不

見七月七日一相見相見還如初見時

花朝即事

綠綫紅絲滿樹飄紛紛兒女鬬春朝餘寒小閣猶添獸殘句詩囊漫續貂香遠可憐梅正吐青回遥愛柳初條此間風味殊非俗一曲清溪一小橋

送春

落花片片滿堦東腸斷漸郎孰與同蝴蝶不知春去遠還來枝上覓殘紅

彭　澧字晉涵號莪園原名澤令乾隆丙午順天舉人莪園古文盻息韓柳制義具體成宏同時名士如王已山墻東儲同人盡山中子蔡芳三陳勾山輩無不折節相待京口耆舊集云先生學識淹通爲已山太史所推重嘗在日下與朱孝純王夢樓姚姬傳結詩社名噪一時蔓鏤詩云家實莪園叟文章近代稀又自序云晉涵齒倍於余余詩多所刪正其折服如此所著有百二興人傳莪園文集莪園制藝

權德輿故里

雲陽郭西曰練塘練塘之水何蒼蒼記得元和宰相里幾隨禾黍變滄桑先世三秦著奇節中原爭說秘書郎兩拜高官不肯受蕭然一劍渡南疆秘書之後君也出汗駒千里蹄飛黃早歲聲價裴與杜黃金臺上走文章京華公卿爭倒屣朝陽一鳳鳴高岡風流相業掛閶闔仰看三台列宿錄等身著述恧緗帙翰墨淋漓蓮夜郎卜居不近囂塵而結廬常占水雲鄉權公有結廬常古練湖春之何到今冢落荊棘滿空餘白練杳茫茫我欲從之不可得岸葦漁汀水一方君不見少陽布衣上書奏天子石城舊迹遙相望又不見諸葛將軍誇第宅白鶴溪前上北邙人生何必雕欄玉砌窮歌舞何必朱房曲戶擬侯王但使勳名垂竹帛洒如公者名益彰遙指湖頭春色裏湖水天光相映長

中冷泉

不盡岷山路探奇獨此隅三山旌玉穴一水秀冰匳素練和雲亂微瀾帶月俱幾多狂興容寒夜撥扁艫

金山覽古

凌虛樓下水淼然景物依稀幾變遷剩有孤峯疑絕地留將一塔欲擊天六朝花柳非今日雨霽雲山是昔年最屬傷心聽不得數聲鐵笛晚江邊

有感

一身寥落擬虛舟自信吾身命不猶病裹長卿空對壁愁餘王粲一登樓綈袍屬贈誰憐范寒谷成暄未遇鄒何處可將心事說蓼花江上白蘋洲

都中述懷示里中諸友

白草連天披大荒西風匹馬帶斜陽千金已老燕臺駿五月猶悲易水霜道路文章供弭𢴲樹雲心事兩蒼茫不堪更讀桑乾曲悵觸江南是故鄉

荆大閂字光遠號　乾隆丙子順天舉人

結客少年塲行

結交莫結輕薄兒朝爲刎頸暮見疑郇厨美味從所嗜金卮到手無敢辭自結車笠盟推戴執牛耳不數膠漆堅堪與金石比一言定終身寸心托千里翻嗟傳俠徒稱雄獨許荆軻不怕死君不見昔年結納歡樂塲一朝金盡便相忘門庭冷落無車馬曩日殷勤皆屬假始知少年結客難一朝貧賤交情殘願言生死永不變有如松柏落色盟已要結客許結性情真季布一諾如千金徐君掛劍重心許豈是紛紛輕薄人

遊焦山

晴江平似掌一棹上焦山自有高僧住應無俗客攀雙峯攙石險三路洞雲閒春日招遊暢悠然不忍還

坐愛江樓豁能令百慮清新篁搖後院高柳拂前楹岸遠春潮濶山濃暮靄生殷勤僧作別返棹得風輕

王鈞字　號　乾隆丙子副貢生善書具體歐陽瘦勁有致

寇準

宋室君臣非逗遛澶淵一戰壯千秋遠瞻御蓋軍心振直渡黃河膽畧優孤注不嫌爭一是要盟城下即遺羞萊公自是擎天柱伯紀應當砥後流

湯登泗字問渠號芬圃乾隆庚午舉人丁丑進士咸安宮教習官高唐州知州

趵突泉

欲看名泉覓路來參差霜樹䕶亭臺初疑風雨從天落忽覩珠璣迸地開孤客倚欄無俗慮游人題壁有高才玉函舊是神仙迹靈液長流去不回

重陽後一日登棲霞閣

郭外烟清望眼寬獨登高閣俯雲巒悲秋漫說詩情苦來友應教酒興歡千頃落暉溪帶綠萬家霜氣葉飛丹重陽昨夜多風雨剩得茱萸儘自看

吉夢蘭字會亭號　乾隆癸酉舉人丁丑進士翰林院庶吉士翻譯清書未散館卒於山東道次

殿試恭紀

燕雀風高朶殿前含毫抽秘各爭先抄飛卷牘頻經拂日炙簾櫳屢費研拜獻致身今日事文章報國昔人賢　丹墀獨對天人策　鳳詔宣來值少年

虞鳳翥字孚岏　乾隆丁丑邑貢生任鳳陽訓導

送別

北窗高卧避炎曦剥啄聲傳倒屣遲竹下喜來名士屐囊中攜得雅人詩知音寂寂琴空抱病辨酒酒麈每持後會相期黃菊綻莫將魚雁慰離思

姜儀鳳字夢徵號桐庚一號散花仙史天戎之子著有留青集

閨情

睡覺庭花陰轉午金釵閒却無心賭近來新譜玉連環移傍雕籠教鸚鵡

姜朝驥字德羽號純魯布衣

梅花

丰姿皎皎韻翩翩雪後初逢縞袂仙細雨輕烟都是夢淡雲微

月不穴眠東風夜半花初綻南國香清色自妍最是曉鐘敲未
歇檻斜瘦影綠窗前

姜朝純字學范號怡齋邑文生

秣陵歸棹

放棹黃天蕩清秋獨客歸亂雲浮遠樹駭浪咽危磯自憶鱸魚
美誰云吾道非江山堪眺望心共片帆飛

遊春有感

好作花荒酒自攜芳菲三月草萋萋流鶯也解春難駐爭向垂
楊宛轉啼

馬定遠字佩吝號東柯

咏齋中木筆花

我有筆如杠能開花五色研露發春葩含霜散秋實一朝不復

用投向空揩側豈知此管城而化大槐國不輸梁翰名還傾修
文職直上擘雲箋書空飽烟墨蝶宿綴斂形鴉棲塗篆刻文章
造化生弗借雙腕力月映影臨摹風摇頭彿拭爲我草太元令
我夢中憶

離雁行

春向黄金臺羽鎩上林苑南天泣遺音北風吹不退郊枯木葉
落悲唳無近遠稻粱隕空謀骨肉辭燕婉鷄鶩有其匹天命乃
獨蹇何以慰子啼幽夢白日晚

蚓歌曲

微雨歇凉揩螢燈炧宵屋嬋娟弱女吟蕭瑟旅人宿抽響不困
風辨音如出肉絲方約畧促聽仍羞縮空房殘績亂孤館清
宵獨風雅竊泥中卷舒終孀伏何如落日蟬虛噪憑高木

米海岳研山歌

山石嶙峋天挺秀鴻濛竅闢窮雕鏤研山精靈尤出羣橫看成
嶺側成岫岫嶺諦視真欝盤嵯岈奪席翹峰巒袖中三石透瓏
瓏何似烟雲森筆端憶昔南唐時搜羅天下奇寶晋齋中一致
此恍惚五岳低雲垂上有突兀之月岩下有幽窈之龍池玉筍
高列排左右翠玉顛盼成威儀咫尺應有百丈勢凉暄不改三
春滋曲折深宵通二洞米顛每覽神遊之一峯奇秀勢獨出華
蓋宛然補玉筍鬚蘇任用仇池誇那見雲房與風窟方壇下臨
池木間浸涵水氣淋漓墨墨彩飛騰印日光筆花縈繞青山色
書畫船中貫月虹載將蓬島浮虛空助君巧偷豪奪力真氣回
薄凌蒼穹嗚呼人物不可及海岳終難留石友偶愜園林故人
宅研山遂爲薛氏有當其握手出示人有如席上実奇珍塵染

三復多婉惜恐將異石棄風塵自兹以後不可見頓使高人空留戀興酣落筆摹寫工慘澹經管憑素絹我聞此事長嗟吁恨不當年親染濡迄今追訪研山蹟惟有襄陽一幅圖

早行

老去辭家日壹微異嚮晨卿雲寒共軫客雨曉空塵軀病鳥嘶我路移花戀人悠悠到江驛秦越並相親

望大培山太常二十六公從謙讀書處

極目湖山地毓靈昔人曾此構元亭冷雲欹岸一天碧春水半篙孤島青帆影徘徊低落雁漁燈上下點浮萍丹心不逐清風散淚洒封章入杳冥公以直言被廷杖死

玉皇閣

碧漢形雲擁帝居塵飛迥不到清虛洞門秋鎖螭頭路樓殿晴

分燕尾渠四野旌旗聯斗極諸天環佩引鑾輿寒儒敢作崆峒夢生死人間乞蠹餘

送張石坪任介休尉

六十老人九品官三千里路萬峰巒黄龍氣向天邊接白雁書從雲際看莫設寅公新彩棒還求潞輿舊衣冠休言襆被秋風裏八月晷槎正好觀

黄鶴樓遠眺

層寮星漢擬高攀雲夢中中八九吞梯棧秋陰横劍閣樓船落日下荆門竹痕遍洒湘妃淚桂酒空招楚客魂不用登臨多感慨魚鹽生計足紅村

吕城懷古

雲陽自昔號衝途四望郊原覽壯圖水接鷺洲遥帶楚樹連虎

阜半吞吳呂蒙城郭憐興廢孫策神亭問有無回首追崇陵寢
地斷風石馬臥荒蕪
城郭雖非姓氏留慶亭故壘在還不帆檣上下烟波潤村落過
遮雲樹稠季子高風千古仰阿蒙雄略片時休王圖霸業平蕪
外贏得吳陵土一坏

金山

嵯峨浮玉聳層霄塔影凌雲倚泬寥夾岸雲橫楊子渡滿江風
送廣陵潮樹連吳嶼千重合水接巴州萬里遙清晏不須天塹
險謾誇形勝話前朝

送友人之武昌

庾公舊作南樓主蘇子常爲赤壁遊自古才人多愛楚不須賈
傅賦湘流

黃鶴樓頭玉笛淸昔年曾聽月中聲憑君寄語樓頭月老却當時聽笛生

感遇懷古

洛陽年少才如此宣室空聞前席知畢竟武皇能好士憐才常恐不同時

世間豈乏絕塵姿不遇孫陽孰得知伏櫪已無千里志鹽車長負一生悲

孫雲錦字　號　乾隆庚辰舉人

圌山東霞寺

古寺橫巖脊風光憶去年梵音飄暮雨鳥語亂晴烟虎穴潮聲落獅山塔影懸坐深塵慮滌我亦欲參禪

十里岡

高岡十里吹烟斷，萬木森森出天半。怒石猙獰欲搏人，落日猿啼松影亂。

於發蕿 字啓人，號鑪塘，乾隆庚辰順天舉人，分發湖北試用知縣，未到任卒。

送亦川浙遊

河橋草色雨中收，尊酒離亭送遠遊。一別故園雲影闊，半帆春水櫓聲柔。棲霞嶺上花香遠，放鶴亭邊鳥韻幽。勝地應多詞賦客，臨風同詠夕陽樓。

劉謙 字六吉，號爻間，乾隆己卯邑貢生。

梅花

一顧能消百斛塵，冰崖雪澗自前身。何因化蝶隨香鳳，忽感貽珠對玉人。隱約月痕橫薄暮，參差雀語鬧初春。年來踈瘦應無似，劇喜逢君寫遠神。

姜少霞字丹曉號秋田乾隆己卯副榜任舒城教諭　丹曉夫子余受業師也精於制藝詩不多作而氣骨蒼嚴迥異時手後學李東豐填謹

題文姬歸漢圖

大漢日色昏鼙鼓聽羯鼓黃塵走萬里玉貌何媚嫵文姬一婦人偃蹇事數至出塞復入塞淚滴關山苦後人更好事寫入丹青譜馬上見眞容筆妙欲飛舞胡兒南長大神采映眉宇相隨入玉關一朝歸漢土曹瞞爾何人雄猛氣如虎破壁牽帝后娛目視無覩千金聊示義咄咄作豪舉歸報中郎將用以荅爾父孟德亂世雄蔡琰失節女得畀名教中大義安足取要此爲生手神妙照千古留布翰墨林曹吳堪踵武

輓胡貞女

柏舟志靡忒介石性惟貞不見湘江水波流萬古淸

家居孝感里帆挂漢陽潮疑有神靈助天吳不敢驕
入室聞姑嫜空帷人不見遺孤獨力綿仗此深閨彦

丁振華 字漢飛號閬亭乾隆壬午舉人

北固山

走馬南徐路停鞭北固前長廊盤石磴古刹倚江天雪柏幡唐
迹霜鋒沒漢年登臨情不盡翹首夕陽邊

送胜二曉章出守沅江

四憶乘春向沅城美人香草共將迎豸冠挂後無餘跡虎竹分
來有盛名郎署白頭君已免京塵緇襪我猶行政成好遂歸田
志洛水商山續舊盟

送孫右祥學師旋里

冷署奚能屈大賢鄭虔無奈老青氈經傳夜雪三千卷人坐春

風二十年準擬授書開傳望可堪子告賦歸田驪駒一曲奚由
禁惆悵湖干夕照邊

離亭曲

蕭蕭驪駒楊柳路把酒離亭展愁緒主人一曲歌未終搖鞭獨
背殘陽去

湯鎰 字孚德號 乾隆辛巳邑貢生

金山

分明瑤島出寰區四顧江光入畫圖水接西川吞兩楚樹連南
浦控三吳樓觀滄海鐘初起寺占名山境不孤敢信平生有仙
骨恍疑身世在蓬壺

印昌世 字希愚一字義嵎號潼明一號東明乾隆癸未邑貢生著有四書繹義義嵋制藝

焦山用東坡韻

平生性僻何所耽山川雄秀江之南焦巖天下稱絶特浮玉北固羅爲三佳境罕到因塵俗作繭自縛如春蠶焦先蝸廬結山項下士躡屐心私慚一聲清磬出松杪輕鷗漠漠浮江潭海門月上白於雪倚檻長嘯酒半酣夜靜寒山萬籟寂更聆上方揮塵談雙峯閣下壽千叠柏木堂前燈一龕此間幽趣能領畧休從世味嘗酸甘富貴豪華一轉瞬古鼎深疾分宜貪骨重神寒壓權勢物猶如此人何堪山靈有神永呵護蘇髯高咏留茅菴

花朝後同人集妙覺寺

賽鼓春烟裏匆匆度歲華重尋清寂趣又到梵王家僧定鳥依竹風香客問花俗塵應不到相與啓窗紗

不朽吾儕業非耽破寂寥詩吟唐近體書倣晉東朝討論資淵博收羅及肖翹竟陵如可作重與証花朝竟陵十種載十五日花朝俗爲十二非也

集妙覺寺和同人韻

竹木蕭森一徑開上方几席淨塵埃壇盟昔好爭投李春破輕寒正放梅人對古香研筆札詩成初月映樓臺夜深更覺多清興杳杳魚鐘送客回

楊紹印 字二樂號峽源乾隆乙酉舉人

野步

初晴野菊繞籬香歷亂洲前蘆葉黃已値寒砧鳴九月又兼歸雁下三湘吳江楓落誰留句楚殿歌成且侑觴臨水登山如送別幾回古樹看斜陽

虞美人

君王意氣自千秋賤妾無聊亦解愁一代紅顏今宛在漢宮花草已荒邱

芳姿早已渡江東顏色寧隨霸業空隆準莫消人識恨飛花猶得慰重瞳

張位台字止正號芳圃乾隆乙酉順天舉人原任陝西乾州直隸州

日暮乾州山行

官舍淹留久殘陽出郭行山寒收日色溪斷咽泉聲問俗音難解傷懷路不平天憐相照處新月一鉤明

黃陵之廟

山色蒼蒼南去深空留古廟立湘陰晚來江渚微風發月下如聞環珮音

日落春山叫鷓鴣驂鸞並返自蒼梧眼看江岸蕭疎竹千古何曾血淚枯

丁將軍廟

漠漠沙堤立廟孤神符出沒儼兵符忠魂若早歸天上肯放倭船去破吳

賀士烈字有懷，號節菴，乾隆乙酉邑貢生，官青陽教諭，著存衛道齋文集、續賀氏廣平家樂錄

孤螢

寂寞書齋裏孤螢意轉親剔憐無月夜來照不眠人讀罷誰相伴蒹葭空獨憐荒郊風露重草際莫頻頻

吉彥英字幼華，號習𤈣，乾隆乙酉拔貢生，官太平教諭，知武緣縣，著有問津草、說研考

夜過鹿角鎮謁龍王廟押運北上

入廟傾誠意長途軼掌心帆檣關　國計歲月老江潯舊壘忠魂在岳忠武討楊處殘陽落照深感今還望古磊石去鹿四十里起層陰

登岳楊樓四首錄一

寒氣高無極嵐虛望欲沉鬢先霜雪白天入楚吳青老杜孤舟

句希文後樂心都於危眺外別自具胸襟

和夏符菴原韻兼寄陳蘭左

椰瘦杯在手獨夜帶愁斟屈賈三湘淚乾坤萬里心相知惟舊雨極望似晨星欲問陳琳信秋湖落照深

靜海道中遇雨

登程迎細雨寒意我先知老髩悲秋日長途欲暮時泥深遲轉轂烟重不分陂得解紅塵苦征衣濕亦宜

汨羅廟在湘陰

羅潭何處問靈旗汨渚虛言佩陸離歲月天涯香草怨江湖魏闕美人思梟翔鸞竄疑難問魚腹龍心剖亦癡萬古長嗟猶底事孤忠見謗信還疑

賈太傅祠在長沙

豈惟五餌繫單于百慮安危萬古吁薦自吳公賈鮑叔用於文
帝陋夷吾憐才意竟虛宣室受誇功還在亞夫畧與靈均同感
唱梁懷却與楚懷殊
才大能爲用者誰幾人萬里濵還垂最憐流涕陳書日已過浮
湘弔屈時漢有文皇恩豈薄命如顏子事難知怕聞鵩對番君
地添得梁園墜馬悲

於　震字亦川號秋水邑武生乾隆乙酉制府薩公學使莊公錄送南巡召試考取二等工詩古文辭著有太阿秋水詩文集亦川詩鈔客死海陵墓在海陵城外宮惺持爲立石題曰丹陽詩人於亦川之墓俞越千志其墓陰　淮海英靈集云秋水雅好騎射性情豪邁時人以徐文長比之卒年五十四　京口耆舊集云亦川七言律骨力開張格調洪亮幾入七子堂奧流寓海陵羅老薑葉齊雪極相推重一時學詩者多從之遊　俞讓林云亦川爲蘅臯長歌代叙詩一千四百餘字成於午未中三時篇終相與傳示竟無法不借無體不該方之陳思七步飛卿八叉莫是過也乃徒潦倒江湖奔馳南北搔首問天幾索解人不得

古意

明發何所適駕言遊南山南山莽崔巍道路險以艱上有百尺松好鳥鳴其間道逢華蓋君容止亦何閒遺我不死藥相期駐華年

有客遠行役借問適何方我方行不歸願言思故鄉故鄉在何處乃在練水旁雲山何高高江水何湯湯尺書久不達涕淚沾衣裳

高樓有美人顏色若氷雪長袖揄春風當戶理清瑟再鼓不成聲餘音清以絶白日去不返所思隔天末天末多浮雲空房淚垂血嫫母炫新粧芳蘭自相纈

鳳凰從西來文采五色姿不飲亦不啄高棲桐樹枝王母一相見騎之向瑤池湯湯弱水波丹霞耀其儀歌鐘奮逸響華筵雜

哀思瑶池詎不樂衆雛方苦饑
大宛有名馬厥名玉花驄牽車歷太行駑駘羞與同行行向前途伯樂欻相逢被以綺繡韉玉勒輝銀髮長嘶向沙漠燕臺望爲空

得賈七書

美人隔天末贈我瑶華音勗我崇明德文采雙南金文采固足珍所貴知我心我心正如結書中意已釋珍重置懷袖時恐化爲血時恐化爲血中夜起視之明月何團團照見庭樹枝相斯保歲暮勿任霜風吹

古林蘭若

溪色動虛碧摇漾菰蘆秋尋源得初地閉雲護僧樓塵襟暫披豁聊復得兹遊夕陽在高樹聒耳鳴蟬稠心地有餘適萬籟隨

清幽微風吹我襟歸路墟烟浮

遊焦山八首錄一

江流自不息天風揚其波獨鶴從西來哀鳴無靜柯我思古成連斯人邈山河橫琴時欲彈誰爲和而歌冥心遺世氛冲然味天和

送鍾四懷民入都

人生有別離黯然心鬼傷別離何足道珍重故意長鄉音古所稀耿耿何能忘朔爲遠於役道阻天一方夜靜霜天高衆星何煌煌寒飈下庭柯動此燈燭光顧言執子手與子傾一觴長安多故人冠蓋遥相望懷此瑾瑜姿光輝寧久藏明發出門去旭日照河梁

昌化大溜歌

唐昌地軸盤天高帶以古縣羣山包山泉萬道向空落奔騰爭
赴錢塘潮灘迴石出㧞其勢盤渦徃徃妨行棹我來三月水正
發行船半在山之坳於潛漁潭五六里晝抵半道來中宵撫膺
悵然坐不樂蒼茫萬緒紛煎熬舟人倚柁向余笑君乎乃未經
風濤前途咫尺達大溜令人涉之朱顏凋乍說與君或不信明
發鼓勇看吾曹半夜枕邊萬雷發地維劃斷天根撓熊咆兕鬬
下沙岸百谷競沸千崖號披衣欲起筋骨顫倏忽蓬背掀陰飈
馮夷怒鞭雪山立掛空倒瀉星辰漂中流巨石列奇鬼挺戈豎
立爭相鏖纜夫挽船觸石上擺磨無計凌嶕嶢巉巇船頭仰天
泊寬覓坐臥懸猿猱晨風吹水勢益烈崖根反走迎船梢舟人
衆呼負船起一聲大叫窮青霄君然船騰浪腹出忽登天上相
搖招俛視萬檣短於荀波底猶自喧羣舠始信舟人不余誑買

魚沽酒酬其勞我昔扁舟過三峽巫峯十二烟嵐銷杳然經渡
無所苦胡爲人世傳喧嘵祇緣杜老擅高咏意氣遂與山川豪
此灘雖險頗奇特涵虛亦自瑩秋毫匝岸崩崖揷天秀可作雷
雨興蛟螭奈何道路屆僻遠千秋記載空寥寥酒闌泊船獨欹
枕綺窗彷彿語山魈偶聞君言故相惜名勝安得終蕭蒿乾坤
夷險境不一聲名顯晦隨其遭精靈歲久必有托君言無乃太
牢騷焉知造物非有意遲汝萬劫幽光標

醉歌爲宮三賦

海陵詞客宮霜橋尺翰直走風雷豪讀書立志追正始出以典
重無儇佻大雅只今久淪落力維氣運望汝曹亦川老人老而
嬾學海亦自輸雲濤生平萬事不得意高臥兩鬢生霜毛偶然
作客到海上握手天地同牢騷相知頗許歷歲暮得句買酒頻

相招兮我懷抱過披辭反覆疑義窮秋毫嗚呼官子洵人杰雄
年衮衮勿淚拋當今　聖人在天子位廟堂之上孰不方稷契
擬夔陶且堠火久不設直除狼居胥而北數千萬里爲郡縣又
無事枕戈衣鐵疆場馳突羅弓刀昂藏七尺何所托況乃饑寒
坎壈時相遭不如相聚飲美酒百城坐擁當分茅指揮四庫各
用命赤幟獨樹騷壇高一任偏師犯邊鄙長城萬仞盤嶙嶢丈
夫如此亦足快何必涕淚霑青袍此意久欲與君說恐驚羣豎
紛喧呶胸中五岳崒然起舉杯仰天傾濁醪

白紵篇爲枉石張將軍賦將軍名發生字枉石號築江江都人

江都白紵白如雪齊紈曾縞輸皎潔鮫人夜織貝闕空軋軋龍
梭走江月天孫乍見驚絕奇拍格一聲機上裂兮人持向世間
賣一帀寒光動毛髮兮我六月來吳陵肌膚束帶尤苦熱安得

數尺製短衣有賣值拚生産折將軍一騎從西來相與談笑開
襟懷頭指平頭俾擘出皴皮匣瀉光濯濯滿堂涼風起蕭颯橫
剪一幅江波開昨夜海天青女降隨風亂落霜成堆羲和無言
赤帝泣日車辟辟翻天陔賓客坐者爭起立電光欲掣青天雷
將軍弱齡便筮仕秋風一鶚南天起同時兄弟垂金貂曉入甘
泉侍　天子鐵衣扈從獵上林一箭射殺兩青兕興酣下馬賦
新詩大貝南金光滿紙中黃虎賁皆嘆息衛霍當年詎有此牙
旌節鉞正有加野服翩然返田里結交遠近皆文儒置酒高歌
未有已自憐兩奏明光殿十言下筆如飛電功名往往與仇謀
每到吾成忽中變諸公衮衮釋青袍逢時面目皆英彥歸帆六
月江風寒依然裋褐還鄉縣市見相遇笑且憐斯人大抵長貧
賤將軍高義胡爲哉寒暄推分無嫌猜倘爲贈我綿繻段不裂

之服翩爲灾特命良工勤愛惜紉之滅盡針線迹修短旣稱負貼平從此淸風生兩腋報之媿乏英瓊瑶永爲好兮服無斁

雷合碑

碑在乾元觀之東高八尺廣三尺厚四寸有奇通體竄折無一字完者按之復端好可識蓋宋南郭先生爲眞人朱觀妙所撰文蔡仍書而勒諸石者也文字皆遒古娛俗明季嘉隆間碑且圮土人將碎而爲灰忽疾風從天半來大雨雷碑竟復立視舊制微欹樸之不朴蓋仙跡也長歌以紀其事

大茅山南乾元觀古碑一片欹堦東捫蘿剥蘚探奇字石紋剖裂穿玲瓏大者如拳小容指補以石髓完如縫微茫礴礴台未竟日光駁漏篩枝中摩挲吾吾勢欲落令人仰視心冲冲山中

道士顧余笑此碑雷合非人功當年貞白築壇後朱君觀妙希其蹤誅茆棲水茹芝草翛然大宋稱元宗酉郭先生紀其事蔡仍在米書尤工製爲此碑擅雙絶恍惚精氣盤蛟龍歲久朱君解脫去櫨櫨零落仙壇空赤文綠字成破碎東西棄擲青苔封鄉村陶人頗相惜毀之可以坏埴墉鋪剜舂載負且去劃然虛壁生陰風天門晝開六丁下雲旂東指揮靈靂虢虢聲盤地中出岡巒倒影垂溟濛訇鏗大造運元氣洪鈞翕闢光熊熊指揮契合得眞意森森點畫當磨礱須臾雲氣窈天末依然壁立參蒼穹令我聞之歛容嘆神仙妙道何有窮古來名搨時間出造物往往摧其鋒薦福雷轟鶴銘斷石經淪没荒蠶宮何如此碑毀復立時闢冥濛開顓蒙始知神氣貫有托幽光脉脉精靈通我欲傍巖結茅屋朝眞夜醮凌三峯回首棗心向蕭瑟風塵終

咸徒夢夢撫碑相對語未畢石壇雲氣浮沖瀜

練湖行偕顏子仍儒廷錫戴子翰因畦子翼遠賦

乾隆乙亥秋七月霖潦才乾又陰屋渚蓮結子菰葉肥白露將屆猶苦熱况我秋來肺病多安得開懷對氷雪顏氏竹林知我心邀我出游湖上亭一時戴子暨畦子文章藻采皆英英命屨出郭纔一里已覺森瀰千頃生風聲緣堤窈窕陟孤嶼樓臺岸出當林坰山僧狀貌頗朴邀倉皇延客開柴扃此軒闢楯最蕭爽半湖純浸烟光晴長山諸峯亘其上青蒼萬仞盤崢嶸倒涵秋旻出空濶村落隔岸烟冥冥更有白鷺飛來欲下不即下一痕劃斷長天青令我煩襟總蠲滌恨不一生兩翮凌太淸諸君豪興猶未已更爲置酒臨前庭庭前古柯垂百尺風動湖光上山石雲廊雪霽天欲陰開樽直對欉公宅欉公老宅蒼苔荒但

見車輪馬蹄滾滾去古驛古驛蕭蕭多白楊西風日落萬山赤
落日蒼茫照大河酒酣更起爲君歌君不見湯湯湖上波父老
曾見生秋禾豪强兼并一息喙姑得岸沚汀蘭襍芰荷又不見
湖東惠山寺宋元金碧參嵳峩正樓瓦崩後樓火天陰雨濕潛
妖魔古往今來只如此漫道樽前感慨何其多歌終轉覺百憂
集天河影寒掛窗濕一片黑雲湖水深濤聲撼天衆星入時有
巨魚長似人聽歌躍出當筵立千山萬壑秋無聲啾啾門外山
鬼泣夜深更上最高樓月明已照湖前洲遶湖諸村仍隱見令
我長懷許郢州郢州南國詞壇主錢劉溫李元曹伍笑語同遊
諸後賢風流照耀亘千古

登高冕寺浮圖歌二首

高標雄踞凌穹蒼巋然獨鎮天東方虫吻夜嘯日月出憑空谿

影開陰陽雕甍綺疏敞四極丹青壁立垂光芒中有天梯上牛
斗可摘房氏捫奎狠恍闖天上有人語銀河捲起風浪浪千聲
萬聲九霄落匝簷鈴鐸鳴郎當闌于四面俯空濶錯以百寶金
餙瑎黃河直下赤道北崩沙吼雪奔扶桑五洲西來到江岸蜀
岡對峙青低昂劃開南岸一江白金焦兩點沉蒼茫直帶濤聲
走東海杳冥一氣連洪荒始知宇宙本無際風雲到眼何堂堂
猶憶辛未春二月六龍　鑾馭來江鄉山川萬里倍顏色承
恩此地尤輝煌紺殿嵯峩横水上逶迤金碧連宮墻鷺序虎賁
夜宿衛華燈萬樹搖波光曉來　天仗向東發長淮流並　恩
波長熙皥景光宛在目飲和食德何能忘憑高北望意何極明
春還晉萬年觴
羲和鞭日升扶桑天柱一峯蔽其光陽烏瑟縮不得度巉巉直

截天中央特命五丁劃地脈移來兀立江洲旁須臾幻出多寶佛四面金碧開輝煌宗桷錯彩節高啄簷牙礫确爭飛揚曲楯窈窕上霄漢盤雲匝月廻風廊令人俯視隔天日瞳眦照映生光芒夜深萬炬燭天起流蘇八角垂明璫天風閃閃火珠落長河倒影蛟龍藏拾級一聲最高頂揮手直欲捫穹蒼倚天長嘯吸元氣飽飫沆瀣含天漿海水如杯地如掌江南江北烟茫茫蜀岡西廻輦道迴 天子布澤巡東方此地曾經 翠華宿冠裳劍珮擊鏗鏘畫角一聲六軍動森森 天仗懸秋霜衆山恍惚呼萬歲百靈河瀆紛趨蹌何幸生當郅隆世日隨含哺遊平康憑高引領 帝京遠龍旂筏筏遥相望可待明年重駐 蹕拜手稽首瞻衣裳

馬陵觀燈紀勝

鎮江城南馬陵市二月燃燈禮大士金鼓聲搖地軸迴香車香
鵲傾千里陰陽恍惚亂九霄日出天雞聲不起我來長庚已在
天羲和日馭忽移晷長山一帶赤酡翻倒映綠湖一湖水行行
漸近燈市中森然部勒一何雄慈航巨牓爲先容長矛大戟青
紗籠珠幡寶幄搖玲瓏變態紛紛不可窮火雲盤出雙飛龍夜
珠光噴川原紅赫赫上照天闕通狻猊掠地生悲風目光如炬
盤盧空青牛白兕與元熊虎貔百獸紛相從製爲廣檻羅鬣峯
鳳凰百尺棲高桐神機獨運如轉蓬軒然鳥雀爭朝宗頃刻天
花散滿野金枝屈曲銀膏瀉　上林春色猶未深陸離轉覺天
工假根荄盡是火中生東君不識誰陶冶九天仙樂動雲璈羣
仙競渡崑崙濤鐵撥腰懸一酒瓢風吹衣帶雲飄飄西方尊者
春秋高眉毛一丈垂霜毫從者數百視褚袍距躍曲踴相招搖

隨行傀儡皆成隊火射兜鍪光破碎秦皇漢武事重翻依稀直至元明代一聲鳳築從西來萬騎雷轟開塵埃將軍虎衣猶未廻牽犬臂隼皆啣枚火鎗巨礮聲如雷彷彿萬木猿猱哀窮竄裙釵嬌學步怯怯淩波繩上度倩人傳去踏歌聲燈銷不省君王怒妍媸鬟蠢須臾變次第金蓮紗面面琉璃萬炬壁月寒空明一片更相間到處皆成不夜城隨眦令人心目眩祝融昨夜辭南溟羽旗絳節從百靈烟霞慘澹天冥冥田單火牛出夜營騰騰犄角相濺陵三軍一見心寃驚豈風深夜吹列星劃然天地開沉冥精光歷歷寒郊坰牛女夜觸天河傾盈盈倒亘天根明星橋欲渡波淩兢照眼熒煌難具述九微七寶空蕭瑟春燈社鼓無處無瑰麗從來輸第一田翁扶杖為余言此社相傳非一日康熙每年稱最盛我昔見之今白髮東西南北萬餘家數

十年來疵癘絕黍稌滿田禾滿箱螟螣遠竄蛟虵結護持端的
賴神明本爲報功非佞佛今我聽之心肅然猶願吾民行弗斁
井可鑿兮田可耕常與我翁樂康吉

儒將行爲海門湯研長賦

湯君綰符古番禺德威四布奸黠除逾年報政成上考頌聲喤
伊交路衝粤東版圖跨夷夏山包川絡相繆紆大海東迴截坤
軸獠人鮫客錯龐居番禺鄰壤接東莞增城博羅尤海隅物衆
蠢動易滋息喘矢徙徙鳴萑蒲　皇恩敷天浹草木庶司用法
兼涵濡妖氛伺隙暗相煽私立名字召卒徒一時巨寇王與莫
貪狠長貔貅長軀犂醜亡命競蟻附招摇魑魅驅封狐華峯山
高負天出層岡亂走連通都混元開鑿人跡絕篠深菁密屯梟
儲買刀鑄劍署膺職屑信指臂連傳呼遠近出没蹤跡秘鬼神

且莫窺陰闞專焌二首誥旦至椎牛歃血傳鼓袍諜闞燒羽達大府連帥奔命羣僚趨大開軍門議方畧衆論進止紛齟齬大府手書檄尹至尹方苦欬啼呱呱啣哀頓顙詣府白反哺請得同慈烏大府作色戒不可求忠於孝說豈迂汝惟賢能故汝任愼勿家國分區區尹起收淚勉受命語訖再拜請就塗大府曰吁汝深入益汝介士防不虞尹言師行貴不測指麾便足驚頑愚某昔巡海收死士誓以忠義可與俱握刀襲甲戒弧矢海颷夜犯星辰孤平明御帆華峯麓背攻取道盤崎嶇爾時賊衆甫新集設壇部署迎其渠忽驚我師天上落倉卒奔竄相踐屠我師逐北叉相接健者鬬死羸者俘來寇聞風急反走連師發伏行天誅鼓聲搖空萬山沸腥風射甲寒生膚新鬼無聲大旗立龍蟠僞號猶金書班師振旅共飲至冊勳拜疏以次殊尹言餘

寇竄未遠蒼生未免罹其辜連帥分部聽所指衆爾山澤紛逃
遁可憐荒村雞犬絶哭聲載路爭遮扶奮然率衆盡惟類閭閻
饘粥方晏如大府郊迎入廳事刲羊擊鼓吹笙竽尹自素冠吾
鄉謝渠魁未殄民難蘇莫雖就擒王未護尚請方畧效棄繻大
府肅然益加禮即時上馬仍前驅窮追度海歷交趾始獲寸磔
懸其顱功成長揖謝大府依然苫塊歸墓廬始知韜畧在吾黨
壯士底事羞爲儒允文釆石報奇提老將賀戟長唏吁況逢
聖人握天紀儒臣將畧何處無

讀俞衡皋詩集長歌代叙

歲辛未春之二月　皇帝鑾輿幸吳越江南學使番禺公率其
弟子獻詩詣行闕一時被　詔三十有二人但聞泰州咎萬俞
埴肝膽文章耳邊撑突兀詩成更上河渠書直超崑崙溯窮髮

皇帝曰埴惟汝材是用賚汝彰汝伐金貂重襲幣二端光華赫赫照門閭爾時我亦從羣英合毫摛藻當　天庭冠蓋喧闐勢雖沓未獲與君一笑情相親須臾六飛還禁闥萬艘曉發龍舟發幾度尋君並棹歸思之不見病如暍乘流鼓枻來吳陵海天三月桃花春山橋水店鷓鴣叫一路東風愁殺人此時君方下帷在高閣開門一揖如平生坐我北堂上拂我征路塵刲羊沽美酒擊鼓會衆賓寶笈鴻章溢簡帖岣嶁鎖開夜擊出萬壑泉源天上來飛流倒濺蛟龍窟半夜寒光生滿堂百怪瑰奇狀非一有時閶闔開明堂元圭衮冕垂衣裳日月獨運中天央宵時與鉦陳東方犧尊象鼎發怪光摩挲莫辨夏與商有時落日下大荒平沙萬里飛天霜元猿夜啼塞草黃有時烈焰驚扶桑重瞳一炬燒咸陽燭龍拔轆歸走藏或如寒江風冽冽孤舟夜

湘江慾雪魚龍寂寞天正愁空中一聲山竹折或如平康冶遊
客紫騮嘶風踏香陌星文寶劍金鞘鞍垂鞭醉入金張宅或如
陰崖木初脫古寺半欹架蘿蔦栢僧遠汲石澗寒澗邊月浸苔
花活或如曼姬鬪細腰臨風環珮雲飄颻翠羽明珠金鳳縈覺
裳舞罷不勝嬌或如大將霍嫖姚轅門萬騎彌弓刀鐵甲健兒
頭虎毛虬尤怒捲天風高又如䖍眉饞天豚五丁鑿開山骨赤
巉巖嶢嶫飛鳥迴天梯一綫盤空碧又如高樹憑空澗沙鷗點
點青蘂末出平水靜炊烟孤天外殘霞秋一抹令我覽罷空抱
羨古今能事憑君一筆收杜陵老去謫仙死朱元以後作者如
山郎鸞嘯龍吟不可作馴狐妖鳥徒啾啾今日重見黃初作益
信吾道非悠悠安得如君十數輩當天一柱支頹流殺雞登壇
與君矢于秋大業從此始刻燭傳觴秋復冬冬一歲雙丸疾如駛

翛然君忽駕征篷獻詩稱壽　慈母宮遊君一醉揚州市子亦歸去焦山中焦山林巒自岑寂石牀高臥僧樓空柱宇吟殘江月白春風吹落山花紅不見容鹍北來信但聞長江之水晝夜鳴洶洶古來禍福相倚伏高岸深林何太速憶昔歡娛曾幾時兩淮倏忽天行戮乙亥之秋暴雨一丈餘高田低田大半無芓萩衢破黃河六閘一夜開天倒波濤上人屋可憐泰州界在東海濱千村萬落赤子魚頭生蟦蟦老蛟哺子攫人居鬼母無家入市哭剩有高原破屋兩三間屋根老鴉啞啞啄人肉嗚呼貧者富者誰復論萬事變遷如轉轂容萬會祖音隱公當年結客傾南東太羹太史容萬祖詩歌騎射尤材雄宅東別墅名漁莊盍簪遠近皆宗工十里林巒開圖畫一池樓閣漾沖瀜花潭夜雨瀟瀟歇竹嶼春泉曲曲遶玳瑁牕櫺藏窈窕水晶簾幕捲玲

瓏几橫靈壁千尋石亭倚徂徠百尺松廻廊屧響梧桐月曲檻
編乘茵茵風席上氍毹歌正暖樽前鸜鵒舞初終太史少年重
結納垂楊馳道笙歌合佳人翠鳳玉雕鏤公子青驄金匼匝僕
姑羽箭騂角弓林外錦囊擫雨鴿翻身仰射錦囊開響入青雲
風颯颯賓朋大笑起稱觴光景依稀照人目更有尊公間世豪
聲名繼起追芳躅偉論雄談四座驚一代風期欽嶽嶽琳琅健
筆開鴻濛三十詞壇稱老宿落落高吟動鬼神漁莊先生著有落落吟草百
年漁莊風流續繁華轉眼思無涯舞榭歌臺翻浪花我來繫舟
向堂上與君握手長咨嗟咨嗟剩有愁千斛擬辦歸帆指空谷
容萬瞋目為余言君乎懷抱何局促世間流俗貴勢交酒肉朱
門爭逐鹿如君本是青冥姿安能骯髒任羈束年來稌黍縱全
流指禾猶可三年粟胡不開懷為我留酒可澆愁書可讀再掃

南州楊重開北海樽，琴書消白日，風雨共黃昏。嗟君七齡傷鞠育，偏尾曉音交反復。人間坎壈已全經，屛絕豪華返初服。半生姓字聞王公，歸來起居仍樸遬。韋帶危冠大布衣，晨飯一盂昏一粥。鰥日海濱長閉關，百城坐擁便其腹。富兒騎馬到門前，掩耳踰墻走折足。況我天涯落魄人，世路相逢多磋碙。涕淚誰憐阮籍狂，衣冠翻笑禰衡辱。偏能相賞出風塵，營籌往往關衷曲。簞豆綈袍貴不忘，寸心況許同幽獨。令人睥睨江東孤，萬古炎涼嘗感觸。一聲長嘯與雲雷，朱郭當年徒碌碌。自是精誠貫杳冥，寧同意氣相徵逐。始知君昔傾群英，肝膽殊非浪得名。況乃文章實相副，頃見金石光爛生。聊當弁言贈長句，用證雞壇舊日盟。

贈別宮四煋持

丈夫三十頭已白騎馬歲暮還作客君家夜半華筵開酒酣大呼臥君宅朔風吹雪鴉鳴悲石田茆屋還相思獨携一劍渡江去飽飯射虎南山陲

送家兄啓人北上

家事不復道酒闌花滿林一劍曉初發孤帆春已深雲霄吾輩事門戶百年心夢醒練塘月匡床獨布衾

和讓林贈別

匹馬自兹去黄塵壓繡鞍山形連雪起天影入江寒漫道論心易仍嗟會面難行經浮玉頂北望一憑欄

石門

虛磴盤雲出崎嶇到石門青帘沽酒店烏桕夕陽村景幽圖歸計風烟恰客魂孤燈成信宿涼月獨黄昏

客海陵俞氏流香閣偕客萬越千薊月

本是悲秋客他鄉共月華星河連海氣時節到天涯小閣逢秋雨空林落晚花安排今夜夢乘醉好還家

秋日遊金山六首錄三

到此非無地憑空大塊浮龍宮開絕島鳥道出懸流城郭天南壯蒹葭岸北秋吾身何處着長笛起漁舟

妙高臺畔立黃葉滿寒皐水氣青天濕江光白日高秋風飛鸛鶴鐘鼓起潛蛟浩蕩關身世臨風落彩毫

江上秋風起蕭蕭落木多天根連海没山勢帶江過關塞通牛斗波濤下灌河歷朝爭戰地設險竟如何

○嚴灘夜泊

萬山深處泊樹色倚空青落日啼山鬼空江弔客星明河原澹

岩高岸故沉冥地僻人還在疎燈出翠屏

○舟次富春

十里春江路推篷倚夕陽波濤欺石勢城郭走江光對酒煮魚美迴舟杜若香何須問生事聊此足清狂

孤雁

朔風吹廣漠古塞一星橫湖海憐形影風霜隔弟兄蒹葭連十月砧杵逼三更倍歷淒涼意寧堪老此生

贈陳元孝後人碎琴開士

七觔破衲早間關故國羅浮夢裡還詩派江湖三子集酒瓢風雨六朝山禪心每寄絃歌隊別恨相看慘澹間何日與君同挈鉢浮雲送盡此身閒

戊辰秋訪荆子天街京口旅舍遊甘露寺

蘆葦蕭蕭隔樹洲十年書劍客江頭憂人又過南徐路弔古同
登北固樓別後江山還似舊客中風景不宜秋相逢到處慵回
首祗有寒山不解愁

九日偕邑中諸子登城畫閣

四面天風下水窗背雲征雁一雙雙朋中歲月秋將老醉裏鬢
眉恨未降山勢盤空南到海潮聲動地北連江眼前世界原空
濶忍負蕭騷此一腔

圌峯秋望五首錄二

古寨秋高萬木殘臨風岸幘俯奔湍帆移沙磧魚龍穩浪擁桑
田貢賦寬三嶺雲開滄海立五峯陰落大江寒望中一帶盈盈
水底事端居欲渡難

蜃市龍宮杳靄間洪溪鼓角枕巖關蘄王戰艤青燐熄謝傅樓

船白晝開岸走濤聲通象嶺樹浮天影出狼山無邊景物嘗歷
睥容我高吟兩鬢斑

謁陳少陽公祠

兩宮消息正茫茫廟算徒聞罷李綱不信九關司虎豹秖留三
疏動風霜衣冠落日悲東市松柏寒烟鎖北邙賴有史書遺直
在里居猶自署丹陽

覔旌南渡幾時歸遺廟悲風動繐帷草野詎干興復計公卿無
那諫書稀關河嚴譴煩元宰社稷偏安憶布衣過客秖今猶涕
淚豐碑殘照亂鴉飛

亭計功名上閤鐘結纓易簀本從容封章五夜羞臺省姓氏千
秋壯辟雍羿已倘傳如綍語旌田空繞若堂封漫言哀痛關
宸念忠武重褒　御墨濃

間氣從來應列星祝融猶自避精靈空傳野燒驚榱桷仍是忠
寃走雷霆乾隆庚申公廟不戒於火已而堂無鬚眉如故一時傳爲異事練浦牲牢喧社鼓棲
霞軒晃哭冬青千秋得失應須辨萬壑雲烟擁翠屏

謁吳季子祠

三吳霸業冷魚腸讓德於今有耿光樂辨五音傳上國碑懸十
字照南荒松杉古廟冠裳肅荇藻空山俎豆香千乘從來如敝
屣誰人猛省利名場

過海上吳野人之墓

吳野人者東海安豐場人也名嘉紀字賓賢家貧煮鹽
自給然肆力於詩垂老無知者會新安汪太史舟次爲
之延譽而其名始藉甚著有陋軒集行世其後頗不能
振余過其墓而哀之爲此詩

日落平原海氣昏一坏蕭瑟對空城縱教大業留天壤到底虛
名俠子孫路入荆榛埋斷碣潮來風雨弔詩魂誰知今日仍吾
輩高詠道編辰墓門

辛巳秋九月河水大漲由海陵放舟淘上偕羅老薑棠儕
雪兩丈暨諸同社海上登高即席拈韻八首之一

河源高掛白雲間一夜狂瀾到海還鯨鬣怒掀初破岸龍門倒
瀉欲沉山千艘又荷 天儲發萬井渾忘 帝力艱總爲方隅
勞 廑慮憑高無計慰 龍顔

贈故征西將軍幕客胡中翰二首之一

五夜 天書下九霄承 恩誰從霍驃姚秦關曉渡星初落蜀
道春歸雪未消坐擁烏皮參幕府檄飛彩筆破天驕牀頭一劍
光如昨肯令雄心漫寂寥

題淮陰垂釣圖

芒碭龍蛇運未窺英雄蹤跡太權奇一竿風雨淮陰夜兩漢功名垓下時器識總居漂母後鬚眉深負蒯通知布衣偏解當高厰經綸千秋是我師

閏九月偕一帆丈登高延慶寺

野竹荒橋水自流布帆何意暫歸休江城紅樹曾攜酒山寺黃花更倚樓萬里風霜催皓首百年詞賦繼高秋何時卜築香林近倚杖看雲謝遠遊

鈔關晚渡

淮水東流欲撼山雙旌天半擁碓關河源舟楫通三輔海道珍奇貢百蠻筐篚總輸官稅急琴書獨載野航閒誰教無事頻來往禿筆孤吟鬢亦斑

月夜重遊虎邱

火入梧宮半夯離荒邱直構講臺基春風絲管長洲苑落日鶯花短簿祠半夜塔燈鈴鐸語當年金氣轆轤知烟鄭竹禍人俱靜曳杖經行有所思

喜友人從軍

西馬西風出漢關十年雄畧鼓鼙間箭傳青海雕廻陣戈挽黃河月滿山塞外功成餘健骨江南秋老入蒼顏據鞍且喜尋常事應佐元勳勒石還

過雩山謁宋武帝陵

金刀光大烈玉步擁羣黎喝雉從家破屠龍信鬼啼威聲秦塞肅殺氣楚雲低北卤歸舊業東吳下鼓鞞河山窺建業旌旆返關西撥亂才寧忝投閒跡竟睽與圖成覬覦禪讓肇攀躋蠅拂

兒孫笑爲籠將士攜冠冥初代晉宗社傾輸齊野廟雞豚寂荒
林草樹迷崖松巢鶴鸛澗藻咏晃鷺夜雨銅龍泣秋風石馬斷
江山悲往事風景入新題展拜重回首農歌起稻畦

寄懷胡文西垞客吳門

高樓夢斷一聲鶯襆被天涯百感生誰料今朝消息到春風蕭
寺闔閭城

丁元佐字漢青號　乾隆丁亥邑貢生

九日登城霞閣和友人韻

躋塔重陽日天空雨氣開君饒才落帽我負酒深杯日落千林
立雲橫一雁來欲歸就籬菊幾度晚鐘催

荆　震字敷庭號敬亭邑文生

滕王閣懷古

章江西來接洪州滕王高閣臨江流滕王去後已千歲高閣人間幾興廢昔聞貞觀全盛時大廷金冊封宗支時平還出領旌節富貴非常驕佚滋正對西山俯南浦雕梁畫棟參差起珠箔鳳管雜龍笙白晝歡聲彩雲裏只言歡樂殊未央城頭一夜飛秋雲閣中環珮知何處遊子再來春欲暮當臨江樹柳搖風疑是當年舊歌舞燈殘舞罷歌聲歇漁父灘頭漫明滅古來興廢君莫嗟君看紅日正西斜西山不改舊顏色換盡行人與落霞

荆　蘧字杏朋號吳墟布衣著有學吟草粤眞草

咏史

秦有遊客令李斯因上書四海囊以括六國遂漸除湯武爲可薄堯舜不足譽立法尚苛刻黔首無卑昂帝秦固由爾亡秦非汝與

燕丹何無知易水辭荆卿一劍中其柱蒯圖王翦兵或言副者
儒或言術未精即使祖龍死秦亦奚可平美哉君王后齊是獨
後傾

高祖入函谷約法惟三章項羽畢殘酷竟乃屠咸陽楚漢爭百
戰於此卜興亡王者恃在德非恃謀力強復有蒯通者游説三
齊王

惜哉王景畧其志在江南桓温不足與笠有捫蝨談屈之以祭
酒遂爾入殽函備無忌才意中原固所堪臨危思正朔叮嚀至
再三

賢如房與杜李勣猶笑之敬業何爲哉易爲鵝先自思知愚不能
強盛衰安可期徒以成迹論持議亦巳畢詒謀取其正子孫非
所知

讀曾祖赤存公題景御史傳後

決意報讎懷乃出大節崢嶸誰與匹精氣來往天地間千載相知後人筆寥寥數語揭其心淋漓悲壯明丹忱傳神尺幅鬚眉活更有餘吟寄玉琴（題景忠烈詞詩載玉琴集）良史之才良史識文章骨擅龍門力中丞傳後無退之誰爲忠魂補生色

姜朝綱字玉峯號勉山邑文生著有超然閣內外集彖史全韻詩

敬李姪廬墓詩以慰之

往跡平蕪萃二親怡緣孺慕失情眞精誠一縷酬天地血淚三更泣鬼神蔓草荒烟愁結伴猿啼鶴嘯苦成鄰祇今相對慚吾姪我是居家讀禮人

黃準辰字　號秋齋

讀郝行贍行悼亡詩因慰之

中分鸞鏡費沉吟同病聞猿愈愴音白首齊時男子業老年加
飯弟兄心孤高應弄桓伊笛激楚誰聞子敬琴何不強顏開口
笑且將杯酒滌煩襟

曲阿詩綜卷之二十五終

丹陽後學劉會恩時菴輯

國朝

周煥采 字鳳苞號丹山乾隆戊子舉人

登靈巖懷古

長日藍輿上碧峯攀躋力不藉扶筇五湖遠豁雲千頃一塔高撐樹萬重豔色已隨春草緑霸圖空見晚山濃登臨不盡興衰感但聽沉沉古寺鐘

秦淮夜遊

秋風桃葉渡畫舫金樽聚夜靜月孤明玉人何處去

魏晉錫 原名晉賢字澤衙號夢溪乾隆乙酉舉人己丑進士授禮部主事陞員外郎轉戶部郎中記名御史官汝寧府知府著有夢溪詩文集傷寒辨徵論

將之京都擬古錄别五章留贈里中諸子

少小結恩愛苦樂相依因明發事行役悠悠成路人徘徊一樽酒萬里託此晨何以酬明德努力愛陽春懽娛不在邇離别不在新仰視天宇語河漢東南傾浮雲暮蕭蕭四野颺黃塵我欲往從之與子非一身

泱泱東流水容容西下日離離陌上塵我行遠親暱暮宿從牛羊霧食飽蟣蝨長夜正悠悠攬衣理瑤琴新聲一俯仰中曲悲自失四坐唱芳言流響因風溢知音良苦多未敢罄緒啓行子常畏人掩涕還入室

驅馬上高巖巖石傷馬足野風吹葛帶一髮怒如蠹涕泗結爲水紆軫慘徒僕念我生平遊綿望窮遠目黃雲千里逶故歡在其曲雙闕起中天三星何歷落主人前進酒左右紛絲竹一爲

遊子吟娛下雙飛鵠

歡愛常苦早日月常苦遲千秋託嘉遇此別安可任不惜蕙草晚鶗鴂鳴芳林回風墜白日四野生重陰尺步不相及逝爲辰與參撫劍獨辭去握手復不禁念當儗雲路浩蕩流甘霖故鄉一以邈天路一以沉長駈發奇書鬱鬱淚沾襟

嘉會亦有期女蘿亦有枝策身要路津君子何所持離別矜盛年含情抑其私前景不復留後晷相推移去去懷苦心中道轉生疑明月皎北林古歡君自知

春日同友人遊二宏禪院訪劉大藻初

攜手城西闉游情蕩遐矚古寺沉春蕪入門有僧獨石泉何泠泠禪心淨寒玉扉櫳引層岡青翠杳如菊落日空林中人語彎風竹繁蔭暗女蘿陰氣襲輕縠伊余歧岑寂塵襟苦踡跼所願

息微躬眄彼幽人躅

荔園雪訪兩進士邀飲湖上同席七人戴孝廉金谿以湖上春來似畫圖分韻得似字

湖山如佳人風日修容止挑之發微頩薄怒看旖旎急雨跳珠來雲波窮譎詭迴舟擬餘盎喧笑雜坐起英英小戴公雙眼碧於水分曹互送鉤詰難苦堅壘照席得琅玕而我老無似青陽誰獻歲待月升金卮相屬盡一杯努力期萬里明當發西興泥滑愁步屧殘霞散澄湖晴色動林巒請酬水仙王明戲聊爾爾

淮清樓讌集即席呈楊丈立齋

層樓夌虛對石頭醉摘文星落酒杯文星不及酒星好酒爵文筆共潦倒潦倒無窮更勸醉哺啜何嫌糟與醨高拉嫦娥把玉袖廣寒丹桂香幾時懽呼擊節讀離騷王氣金陵餘黍離試拍

胸中問傀儡敬瀝一尊酬可兒沉酣别有嬌癡客悶解餘醒索茗汁長嘯一聲秋氣清檻外風濤江月白

觀瘞鶴銘用東坡金山放船至焦山韻

癡龍不識字饞目睒眈眈陰崖谽谺跳波上秘字鴻實倫淮南明珠七十二顆龍頷摘餘者怒濤擊擿十齧三當其觀濤助勢時颶颶食葉驚春蠶仙人大去鶴不返神人久悶諸天慚帝遣六丁下追得牽以長絙百丈江之潭細摹畫肚廢朝食醉搨濡髮乘餘酣我聞焦隱君三詔留佳談上皇樵人丹陽尉當時臥佛誰同龕乃知古來大隱不嗽名肯爲兒子爭餘甘紛綸辨證強解事雪鴻爪跡何能貪羽衣獨立夜吹遂擊鼓逐舞馮夷堪鶴壽不知其紀也橫江東來過我山中菴

焦山古鼎歌用昌黎石鼓歌韻

江潮捲空空欲暝馮夷擊鼓天吳歌古𢊍虛堂跳波出愁螭却立龍誰何陸離踞地二尺許驚落星斗廻羲戈精光烔炅襟青綠丁白已斷肩相摩肆余嗜古不惜晚剔抉苔蘚勞爬羅方昔周宣中興時奉璋髦士稱莪莪王錫南仲介汝祉越今寶鼎陳山阿寂寂山阿隱士廬飛廉錯愕勤撝呵甲戌紀年不紀日窺軌躔趣多差訛支離強崛斷復起奇文不辨鳥與蝌枯藤百丈騰飛猿天門朝晃遊仙鼉形雲翳翳覆其上粲熳玉葉舒金柯高蹲海國坐浪崶支祁象罔夯如梭器欵遺我金石錄獨侶松石相委蛇世儒弁陋鄙淹雅持擬晚近疑皇娥紀之大亂宋之孫辟彼黃潦同滹沱栖託雪林舊無恙吞欲江海顧其和一朝貪饞恣攫取焦山忽與鈐山科江風夜號老龍叫山靈怒拍洪濤多須臾足折公餗覆彷彿荊棘埋銅駝爾取吳淞一江水洗

罹還覺醒翺過九州頫洞鑄大錯雲斤月斧重磨磋歸來再結招提緣堂前枯木生榮波珊瑚作架玉作承安置方笏無偏頗珠纓蕭穆遠相對春蘭秋菊期無佗朝與容成暮洪崖肯令世俗輕娭婀願浥飛霞沐沆瀣坐臥百目相摩掌鳴乎梁王及漢帝丹經老子皆吟哦渭水空傳刻璜玉九江誰復沉書鵝自餘瑣碌不足數金寒石泐棄則那即今明公黿博古斯禺無令久坎坷焉得移置明堂中高出戳城超汾河玉檢開封白雲起傳之七十二代無蹉跎

呼龍耕烟種瑤草

銀潢星流芝館晛碧城縵瞎珠光小藍田粉蓏呼東風仙子吹雲喚青鳥飛龍炅炅遊天池雷師伐鼓虹爲犁鋤肩瓌膏沃瑤草紫烟夜捲蒼空移靡蔣臬華白如玉交鸞一聲散朝旭青帝

挼藍染蒼海飛花曉入扶桑綠瓊枝作粮根作和倒擾花斗傾長河呼龍拾草步斜月齊州九點青如螺

贈劉大藻初兼索和韻

劉君才氣今無雙倒拔太華手獨扛有時驅兵劫壘陣追馬走屈都能降老屋數椽城南隅四壁何有餘甕缸擕壺偶爾問奇字往往情好如徐庾天吹海水灌銀漢飛龍奮鬣騰邗江我來踏浪遠相過欣然空谷聞虛跫甚知近別頗能好登堂刮目開愚憃青氊本是舊時物促膝連坐熒孤釭夜闌叉手語無了陳列武庫羅矛鏦百錢買酒一斗許盤中猶藉存瓜豇醉拈險韻學禁體鯨鐘大挺摩相撞毫尖銛利剸犀兕橫空崛強衝巨樁靜如微烟裊珠纓曄如皎日照華幢勃如神鰲轉大地矯如蟲怪跳仙矼我亦頗能作奇語舌咋不下神為憮繞墻狂走氣勞

紙挺金促鼓聊鳴擬我如蕞爾邾魯莒儆賦悉索拒大邦時時好同睨而笑擊節不覺擂床杠低頭頹僕躳亦醒瞪目直視憆操腔爾時天陰四垂黑江風颯颯吹黮黮鼕鼕城樓夜方半慘澹不復聞巡梆忽然寶光孤月湧清氣沁骨穿虛窗空明四顧心胆怏敲戶犬吠來驚尨丈夫落筆真良友紆珩曳玉相鏗鏦人生臭味各有合但勿交盬徒言哤獨吟捉鼻亦無取高呼不竟老娣腔愛君能文共君好澆波酥乳投流淙往者讀書古寺中我時相訪曳敝裤爬羅疑義恣往復疏瀹潰瀿廻倒添幼小意氣不再得乃若落石歸空徑身世悠悠那足問蹔喜翁達開矇朧明年上書丞相府與我共濟揚吳艭

荅劉大藻初仍用前韻

我身落落與影雙手不能挽有難扛鼎能睨視輕肥兒捉衿拖

厲氣不降井眢幾時歇井底醯雞自喜君醯缸無懷之民葛天
民人世殊未彫敦龐彎弓倚劍作大言往往吞五湖三江君乎
弃世世亦弃洗耳捉鼻逃鬪蹊殊無蘇秦二頃田以古作憤耕
當春熟頗識之無濟何事（朱太祖語）殘羹冷炙寒青釭人情雲雨安足
問失意杯酒懷戈鋋怒推南山作平地倒汲天漢種豆豇白眼
箕踞山頭看笋拳毒手忿相撞近時甚能知學佛努力衝拔煩
惱椿身危境危鬪鵲巢心動風動爭幡幢朝來夢入玻璃天乘
仙大去度仙缸金仙賜我真醍醐皇恐再拜心為慢旁有弟子
俊且明珠纓寶絡聲相摐我時逡巡不敢語彷彿曾遇諸瑯琊
忽然風吹落廣陵劉侯排闥生橫杠天香吹衣曉來散冷冷清
露洗迷瞠撫掌不覺遂大笑長空激破烟雲麾劉侯好奇世所
希囊依淨剎聽無佛無眼耳鼻舌身意一悟頓徹光明窗遊双

皆虛牛無全捉筆不學沿羅花向之完者毋乃是報以雙玉鳴琤琮君不見紛紛輕薄市道交指天誓日言何哤又不見碧紗高籠舉詩壁先時苦作乞兒腔君才十萬本無敵咫尺風雨起細淙而我差池憐短鬢饑無粿粟寒無褚坳堰杯水濤不起豈異溝澮并洪洚交遊似君頗復少如響斯應穿空從一豬一龍反掌事咄嗟白腹懵懞哤相逢不煩君下馬訪我竹床茶竈烟波艭

星潭招遊星巖歸舟劇飲作長句奉酬兼示彭江二公

前年我從靈巖遊笠帽芒鞋鼓大勇賀子愛奇登斗絕攀緣石磴石跛尪最高之峯出天半覆掌太湖波洶洶爾時赤日汗流背搜剔幽險各竦踴歸來喘息夢猶疑如鳥出籠揷新氄驅車一別走長安素衣化緇羞傴僂山靈笑我何太頑促刺依人多

枉葬今年浪跡上蘇臺洗拍塵坌已决踵公子愛客招遊山亍
雲高義獨膠睪誰與客者彭與江而我厠之若疣腫輕波小槳
風色柔爽岸茱花間麥蕫珠簾八而卷紗窗金管雨頭安繡拱
毓于點筆寫春山好句如仙得雙拱咳唾琳瑯落九天讀之吞
咋神欲悚我無寸鐵持白戰縛繭枯腸累生蛹迫窘索和將毋
窮對此大敵小人恐興酣落墨風雨飛急浪跳琅聲更涌烏榜
紅閃斫斬齊渡頭喧語輕篙邅須臾霽色收雲那裂石奔騰壢
怒湩廻舟綺席臨波開樺燭光浮翠袖擁裘腕貞憐玉塵同低
鬟邾訝金釵重新翻別樣柳枝詞一曲凝眸泣幽恭我本江南
放誕人蒦落誰貽大瓠種急蓋頻催那厭煩饞杖大嚼鶩肩聳
老去闕心傀儡多一尊借酹要離塚坐上江郎亦善歌小拍紅
牙爭從憑且盡當筵撫掌歡君看碧盌纖纖奉玉山頽倒泥多

情趣厥清才同賀農前年今年遊不惡今愁昔恨盃間瀉今年登山仍自涯前年看山聊得曉丈夫三十尙如斯龜縮還將獺鼠拱明當振策據要津逸纖青絲出禁闈如澠之酒肉如林高召朋歡促親寵狂呼岸幘謝山靈一濯清纓脫寒冗

同傚軒登綠竹亭

徑仄偕同上亭虛客到門疏鐘飛竹杪危屐裂雲根嘯咏名流得登臨覇跡餘子雲吾豈敢清靜頗堪論

濤暉閣

斗絕濤暉閣郊原俯檻檽抱雲天柱白嘲日島門青歲月侵蘿石生涯語塔鈴渴蜺泉大好不汲愧淵渟閣旁有泉名渴蜺

夜坐

過雨暗蛩歇遠凉生楚江坐看雲出月未覺影移牕催曉黄雞

曲澆愁白玉缸鄰鐘汝何急夜半起敲撞

遊乳山和維溫韻

躡險憑雙屐斯遊風水爭山疑太古鑿舟入洞天行毛髮使萍影歌呼聞谷聲讀書懷石賞奇絕快平生山爲陶石賓先生讀書處

同韓生淦方生豫陳生蕚咸秋禊蘭亭因步至天章寺而歸集右軍文八十字

地古人初集春和禊未修放懷同日永極目寄斯遊曲嶺風湍峻虛亭水竹幽老夫無一事朗抱合時流靜趣相將得清陰取次遷大哉觀物化作者盡諸賢觴咏殊今昔山林感歲年娛情契蘭若信足亦欣然

九月十六夜茶竹亭對月

蓬萊海色浩難收月地雲堦最上頭頓覺高寒同潑水坐看圓

晚又辭秋孤城登鼓衣先授明鏡稀星鬢欲愁較似昨宵風露重故園桑落愁新篘

寄懷劉大藻初時客廣陵

海門波接廣陵潮風過梅花凍未銷有客嬉春仍抱瑟懷君明月聽吹簫亭前瓊樹新披麗江上金櫻舊寂寥擬買扁舟登托回乘流直泝竹西橋

吳君亦山寓中荷開一花三蒂

公子鱣堂兆不虛爭傳珠樹對芙蕖飛來峯影俄三疊照出波光儼六如邐迤月斜星轉後參差風定露團初明年又作多男頌一丈朱華探筮舒亦山新得子

送秦禰泉殿撰入都

淮東驛路轉星軺隱隱青山接紫霄花絮早迎天廄馬雪霜春

避侍臣貂南金鍊液開蓉鏡北斗斟漿溢桂瓢丙夜有人官燭
下文稼催換第三條
首魁等是秘書官我憶紅梨入蔓雞釣雪偶然維野艇移花何
日傍仙壇故人車笠相逢地勝槪江淮一倚闌又向紫薇天上
訪明朝只合舉頭看

喜晤東坪同遊八公招隱諸山

相看握手董追琴直上雲蘿鳥道還海內弟兄雙白眼樽前離
合又青山無多酌我猶能醉偶一逢僧便是閒莫過虎跑山下
路與君羞共照塵顏

憶廖子雋嶠

遊思闌珊驚物華春懷瀟蕩極天涯三千月影橫梅嶺廿四風
期到楝花多愧阿平傾注絕應憐元度詠歌賒西窗坐數歸雲

片噪破閒情有晚鴉

金陵秋興

不才誰肯愧騰驤蠹葉西風古道涼白鳳可驚詞客夢黑貂寧
助旅人裝新秋簾幙初辭燕細雨樓臺獨噪蟬極目參差吹嫋
嫋倚闌天際望瀟湘
良宵把盞蹴新醅小坐隨心選綠苔此夜銀闌聞落葉何家玉
篴譜飛梅羅衣自省從風薄紈扇無須映日裁多少蒼涼新舊
事醉歌一任玉山頹

寄贈大素傳

布衣遼倒遂飛蓬吾道寧誇間氣雄叉手有文難罵鬼掉頭無
日獨書空素傳新著休悲鸚鵡招時妬好賦鷦鷯慰路窮落日大江
波渺渺芙蓉底事泣東風

寄賀大輯五

鱣堂燈火一龕紅引領分飛逐短篷知我最憐青眼客故人應是黑頭公錦囊四馬三春月寶劍雙龍五夜虹可有金龜能醉客欲攜佳句問蒼穹

與厲大蒙傳夜話有感

星斜北斗夜闌干誤煞文章做籜冠天外好將雙劍倚囊中剩得一錢看三春霖雨蓬蒿長萬里高秋薜荔寒王粲登樓渾是病平原極目路漫漫

馬塍花四十韻

三月鶯飛花事繁馬塍風信早更番春來封傳瑯芳展老去蘭成賦小園南北峯高過別塢東西町接喑平原繩床舫屋緣能結月地雲堦興轉鶩明聖湖邊穿窈窱參寥泉上弄潺湲節過

桃柔成纈被暖入烘琴試五盆襖帖艷催千樹朶餳簫晴送酤
家喧初依綺陌迴寒吹正凝濃華趁曉暾油壁幾時觀有信翅
塵依舊逕無言鋪綿軟藉隋堤柳結細芳抽楚澤蒸寒食乍遲
鶯旖旎朧酩醲破輿濃存凌波便蹴飛韉襪流水爭驅短鐙藏
荀令薰爐空自倚鄂君翠被為誰翻已拋錦字羞中婦更擁雲
旄降上元含睇未遮金屋成定倚還付玉扆翕雙鶊罷舞看仍
眩百蝶徵圖訶許頻聞說尹邢爭鬭麗就中秦虢獨承恩葳蕤
畫卷珊瑚海盎盎香騰錦繡紛一捻定融脂澤賦二分先透眼
波渾光沉步障披風磴影散勻闌勒霧屯留客丁寧鶯語細泥
人妖娜醉癡嬾偏乘洽葉當仙渡又放茸藜過別村如意蓋真
來碧落可憐儕最媚黃昏天然粉飾箋難稱自在旃檀國不喧
矜模半欹偎絡索筠籃斜擔養溫磨分攜戚里清明火賣向江

濤暮雨門曲几烏皮澄素魄定磁鷲頭託雲根許從法借歸禪
鉢遞莫輕拗上勝旛婺尾醉寧辭百榼纏頭贈合指千純蘋齣
白雪紅牙曲試認青衫碧唾痕么鳳不來成噩夢文犀長押護
吟魂愔愔巷陌遊重數歷歷旗亭句細論種橋何人輕薦斥訪
桃有處接孤源擬栽玉蕊究漫珮竟肩瓔靡當夕飧歌與奈何
神欲憩樹憐如此手會援生愴羌笛橫吹暮大好長鑱託業尊
社日雕龍辭舊燕華年錦瑟訴文鴛潮通流水芝爲閣地擬豐
臺枳作藩三竺松蘿開晚徑六橋烟雨做商軒請看綠野堂前
路咫尺銀河近紫垣

賀廷奏字紱數號雲門乾隆庚寅 恩科舉人

題文姬歸漢圖

前馬奔馳後馬逐橐駝如山金作絡黃雲連天天不開陰山秋

高雪片落文姬醉壓貂襜褕朔風凜凜吹氈幕蕃兒漢兒生態出馬行一步一慼愕胡笳羯鼓那可聞慘澹千峯與萬壑憶昔辭家出玉關刀環相贈金落錯歲歲沙場白雁飛望斷朔雲氣蕭索吁嗟萬里馳黃金書購爾乃重一諸邊塵卷地秋草枯寒沙拂面翠袖薄兜離鈞亭何處是尺素雲山就束縛人生遠別念桑梓南枝北風各有托蘇武空憐禿節歸明妃一去留沙漠千秋絕塞幾人還樂府刀環君再作辭漢歸漢休謾論如此豪行亦足樂

都門送友之天津

薊門風雨送離弦憶汝挑燈獨黯然病起觀濤還八月賦成梁苑又三年人從採藥蓬瀛海地本熬波近　御筵早晚調羹須大手茱萸先試榜花前

次韻答張鳳翼

白露驚秋雁陣廻霜華滿地動人哀離羣已隔星三紀聚首重逢菊雨開品到淵明方是逸詩如靈運始云才與君試作潛夫論應盡燈前酒一杯

楊允桑 字公佐一字遠蔭號湘亭乾隆庚寅 恩科舉人

懷胡景岐

握別前年事依依在意中帆開萍水碧杯瀉樹漿紅我自睽今雨君猶重古風一緘京邸至脉脉兩情通

重登燕子磯望江

危磯前另俯奔流我亦曾臨最上頭百尺星河低渚岸六朝烟樹鎖丹樓山僧入定沉煙遍沙雁横秋起蓼洲好句重開塵外景興來尚恍續前遊

姜令訪 字箕陳，一字範之，號靜山。乾隆庚寅恩科舉人，任霍邱教諭

北固山

鐵甕控名山，北固環其北。長堤何蜿蜒，峭壁自奇特。高踞最上頭，江天豁胸臆。左右侍金焦，彷彿三島域。長嘯草木震，劍石劚荆棘。欲起孫劉語，我恨無終極。何不背拒支天王，轄屏國不見賞。河西至今照顏色，日落盡此杯。四山皆默默，惟聞梵磬聲心定塵心息。

春塍亭晤劍冲弟即席留別

花影入疎籬，春深蔚蒶帷。攜卻尋舊雨，入座得新知。翠積參天柳，紅匀隔檻枝。小園堪日賞，別後亦相思。

楊紹亭 字 號 乾隆庚寅恩貢生

惠山即景

萬篠參差石磴斜池邊臺榭檻邊花碧幃牖注烹茶水白板金
書貰酒家山霧朝凝雙屐雨櫓聲歸蕩一川霞匆匆未了尋幽
興回首烟雲樹影遮

戴心傳字紫發號　乾隆庚寅　恩貢生

春日重過惠山汲泉

兩度春風問品泉山靈似與作奇緣盤龍古木雙枝抱戛玉清
流一徑穿館啓濃花輕着雨嵐摇濕翠半含烟京江客過耽同
調敢道中泠定占先

臘月八日宿瓜州妙真菴

探梅信已近南徐梅點行囊逗歲除問渡只依揚子舊觀濤常
憶廣陵初停車小憩成清夢聽客雄談勝與書曆節普天供佛
日達觀何處不吾廬

姜令誼 字舒箴號鑑堂乾隆辛卯順天舉人

楊忠愍故宅

朱欄臨廣陌照壁立千尺七字揭正書忠愍有遺宅端楷傲頭公摩崖爲蹤蹟忠臣報國心不屈於降謫仇鸞雖已矣嚴老聲勢赫戕國縱斧斤惡直成奇辟卓哉椒山公詔復未安席列陳大罪十奸雄膽驚折坐以挾制名訊鞫備刑磔聖心有轉移權奸恨莫釋舞文巧計生竄入張李籍浩氣塞天地褒忠賜哀册試看奇食翁野殍誰能恤園亭甲京都淹沒無蹤跡

林鄧材 字念劬號莪園乾隆辛卯順天舉人

桃葉渡

西風桃葉湖前遊十里烟波隱畫樓韻事一歌餘古渡豪華六代只寒流王孫怨入青谿草詞客悲深白下秋欲問遺蹤何處

是幾回空棹木蘭舟

過淮關

嘈嘈言語夢回時淮水嚴關人共知任爾稅官稽察細擔頭只
有一囊詩

厲苑英字素傳號　邑文生

雜詩

兩光逐西東客不逆旅止霜髩摧顏色迅速疾如駛修能及華
年春風佩蘭芷願以松柏終豈至歲寒始努力事功名空名覆
詆紙
虞稱董與賈兩儒特崢嶸天人治安策本末體用成設難尚憶
俳獵柔徒縱横大官矜學古所用非所明大雅不復作鐘鏞懼
斷響

同友人遊東霞紹隆二寺

攜酒宿東霞圖塔聳天碧丹黃萬樹揉僧樓見林隙微雨自東來潑鮮暮孔迫明發媚朝暾紛紛縱謝屐看山眼俱青諸峰須大適問途叟短節昂藏仰千尺偃蓋老龍鱗道出松坪合鸞嶺何崔嵬靈覺一僧遊雲林約以深邀輿塵寰隔數里兩寺間置山願卜宅開扉納翠微掃徑結仙客養真慕幽棲瓊麻焉能羈

泰園

割據溪山勝蓬萊環瑤中異巖霜葉落幽徑石橋通泉響雲根析亭聳天影空羊腸行盡處躑躅小樓東幽水具遠勢山齋環抱多亂碰聳翠竹斷澗拂青蘿緩步鳥窺客駭觀鯉躍波花香春媚後逸興更如何

清涼山懷古

鷲嶺崔嵬古寺幽參差烟樹氣含秋江流飛練來天末雁字排空出石頭六代松楸何處問百年事業竟誰留秦淮夜夜聞簫管莫遣悲笳動客愁

雨中春閒

神女巫山偏妬春里門不出又經旬長卿善賦裘貰酒元亮忘懷松作鄰百六醉遊逢好節二三塘裡隔清塵韶光肯爲浮生在秉燭爲歡思古人

明妃

漢宫粉黛知多少獨有明妃青塚傳三十六年不得見何如弗與畫工錢

顧嵩英 字立辰號 乾隆辛卯郡貢生

木末樵

木末出天表人臨絕壁憑江聲環鐵甕山翠接金陵覽景逾多
景遲僧更訪僧低徊留不去逸興尚堪乘

大觀樓

鯨波日夜撼樓邊萬里乘風孰敢先岸柳晴開揚子渡江雲寒
罨米家船蕪城作賦懷前哲浮玉題詩感壯年莫歎滄桑今古
事試看郭璞墓依然

劉奎年字藜初號雲石一號晴軒晚又號待園主人歷知清
平沙河安平縣歷易州同知著有雲石山房詩文集

僉臨詞京口青蕾集云明府腹笥紛綸才鋒迅發少時
讀書京口常與石帆海門相倡和 朗印諸先生云雲石
少受知於雷翠庭先生以古文辭雄於江浙錢少詹先生
擊節賞之中歲歷遊燕趙齊楚彭芸楣王偉人董蔗林三
相國皆客以賓館凡有詞章政績相與商榷知無不言言
無不從悉目以爲老儒宿學晚年浮沉於州縣雖未竟其
用而政績卓然又嘗精於醫學有起廢回春之妙余嘗致
公之文章政治醫理可入 國史儒林循吏方技等傳云
後學東
渭濱詩

雜詩

仰企蒼蒼天下視固相若宇宙殊浩渺四海安所涮之子厲遠征所假在勁翮踡跼守故處神鬱心不適惟彼南溟鵬負天翮厚積惟彼枋榆鳩控地亦爲得

遠人附書至遺我枯桐琴盛以紫羅囊飾以真黃金茨香啓羅囊攜琴入幽林一彈清風生再彈流水深安得七絃絲變作千萬心吹心向明月四海皆知音子期不我遇滯下霑衣襟新曲雖自成欲奏還沉吟

泛舟後湖寄京口諸子

端居倦煩痾迢遞郊外行故策緣隄湖理帆背山城京飆動陰崖蘿木縱復橫波文共漣漪菡萏亦已生水禽立濠梁散犢臥洲汀微雨變新霽殘陽暖餘明念此時物感慨然憂慮并人生

不自察遂物紛營營持此一樽酒把快將誰傾沿洄遲薄默
默緘中情

題姜夾齋先生鄉賢錄後

聖朝重經術日星炳宇宙　御纂諸傳說綜貫罔遺編纂義搜
漢唐近說探巖岫夾齋姜先生吾邑老名宿隱居事編述闡發
期追逐立志足千古況乃值其候竊先生少時英俊兼世胄觀
書獨早學攬管恥飣餖詞賦追班揚多文以爲富中年謝華采
六籍恣枕漱有官不赴任拂衣惟恐後桑榆迫云暮執掌劄敢
又歸來尋源溯受疏盡研究補紕訂九經恍接伊洛授一朝應
徵聘三禮剔紕繆上書傾相國侃侃非詭譎薦牘常重陳優
詔屢趨復惜哉生前書具稿未能奏適有孫曰覿骨梗自沖幼
日思宏祖業吾道忍頓仆趨庭謀諸父諸父深引疚心志著已

人時勢實難覩余前力中歌兒今能再否爽日兒爲孫焉敢憚
奔走宗族同贊襄鄉黨咸輻輳內外無間言義勇若爭鬪騶推
懇當事此事庶幾就錦愚沈宗伯海內仰耆舊夙爲先生友氣
味本同臭孫爽告之故推許得邂逅中丞爲提學極意振弇陋
將爲績學勸同辭違　宸右實爲衛大典彌仰　聖恩厚　帝
曰俞允哉是宜光俎豆依例附膠庠聲華益昭茂前歲在丁丑
天子南巡狩孫爽會召負書風雨　九閽叩寵光錫瑞絢五色
備文獻異數紀屢邀美玉詎難售人生技雕蟲未幾作瓿覆更
嗟無後闡德業等浮漚先生賢子孫奕奕肯堂構先生崇正學
赫赫天壤壽聖門闢榛蕪末士瞻領袖余生恨已晚粗識解句
讀願擬先生書千金國門購

湖上晚渡

蒼烟橫山夜松杉頂半露烏鵲繞南枝明月照我渡潮邊別新
稻燈火出深戶索酒歌慨慷搖艣不回顧前瞻維摩居心知安
去住

登茅峯絕頂兼遊華陽諸洞晚宿乾元觀三首錄一

翩然欻雲車偶向洞邊立洞口飛寒瀑灑我衣裾濕蒼蒼萬丈
松蜿蜒動鱗鬣一別空千春重來採瑤笈碧桃自開謝花落無
人拾獨有胡麻飯至今留餘粒炬消深巖青瑤草光熠熠名山
半相通况此共呼吸安能抱青龍養晦永伏蟄

題杭堇浦先生嶺南集後即用其集中遊光孝寺韻

作客逗春雨江城駐軨輵浮雲亙頹垣而不見高澗蜷縮同蝸
牛終朝坐深閣雙眸照窗牖孤吟支瘦骨急欲借書看如巨[illegible]
待歷惠我嶺南編墨香紙光滑遙思五羊城神仙共棲茇藥亭

與恭尹相將振詩宦狂狷本宗聖解悟亦精佛至今緬榕陰秀韻散巖樾剩竊舊巢曰隨手盡振撥譬如南來宗真機示舒管先生逾海岑陽阿月啼髮墮處三子句風流未熄竭同時得何君夢蓀搜尋互研核崩崖轟雷喧摩天巨刃劇精深洗凡隨綜博靡所闕汪洋江瀾翻突兀華峯屹雄誦嗟藝士目眙口流沫韓蘇今尚在燕許昔未没庶幾諧清廟龍文鼎高碣胡爲久淪謫山林甘蟄屈來彥盡推望先生居則曰風塵苦奔走偷閒暫休歇倆貸既非鄙戶小沽清醑先生不能飲而善啜猶陶胡來遊無城勿留三分月殘編付阿誰撿校有紅拂先生妾易氏名雲波

焦山古鼎用石鼎聯句體

女媧石鍊髓神禹金鑄存隱月微夜氣蒸霞鬱朝暾周宣紹先德南仲歸鞏藩重之國分器命以史記言列奇泣蔡宰布治休

綮元赫赫范匠冶況況鎮輿坤獨矜欽識右頗詫位置尊爾奇詎儕伍掌壁背兒孫擅腥非所染塵氣又誰涸樸拙本異性完勁無纖痕近矚鸞鳳翥遠眺兕虎蹲中窪注蝌蚪外凸蟠蠑螈日字尾缺畧十行形紛縈彖怪黶竹木盡斷斫蛟鼉引證屢增紬繹時更番青蒼目眩掉磊落手摸捫五色幾變現千秋閟朝夕退哉足追慕渺矣難討論拚藏度山麓負挈來江村神震壓壁裂氣挾濤奔應有鬼神會時聞風雨喧奸雄肆攫奪川澤含愁冤一自離榛莽遂乃投邱園惆悵卓犖姿在再縉紳樊人情若雲幻世事多瀾翻本質苟貞貴刼火安能燔覆餗嗟可駐不字殊兒原傒爾覯止既依然居處爰但許猿鶴侶無勞車馬煩嘗玩枉耆宿頌贊訓緇髡鐘磬互響答嘲汝相吐吞聊返初地伏用待知已騫逸迴避塵軌慷慨排天閽願藉瞳梅助以

沾酒醴恩昂騰列宗廟華重同與現材美誠有用相偉寧終屯
可否遭遇或使舒心黿琢何鄙侯喜聯吟繼軒韓鏗鏘法曩
哲什襲垂後昆氤氳藝檀麝引滿浮雙樽

題面壁圖贈張竹亭

誰歟選雄快幻此崛強石森嚴工鎔鑄明媚靜婉嫿蟠攫虬樹
枝輪囷數十尺上有萬歲藤糾纏掛空碧剝蝕侵莓苔髣髴雪
霜斧穫曲路尤古岑寂世鞅隔深林不羈人科頭懶簪幘幽默
空元吾拓坐面危壁而我若登頓濕翠幾兩屐五岳胸貯奇三
河口懸波躍痕未燒尾博海時飲爾譬如新嫁婦掛忽無不適
今欲呼子來共事筆硯從子文愛昌黎我韻聞險窄詞壇起鼓
屬文陣撞劍戟雕鐫方寸寬揮霍八荒在度幾保芳齡金闕爭
通籍無使精力耗有同瀉牝擲恍惚風雨鳴山靈起相責青松

互撑扶白雲爭變易舞鶴夜蹁躚飛猿曉騰擧此間太古藏蹤
可怕日夕何爲抗塵容中道作回逝我笑謂山靈好尚各當擇
歸池鋭彩毫歸葉散瓔珊妙或潤雲摹豔擬帛未摘聞治有佳
趣安事耽隱僻從兹矢出山多聞近三益不顧列墊識者情作
遺客他年載公花與子列大白

甘露寺

蜿蜒分別嶺崛起峙江麓平睨狹崁鎮淮楚遥曠矚登陟氣鬱
嶒石徑陡而復翼然闢危亭奇險壓喬木俯窺千仞潭逡巡足
擎踏勢雄彙增麗颶風屬神盆蕭恍疑鯨飲川欲起首偏縮又如
龍不雨偃臥少瀬扑寒潮聽呼吸湍流日洄洑激怒陰洞吼匈
旬浴排蹴是時天宇靜千里盈寸目滅淡鏡初拭雲細碎文縠
沙洲隱斜陽點點下孤鶩伊人溯晚渡蒲帆張十幅猶聞賡陵

鐘梵唄謳乾竺蜂房列青豆支節勞剥啄開門老僧揖盱睢類
巖鹿穿廊餕自語捫壁碑可讀世代幾更變歲月殊閃倏舍利
塔已平松檜根餘稜多景撑高旻賓晉占山腹辨不窮妙喜憑
欄數杜牧試劍事茫茫易硯人碌碌何如禮空王一任塵夢熟
東軒上初月即水真可掬驚霜葉成赭冷露草鳴蛩呼朋共聯
句高倚櫓郎槊豪與傾米蘇泥飲輪百斛危坐解衣帶舒嘯蒼
幽谷趣覩南山峯微烟散斜矗

詠貓同魏澤綺聯句用禁體

圓毛伺矮屋藻初輭骨蹲虛簷亥變竊豹采澤綺斂逐惕虎古
大尾飄未了藻圓睛睜且厭攫蝶爪痒嬲澤吞野菌磨鉏壁橐
營頭縮藻栝枝蕩心忺爬羅剔石乃澤嚙咀葢尖道嬉拱而
立藻客坐伏以潛美潔自修飾澤陰賊工詖憸閒腥遠慢鼻藻

羨肥近燕覘巨解罔敢試澤餘瀝尤希餂覬覦慣承旨藻[illegible]
饞趨炎觸辛怒怨嘖澤畏餓饑仍喚獲鷹踞大嚇藻弄影善微
沾家貧忍離遁澤隣富賴留淹拉雜忿號饕餮藻摩訶瀨莊嚴濡
涎面晴猜澤疑掌舌屢獵驕態夔升座藻柔情昵窺墮嫵媚令
亦頗澤玩狎人云食甚飽觸褻佩藻章絕挂壁襪梳剔膝猶失
澤偎依溫磨添惹泥酥乳滑藻嬌枕玉手撩抓胸肆無憚澤置
膝恩多竊隔幌與早塵藻伏榻馴久恬大都親褻御澤亦或友
覽閨傍爐歷鶻鵯藻守扃迷犀簾君之三扇閒澤易以五百緡
凭几任捕畫藻鑽穴窮訪彝迷藏入蒿莽澤筠籠蓄松榻更怯
膽疑瞪藻鷄愁口正掛谷谷走雞鳴澤眈眈趨蚍蜉奔波倒濊
盎藻跳躑破釜齊緣不勇可買澤扶帚喜自沾上聳但誇[illegible]藻
下瞰寧愁阽甯竈毋乃黠澤顧鼠何其謙嫌要意學懶藻麽邪

音詐燕獼子拼不已澤求牡蜿無嫌遺矢塵蔵起蓀便旋泥作
黏蘿深背火謎澤晝永月珠纖鹹攬銅環獸蓀渴飲硯滴蟾蝕
龍受盤屈澤故繪供豬狗臥橫榻中絮蓀叫繞囊內醃盜廚羹
爛耳澤煨爐火焚鬚鬣坎拔可數澤鼻冷捫難砭覆雪發驚悸
澤曝日治寒痁翻身染苔蘚蓀提足飛茅苫循墻徙稚獨澤登
榜頻頻兼牲食嗜深肉蓀氣傲薄虀鹽探穴鋼齒嚙澤臨流睨
黃鮎索食狌鳴苦蓀飽餐來眠甜終焉保華宇澤愼勿迯荒巖
蓀

龍江關守風

遙岑碧雲斂日色淡且黃微風起蘋末水面增秋凉須臾勢益
猛帆飽不可張迴橈入來港繫纜傍石梁綠諦山欲活與船爭
低昂泊案叫奇絕聊學少年狂因憶蓬萊間可即亦可望澄霞

散前蒲明月生夜光推篷叩空濶長吟荅高蒼雜何處夜巡篳
篥滿崇岡

紫荆關晚眺

畿南多雄關紫荆推第一居庸左輔拱倒馬列右弼蜿蜒舊邊
墻千仞黒如漆孤松撑高空危磴矗叢密虎豹潛不嗥飛鳥竄
難逸壯哉天成險陡峭倍崎嶇層巔一夫擁手劍坐喑叱萬衆
心膽驚寇迴兵仗失誰敢周麾呼先登身倡卒漢塞本五原金
陵宋驛駉今古雖異名巉巖迴無匹安得買耕牛盡種千頃秋
新甕漉佳醸鄭杯抱吟膝四顧縱迂談狂嗁獨捫蝨知心盡何
人題崖瑩投筆湯湯拒馬河城下分流汨蒼然增翠微遥岑入
況日山寺夜鳴鐘雲中吹觱篥

石洮山人往走百里過訪湖上用此贈別

君不見杜陵老一生饑走荒山道又不見昌黎韓日食還餅兒號寒古今工詩俱遭困吁嗟山人那堪問訪我徒步來百里髮長面垢泥沒履日暮亟爲具梳洗幸有村醪美且旨痛飲千杯不須已是日苦雨雨纔止山人奇窮窮且堅不解屈曲遂人憐追隨五侯只貌敬玩弄豪貴忘周旋室中懸磬亦時事近傳半月無爨烟我輩空囊苦羞澀縱欲相贈心徒然世上紛紛半熟矜山人漂泊終何過天明揖我登前途烟水蒼茫獨呼渡

登攝山最高峯放歌

我昨狂遊不會寐凌晨飛上層峯巔坐我太虛之亭子直欲伸手捫長天此時海嶠上紅日火輪熠燿扶桑邊天雞喔喔報初曙千巖萬壑落眼前青齊吳楚入襟帶咫尺遠近收寒烟長江匹練杳東注驚濤噴與金焦連風帆倏忽逐東徃如鳥張翅中

流翮廻身下瞰忽無極欲辨不辨心茫然紫金牛首盡培塿瓶盎盂尊羅几筵丸丸巖間松麟馬爭蜿蜒如幢如蓋狀非一彷彿跨鹿遊羣仙磊磊澗中石浥露開紅蓮白雲時覆之左右多飛泉採共芝术煮可以期長年人生百歲苦駒隙束縛名利徒熬煎何如求石錄鎔金丹汗漫遊徧名山川左挹葛公袖右拍洪崖肩蓬萊閬苑豈難到未換俗骨何由緣臨風縹渺一惆悵涕泗不覺嗟漣漣我今憑高寄遐想但願頃刻塵埃捐噓吸沆瀣滌靈府外廻枯槁成華鮮青雲爲車風爲駕導引前路無迍邅優游三萬六千日日日東望羲和鞭搔首問天公天公不我憐我今有曠懷寂寞誰與宜披襟起舞鐵如意琅琅放歌逍遥篇

題畦當年草書後同呂均來作

眭公氣節昭日星作事往往追前型留傳草書亦末節獨以神
骨不以形呂生邀我披此軸頓覺寒氣生中庭飄如健鶻下霄
漢愁如猿猱緣青冥淡如春烟拂巖岫遒如折戟沉沙汀龍蛇
風雨互爭鬬咫尺恍惚驅雷霆欲歌欲泣意騷屑今我目眩心
竟驚爲憶有明壬午榜吾邑五人同競爽眭公一棹泖淞江坐
擁皋比目無兩都城失守三日哭就義從容何慨慷至今片紙
落人間猶作千秋遺表想末俗人心愛柔佞風流無復追前最
可憐文采亦消歇致使寥落歎吾黨君不見眭公同年葛中書
詩名卓犖無人賞

焦山古鼎用昌黎石鼓歌韻

我昔讀書寄京口江山到處留詩歌海門鮑皐石帆張曾日酬唱志
年往往稱羊何揚來焦巖最幽古周遭竹樹森矛戈蝸廬雲開

足嘯倣鶴銘潮退經消磨王幢蔡黄入難見愛古心切徒摸羅
偶然踏入枯木堂兀見古鼎驚鬼哉乃知周王册南仲用錫至
寶歸巖阿形奇製古非近玩令我舌縮不敢呵支離篆字偏在
腹有似窪坎容蟲蝌月斜方丈起烟霧月黑沙清鳴鼉鼉眼前
風雨洗馳驟雷電擾蹙無停柯吁嗟疑有鬼神護忽忽虛擲千
年梭流傳漢唐幾更變歷劫兵燹徒委蛇狻猊爭摶踞地吼縱
欲掇負衡夸娥深藏僻壤少拂拭肯自洗濯浮江沱憶昔趙宋
錄金石茲鼎未見圖宜知當時離亂採真贋神物掉臂標殊科
有明青詞黍擬要饕餮貪黷求惜多會遭汝與臨厄運私門收
去兼牛馱旋辭覆餗返山窟瞬息騰躍來重過能經患難完本
黍金精洗鍊玉就磋從茲遠近慕高節翹首江山飛洪波波濤
朝夕撼山麓堅蹈前烈終無頗匾匾顯晦固有數但守貞默焉

知佗我生骨鯁耐撓折不辭世俗隨婢髮相憐臭味本同調對此一日三摩挲床頭新漉一樽綠兀坐手披陳編戰山僧癸客不興古了元燒猪今炙鵝我時噉飲意感激欲擬篇什追猗那秀鐘宋綠久淪没末學删定無邱軻幸逢彝器見三代急引古道廻江河甖兮甖兮汝當出愼勿郢堊終蹉跎

夢遊天台歌送黃伊人歸越

我聞天台四萬八千丈高捫雲霄大蒼莽玉坮金室閉不通翹首東南勞望想春晴有客攜短瞿別我明朝返赤城酣呼痛飲我先醉夢裏仙人導我行手持如意騎白鹿茫蒸茭月寒襟袖踏坡跨嶺只須臾來到山中得邂逅廻看錢塘正長潮飛瀾蕩磋塵心消崔巍雙闕天門迥飈颷雲外聞松濤石梁横亘色如蛾羣仙飛渡愁猿猱我乘氣蹻忽蹇上玩弄星斗低巖敖東望

飛瀑颯寒雨彷彿白練垂千條石筍嶙峋生玉笏扶踈琪樹枝柯交瑞烟丹霞羃深洞隱隱奏樂聞雲璈松壇迤邐西山路金芝瑶草紛無數白鳳青鸞左右翔仙之人兮亂如鶩我吹鐵笛向中宮玉女含笑來相邀驚言小别三千歲朱顔頓改非舊容金花酒綠胡麻飯勸我飽啖無踈慵石屏猶在雲屏冷碧桃開落何匆匆袖中瑶笈半未展縱有靈藥難爲功我時聽罷轉惆悵一聲長嘯來天風天雞喔喔叫夜半扶桑日出蓬萊紅海雲變幻眇心目下隱塵世烟空濛我夢初醒容猶在羨君此去餐霞彩鍊骨生初志頗堅還丹不早能無悔勞勞身世苦風塵肯負山中舊卜鄰君歸問訊許長史可憶當年採藥人

題延陵孔碑副本用東坡石鼓韻

去冬雨雪肆窮丑興發攜壺過張叟約訪延陵十字碑河水沉

奈那能走退前古晴竟阻隔仰天大叫張吾口今年春雨倍愁
人連綿直到芒種後我懷鬱塞不可舒差似昆蟲蟄寒九何意
林鳩喚曉晴朝曦放上河干柳乃從城驛忽見之摩挲副本猶
山斗杈枒瘦硬簪在冠端垂圓凝印纍朋胡爲埋沒馬廄凝斷
埂頹垣雜藜莠要當移置歸舊地功須直欲呼我友世上紛紛
垂耳食不辨好惡等雛鷇但向殘編誦刪述豈知澤國傳蝌蚪
思昔袁周網紀頹天將木鐸開遺考父子傷夷能嘗燔君臣戕
賊神獒嗾已分人心入禽獸誰復王章凜圭卣訂春秋魯史
新至今照耀振瞶瞍撥亂反正恢天常奕世寶貴齊峋嶁知我
罪我惟空言筆削躋攀意忠厚可憐二百四十年歷書正論知
莱其郡嘉袁辭許季子寧神十丈吾鄉有鳴呼君子之一言追
俩詩人頌山祖應教什襲藏宗廟何至棄置同芻狗素王之筆

公子節一聖一賢誰可偶盤以蛟螭氣象雄千秋低壓羣稽首翻刻經唐般仲容從申書陰造分剖止悉偏旁捨六書末開大義能拽取焚香百拜親洗刷庶使至言離塵垢煌煌十字昭日星劫歷滄桑弄法守具區之水會稽山永共斯文垂不朽人生須附青雲顯嗟嗟碑與天壤壽

次原韻答魏澤綸

學空烏兎丸擲雙大地凝塊鰲爲扛義農不作距蹻死賢愚泯泯將安降我欲搔首一一問如意敲破琉璃缸蜷縮局處蓬戶中俯仰跡白懶高麗芙蓉花冠玉常佩新粧照耀傾京江心知無人獨來往門外邪許塵音聾天生吾子似有意年少頭角驚四座崇墳漲腹氣怒虎目睒灼灼膏汪缸猶憶太歲適在彊堅結筆陣交戈戰鬭尋蕭寺銷長夏豆棚離離垂紫豇露頂列坐

雙豁開拇戰巨手當胸攫對佛微吟得佳句脫稿寘白翻枯稭當時餘子頗崛強低頭登立欲折慢幢忽然乘興一過我攝衣大踏城南杠數言了了掉頭去波斯失寶中心懺年來音耗兩沉擱金鼓高架誰擊擬祇今同寄竹西路倒屣慰藉由他邦雄壇堅氣鬭奇險大風吹旆旆繞杠須臾看盡魚龍戲變化眩藏千人腔興罷藏弆秘不出探胠有客簾陰戳傳觀嘖嘖兼毀譽瑕竿時亂官衙祁乃知客路多揶揄不如高臥擁花窗舅兒嗜好各有本吠日吠雪唾村尨爲子高歌行路難唾壺擊碎聲琤瑽涉世由來貴緘默安用議論爭紛呶黃鐘廢及瓦缶器白雪久混巴人腔滿幅蒲萄時贈我寒潮澎湃飛回淙可憐文字得膠漆有如四體需褕襦矢將與子守眞訣一洗氾濫迴洪洚神遊八極超象外鞭鸞跨虎凌鉷齊州九點眼前是欲辨不辨將

毋耽銀臺金闕有舊侶咫尺快放蓬瀛艭

客中聽張四彈琵琶

秋深作客天之涯吹簫磨鏡生計乖誰何落魄與我借楓香一調彌絕佳櫂槽斜抱手自揩嘈嘈促切音節諧寒泉石罅流潸潸蟬聲幽咽宮庭槐霜飛葉落槃苔階彷彿商女歌秦淮哀怨欲訴天閽排鬱懷四座生陰霾江妃出聽攜神媧白魚跳浪風雨皆猩猩夜啼孤松崖絕塞青塚香魂埋不平磈礧何藏異須弄襟袖雜爲懷憶乍春遊白鼻騧旗亭雙鬟遲娑娑鈿頭紫鳳紹文綃相邀窣步移弓鞋樹杪啄木驚空齋彈龍贈我珊瑚釵曾憐黛病餘筋骸悠悠誰復知吾儕始信巾幗非詼俳要當遍跡歸巖柴東籬花滿門常闔珍肴羅列韭與鮭玉山醉倒相摩挨狂來休撫腰下藏且自吐嗶縩詩牌扶持大雅刪淫哇如何

東縛同盤蝸敝衣羸馬留荒街趨趄世路多殊差調高能免人嚌啞獻歲枯草回枯荄與君同放烟江殫臨風爲奏鳳鳴喈一洩十載胸中痞

南昌彭芸楣夫子將入都九日與諸子君山宴别予以事阻未與時王罥風繪君山高會圖送行夫子遂命補題卷後

生平嗜好賞勝具眼前有景恣嬉遨流觴上巳尊脩禊落帽重九詣登高所恨吾鄉窄山水齷齪底放胸中豪今年秋深足頗蹇鬱鬱坐守心煩忉側聞吾師將北上趨送買棹來江皐入門示我高會圖技癢欲倩麻姑搔君山撐空我舊識十載濶别欣重遭江聲石勢猶在眼王子一一窮秋毫想其沉醉落筆時解衣盤礴信所操十洲蓬島直咫尺澎湃髣髴聞驚濤懸崖高閣

共憑覽一飲可罄千松醪慨予緣薄未能與止繞吟衆持雙螯
摩挲此圖忍遽釋古縮氣身忘喧嘈况兼餘子足佳句敢詠續
尾能題糕北風蕭蕭水漫漫一帆疑挂烟汀朔可堪千里暫巡
隔惟有明月隨旌旄明年把蓋黑窰醱仔細看看添吾曹

題少司寇胡雲坡先生衙齋拉廟詩即用曹少僕原韻

日前長安踐來屐落拓何人詩目覩爛煮瓊編不療饑却嫌爭
鵲聲喧耳淡齋吾友寄寓寺破寂過從共棲止坐定示我先生
句拍案呼奇拔袂起靈境惝怳具短幅心欲飛騰身疲跋我聞
紺宇山之巔斷階層霄繞眉雉金碉寶塔間煇煌苔逕松廊更
迢遞就中次第難屢述以筆代舌誰能此先生仰繼摹繪之歷
歷羅紋數諸紙想當聯巒眺平蕪霜晴手摘茱萸盞山腰小憩
眺羣峯白雲遙壓秋林紫消綠杖履屢携空飛仙躡蹻弦攢天

得到崇亭眠暫明始訝琳宮去天咫從賓困頓半爐喘先生豪興猶未已漱泉愛聽水潺湲捫壁那畏石齒齒祇恨囊空未買山擬構精廬占餘址遂疑造化快鐫劖收拾風光編日紀獨抒怳惘當陳詩寧有浮華臨空綺先生宿世原詞客鴒侍承明佩貂珥心馳那剎願瞻依卻扶玉輦來投趾繽紛空外散香花讚揚應許天人喜方今中外為一家蕩蕩巍巍難與似麒麟在藪鳳在巢西鶼翼雙鰈目比名番入衛盡來王貢有樵夫能笑士山陬海澨樂弦歌荒檄年來列槐帀太平日久人安堵耕惟問紉織訪婢清淨無為參妙闡共貫　皇猷臻上理素志常懷萬里遊未卜追隨何日是先生倘許薦雄文長揚羽獵吾能擬何似旧看飯後鐘朝與埋首叢蠹裏

中秋孝廉張雅堂邀同華孝廉子昭陳秀才立齋飲月下

聽高葦村彈琴

西山落日收銅鉦不見星斗闌干橫共言今年月出早玉兔礙蘂飛瑤京返照中庭淡於水移席傍砌涼風輕拾衣相對揮麈尾議論滾滾鋒難爭草堂高歌振金石寡和不顧旁人驚韋子昭陳錧立酒盈樽大戶劇飲倒甕傾千觴興豪酣嬉少退避挽戰隱隱春雷轟我亦陶然飲真趣啖甜瓜果消餘酲秋花露濕鶴夢驚茶烟微裊支孤鐺山人援琴作雅奏未雨清下流泉鳴稀疎幽篠葉方墜啾唧遠漢鴻纔征顛令素衣化緇客鬢髮瀟湘道上行是時上下何光明萬里一碧無雲生曠懷偶寄脫塵鞅思尺神骨都爲濤山人家本東海上有師久說居蓬瀛我欲挐舟共相訪不意此月先秋情殷勤聳聽不知曙六街已轉蝦蟆更

研山圖歌

昨宵曾御滄江帆醉看落月東山銜扶頭坦臥烟篷裏自吟好
向療饑饞凌晨剝啄驚客至對我手自開縢緘披圖大笑指海
嶽硯山盈尺羅川巖峯壽歷歷可捫數洞壑窈窕青空嵌月泓
玉筍森不測髣髴烟霧迷高巉摩洋懷古那能置價值應詭遹
珉珹憶昔南唐縱貪饕金石到處搜羅咸就中硏山最奇論愛
護知有宮娥豎何因忽落米顛手秃掃歸兒奔塵屐相隨寶晉
俾眼食下覩衙庶皆卑凡刷書何年圖祗在僧寮草綠無人妄
郝許空山會風雨英靈恍若來松杉我撫摸得重尋詩白稍但
着春風衫把蘿踏石足誇健直上不藉笑臺攬淨名齋前獲真
賞畝蝕盡抉莓苔甗好擕松管橅烟墨題名高向懸崖劖

孝廉王思遠以賀蘭山石硯見贈走筆奉酬

賀蘭山高萬餘仞鳥道崚嶒攢斗峻迤邐千里限華夷控引朔

方稱巨鎮鍾靈往往毓秀珍不獨人豪還英儁家鍾小口出山石名山剝膚刳作文房印殷紅初訝血留痕沉碧翻疑玉方潤購求遠近無虛日競懸價值逾瑤瑾銀川王子覓落入慷慨相貽能不吝摩挲此硯三歎息歷久古今纔一瞬赫連竊據開霸業雜糅朱紫分餘閏二百年來李夏雄巍崖宮殿成灰燼李夏宮毀在山絕頂有明防護頗嚴密勝地偏教車馬躪迄今中外為一家嬉春只見遊人趁始知　盛治日中天邊徼山靈爭効順同文不書元昊字太平那寄沙塲信比閒挾策爭吟哦墨瀋淋漓精筆陣記遊最喜潞公篇思遠以其師編修路談遊記見示有日君歸勞問訊我本江濆寄舌耕久耽寂寞斑雙鬢磨崖有志感何如旅壁題詩慚敏遜

過陵縣謁曾公祠適徐明府紹薪東方朔畫贊碑亭落成

詩以紀之

晨起長鬚跪致詞邀余馬首東南馳生平乘車若顛簸每於平坦懷憂危行行到縣日已夕歸鴉坐樹啼涼颸主人握手大歡笑如此咫尺來何遽急呼田（德州高海陽高田瑛金藻）兩進士張燈轟飲傾千卮謂言邑小彈丸耳平原古郡昔所治城南乞誦打頭屋巍然尚從顏公祠（新鄰書院）余聞起敬坐待旦衣冠俯伏再拜之周遭廊樹肅瞻仰炯炯龕像森星眉建中藍面竊國柄醜正惡直行其私我公八十死希烈兄弟罵賊名同垂廻思天寶十三載（碑刻於是年冬日）太平中外相娛嬉公特緘介通翰墨大書深刻開穹碑神頭鎮畔記遊覽（城北神頭鎮東方朔祠王羲之贊公易以大字）不使逸少專雄奇明年猪龍翔方起無一義士帝始悲究竟書生不可易浚濠實廩儲爾爲慷慨召募集勁旅兀如當路羆熊斷賊北歸與西

入縣扶唐祚屹不移是時公年服官政應有幾許精力施衰暮孤身終報國達於時命惟天知（用公家書中語）徐君燕薊稱夙學求字是邑民怡熙景行高躅獲遺書製以磚石祛茅茨亭成觀者譆嗟羨甄椎萬本聽贋詩（徐君有和揭山長詩）從茲多乞攜滿袖歸裝寶玩勝波斯鈞塡摹勒手胼胝黒墊別墅蓮花池

兕觥圖歌（趙公用賢諫奪情廷杖歸許國公贈以兕觥後流失入衍聖公府文孫某乞翁覃溪先生書以古玩數種易得繪圖徵詩）

兕觥久失今重歸喜劇共作兕觥歌我披此圖神獨往不覺感歎三摩挲有明柄國江陵相奪情起復儼不讓當時翰林有趙公攀檻號呼疏爭抗予杖軀之出帝京道國無人敢送行一角文犀鐫翠字至今競說潁陽生許公持贈趙公飲見者舌縮口皆禁趙公攜歸弗畏忌生氣百年猶凜凜爾後傳之黄與陳二

子殉節爲完臣始知一脉相授受不惟其物惟其人斯人已亡此觥在風雨靈英默酬對安得壯士撓不平與杯浮滿一相酹誰知轉徙到山東尋訪先求只素通文孫甯甯數千里竟使瓌寶歸神宮吾願君家慎防守世世常爲趙氏有文章忠義繼前人此觥此詩同不朽

冬日登易州北城玩雪仝閻明府安寅張別駕邦治邢州尉允懐田鍊師來照分得十四鹽

連宵凛冽朔吹澌同雲密護天圍蟾蜿起四野堆白皚塡坑塞壑行旅潛我獨豪舉逸興添呼朋頓許三人兼聳身攀堞遊層巒凍滑一不惜臨危阽舉國百里快遠瞻林木枯蒿日欲暹晨炊無火嗟衢閭安得大有萬姓霑老弱飽飫皆屬厭淸修道士白玉蟾傴僂導引冰垂髯數說刻曲尖復弄洪崖白馬張屏鐫樂

鑪丹竈昔久淹雄關古塞隱可覘四海共極波瀾恬笑韋守衛
詩森嚴小村咫尺摇風笛渴思狂飲賒券僉濁酒轉勝香醪甜
羊羔爛熟不待烹盤有佳味胥韭醃戶小邢老唇不沾馨折韭
遡何其誅饞來架壓煮蒸麥餅浴餐大嚼嘶倚廉笑語雜沓殊無
嫌遇景吟咏性所恢異際張口又魚噞隊炭滿盆熱不炎十指
緇濫排牙鐵如椽有筆手懶拈命僕歸揭斗室簾櫳外缺月磨
新鐮

重陽前一日同人登山海關澄海樓觀海是日大風城根鐵釜藥底

重陽節近寒光催猛雨亦至狂風來披裘拾級上古堞樓空四
面同喧豗滄波萬里浩無際縱目一覽心徘徊潮頭高擁擊鐵
釜轟咫尺疑驚雷應有魚龍互爭食排空白浪全皚皚還存

數點沒復出海鷗共泛無嫌猜我欲乘風破空去一謁方丈兼蓬萊仙人方瞳杳難覓恍惚層叠金銀臺當年徐福今在否童男童女何時回如瓜之棗味甘脆安生袖中能幾枚此事荒渺不可詰流霞且醉玻璃杯回首衆山皆拱列環衷雜沓森崔嵬儼然設險限中外如此海岳真天開（樓下穹碑天開海岳四大字甚奇古）東顧浮沉姜女墓（俗傳姜女墓隨潮高下）長城築役增人哀秦歟漢歟更僕數歷劫擲閱昆明灰迄今太平少烽火關隘阨塞雄矣哉經旬行役衙到此嘘吸沆瀣無纖埃願分日出扶桑樹擕向東籬傍菊栽

海嶽菴懷古

揖石人何在空庭鳥自呼好奇真國士愛潔是吾徒心寂淨名累山開清曉圖夜深誰共話一笑有髯蘇（菴中並祀東坡）

金山

雨洗春潮潤孤峯湧大江鐘聲斜漢遠塔影倒波雙風恨詩難瓦竈鼎日踏窗夜來山頂宿鼉夢悸難降

過涿州訪昭烈祠

中山傳世胄遺蹟訪荒原石虎岡猶在（中山簡王墓琢易州琢由石爲虎今尚存）樓桑廟僅存齋祈仍舊俗丹蘐荷　殊悲南徙今來眞憐無酒一樽

渡江

翩然歸故里一葉蕩輕橈暖日分春黛微風上午潮依人來鷗鶴識我有金蕉桂樹堪偕隱淮南不用招

北固秋眺兼懷友人

秋風雙屐倚層臺落日登臨望眼開樹色遠浮孤島没潮聲直抱五州來霸圖已往空留蹟嘯咏於今未易才爲憶故人千里

隔薊門曾有雁飛回

陪大宗伯錢香樹先生聶山晚步

凌晨山寺散朝暉粥鼓初驚宿鳥飛空外松光青不定下方雲
氣白成圍閒看虎跡尋幽處愛過僧談抑矩屏爭羨仙翁陪事
少秋香還插滿頭歸

丁巳季夏同人集長春園次金竹莊韻四首録二

歲稔欣占百穀昌政成道路口碑香藏身暫作收綸計養性時
抄種樹方爲獎人材過學舍東爲御塾欲參禪悅訪僧房西爲僧寮靜觀
萬化心無競不羨當車怒臂螳
興地逢迎解笑顔客中底事掩元關無求且息輸蹄倦乘興難
任筆硯閒懷刺手生慚覓友捲簾終日爲看山秋深更有花如
錦園多種菊君屐相期共往還

烏江弔西楚霸王

八千子弟渡江東學劍空傳蓋世雄飲恨美人猶花草長鳴駿馬自嘶風重圍垓下歌何遲後入關中術已窮却幸魯城堅守日諸生能表舊時功

和王蓮心即席有懷汪依堂韻

永州舊日老黃堂笑舞斑裳泥鶴觴鈕鈸詩篇遲曼倩卷波酒令酷張湯江平容或遂投轄市上人多託賣漿擬過柳東同賞詠蓮心賓篔千个本千章別業

九日登會波樓

郡齋蕭蕭幽興何豪城隅秋爽一登高樓迎遠岫全成黛橋壓羣流不起濤林下幾人能送酒汪樊桐送紹興酒客中隨分且持螯東山絲竹非吾願情繫蒼生首自搔

遊天宮寺 宋大臣使金嘗館此遼時有修建碑

傑閣敧斜蘚色侵空庭古栢自蕭森塔高風急鈴能語天遠村低日欲陰荒館無人留客使斷碑有蹟憶遼金我來憑弔舒長嘯不學英雄淚滿襟

荆軻山懷古

漫說荆卿劍術疎強秦天與孰能除無苴囊敢提環柱何須椎偏中副車列國至今成郡縣長城終古奠坤輿蕭蕭易水還嗚咽剩有空山姓字俱

九日同人遊滿城一畝泉

秋郊策騎暫推羣古寺山坳野徑分貼地茱萸含宿雨橫空雕鶚厭寒雲胸無畛域那看劍才本粗豪敢論文漫煮清泉聊當酒罍沾香味已微醺

擬　聖駕親臨江上大閱

君王昭聖武侯甸仰高崇久道烽烟靖新軍節制通衆星皆拱北五載復　巡東吳楚衣冠會青徐玉帛充海門屯彩仗京口接　離宮儼若咸儀將佳哉氣鬱葱巨寮春雨集士卒曉雲同禮樂須宗伯韜鈐試上公虎符看雜沓　鳳詔下紛旒　世盛寧懷逸時平不忘戎除場開百里立壝走轂下奔馬咸云吉前車亦既攻圍營明鎧甲方陣壓雕弓箭捕山陰竹刀懸汝郡銅繪圖張隼鳥刻鏤辨龍熊退後聲俱肅爭先勢倍雄岸蔻方解幔水獵乃鏇驄旆轉迷林霧纓拖入澗虹城邊吹鐵葉洲港列艟艨短楫橫堅鐵長檣縛細機斜連誇擲柁節比後歌誡令發頻移楫身輕各放蓬翠旗翻獵獵鼉鼓隱逢逢坐作層波上溺縫瀰鏡中戈英沉水黑袍袖映江紅欲聚先觀幟分飛不任風

蜿蜒龍戲海急迅馬投叢左突驚濤壯前衝激浪洪深潭潛縈
罔絶壑格鱗蟲着樹低逕浦餘霞散遠空山屛圍兀業天塹許
冲融收障應鳴斗呼聲競鼓嚨旌旗依將整犒賞給兵豐耳筆
看書事貂蟬數紀功奮揚增士氣喜悅動宸衷共伏　鑾輿
下還宮頁饗終佳節烹鱉鯉雅奏屬絲桐賦上輕班馬詩成頌
鎬鄭　恩膏欣被遠　福祉樂無窮更願修干羽帝虞承嬉隆

登長干寺塔

象教開雄域珠林起壯觀巍峨蹲地底突兀聳雲端朱碧交相
絢琉璃巧作鏤階梯森百尺欄楯鬱千盤舍利經宵現華燈帶
雨攢鴿依鈴鐸帶花散曼陀繁乘暇來憑眺登高足耐看天風
秋拂拂露氣曉漫漫下界過飛鳥長河湧急湍乾坤分九服日
月雙光映越蒼茫辨青徐咫尺覺拓基由馬渡得勢藉龍蟠

世事經灰刼風光一指彈祇林依複嶺往代付迴瀾來亭中邨
盛時　巡海甸安上頭題彩筆屢毗疑　金鑾耀燦篇多在淋
漓墨未乾往來多法侶瞻仰集衣冠共祝　皇輿固因知佛力
完清吟愧金石遥和梵鐘寒

少年行

負郭無田四壁存平明爛醉向夷門賣刀不惜千金買只爲平
原未報恩

渡揚子江

雲斂江空天四圍蒲帆不動晚風微一枝柔櫓咿啞渡兩岸鷗
鷺掠水飛

過露筋祠

蒲帆高掛水流東野寺蕭條兩岸空蘆荻已荒蓮葉少更無蚊

蛃關秋風

送巡司江沵霖之倒馬關

西風握別酒杯拈高唱驪歌客思添落葉滿天霜滿地一鞭遙指萬山尖

胡公位 字笠人號花磚乾隆甲午舉人

維揚舟中有懷

走盡風塵入水鄉岸花飛送酒邊香渡頭一櫓搖歸客關口雙帆卸夕陽幾處笙歌浮大白萬家燈火破昏黃柳梢斜挂相思月夢上紅樓對晚粧

司馬彤 字衛澳號儒齋邠文生

春興

一枕書窗許夢甜起來啼鳥散茅檐墻頭日暖椵開甲林下風

輕筝露尖隔水桃花漁子艇傍村楊柳酒家旗江湖廊廟自安答

適自古熊魚那得兼

荆舫字方舟邑文生

感懷

杪秋天氣薄寒時猶見黃花放滿枝古紙細臨新摘帖閒窗還

展舊鈔詩塗鴉敢態渾如我抑雞高談更屬誰差想閉門無容

到半甌清茗淪吟思

賀禮執字俊行號漢泉太學生

擬陶仍次陶韻

衣食亦所念乃耕南山隈耒耜固難任晏佚非我懷開門飫烟

霧鄰曲相與偕朝餐不分席遺粒散晨雞禾色引徐步遂涉青

谿迴農人新時節饑劬誠足哀斗酒慰薄暮曠望秋原開課功

兼勤勗心力庶不頽豐穌雖在天作息安可乘西成漫論量婦子怡巖棲

菊花次韻

殿住秋光冐緑苔隔籬送酒白衣來叢業碧葉風揩盡朶朶寒英雁叫開三徑嫩霞香世界一簾凉月影樓臺夜闌古寺鐘聲靜還醉花前把韻裁

荆爕字引恬號雪樓邑文生著有半繭齋稿

秋杪晚望

隔水前村暗荒烟淡不收夕陽鴉作陣古樹鸛爲樓夾岸竹千箇遶山月一鈎燈明燈火外隱約是漁舟

秋夜寄友

與子同摇落相憐各浪遊鄉園孤客夢風雨一燈愁樹影稀凉

夜江聲入暮秋如何北來雁點點下寒洲

涂水曲

雙槳蕩春波春波向何處喚姑打槳同莫逐鴛鴦去

匡鼎來字漢台號駕坡邑貢生選山陽教諭著有駕坡詩集並制藝

古意

高樹出華月照我空庭闇階前溥玉露冷色凋朱顏但恐桑乾源風雪透刀痕妾生本薄命顛頓何足論

陪諸公遊紅梅閣因懷蘸謹人

我友惠然來歡言酌春酒康成鄭清物妙譚論四坐咸肯首相將登傑閣矚望見叢椰云有薜仙翁結廬託茲阜頃刻開靈葩紅梅名不朽漢武感神仙晚晤知烏有何緣贖仙蹤斯埋誰能剖紅梅既渺茫仙靈今在否但見臘梅花馥郁當戶牖孰幻而孰

眞達人須識取茲遊豁塵襟追陪叚不偶獨恨眉山蘓未得同攜手

金牛行

宛臬然山山鬱律山上石然如白日巨靈夜半飛神鞭鞭來金牛光黃匹長鯨百隊丹鳳翔燈輪十丈羅圈參差九微雜九華的皪南油與西漆華林桃花錦浪生赤城霞彩耀幽窟春風捲焰衝碧天天門詄蕩吐長霧燈下紅粉含嬌羞香湍半遮顏似環富兒結伴入酒家笑指當壚索橡栗更聞清唱出樓頭不數樊素歌喉逸緩如孤鶴唳雲中急如驟雨聲歷歷翻思昔歲歲不登室絕爨烟野蕭瑟千家號哭命如綠瘡痍未復忘憂恤君不見道旁餓殍冢纍纍鬼火縱橫草芽茁

聽賀東林先生彈琴

稽山賀公竟何事案擁詩卷壁懸琴諸公爲我一揮手寒天幽
黙碧溪深餘響飛入溪邊櫟蕭蕭葉落啼鴉寂曲罷不知何處
歸但聞暗風時淅瀝

送别

蕭瑟江天裡含悽送客舟長亭今異路明月昨同遊海暗千山
失潮奔兩岸浮孤帆雲外盡滿月荻蘆秋

懷褚勉哉

暮雲離或合而我獨如斯海國一爲別江流無返時月來秋水
外鳥度古城陴知已不能見寸心復對誰

對雨留别狄履仁黄文樞前及陳際紳陸珍夫賀千之

莽莽雨無邊颼颼入别筵濕雲陰接地寒樹迥浮天淚跡悲萍
梗羈懷歷歲年蕭條岐路側孫楚淚潸然

和陶鴻漸同遊廣善庵次原韻

秋稼如雲萬頃平雲間蘭若午鐘清板橋流水迎幽興竹院微風送宿醒墻缺憑將祇樹補僧貧轉覺道心生與君話久多持正欲挽狂瀾在力撑

客夜

孤客無童僕寒霄淚獨多他鄉逢歲暮大雪滿關河

嚴陵釣臺

垂釣原非戀翠屏會拋絲珥向彤廷不聞訪道甘泉夜從此桐江隱客星

○謝皐羽墓奉和中丞雷翠庭詩韻

宋室銅駝荊棘堆荒凉孤墓對雙臺文山授命先生隱生死同心兩不猜

林朝彦字鳳起號靜堂邑文生捐例官至廣西南寧府知府

燕子磯石壁觀道子觀音像

危磯百尺臨江渚倒影波中勢如舞攀蘇入寺山翠重石壁玲瓏佛像古珠眉月貌疑天工五銖衣薄披雲雨菩薩剝落認款識畫工乃是吳道子嗚呼畫品獨絕惟道子我來彷彿入仙宇

蒜山懷古

一峯江口壓東吳沿革由來今古殊三國雄圖留樹石六朝遺蹟隱菰蒲濤翻絕壁聲難盡帆挂寒烟淡若無指點金焦秋影外夕陽明滅雁歸蘆

徐學海字容川號耻翁邑增生善書尤善作擘窠書以予贈璽壁訓纂

客新安速友人遊黄山之約

巖郡經旬宿昆友夢裏攀偶然逢暇日未忍負名山野鳥清詩

思秋風解客顏行行空翠合霜葉點衣斑

宿慈恩寺

肩輿欲倦老僧迎不厭亭前蠟屐輕幾度客來如有約及時花發倍關情蟬聲晚趁西風急山翠遥連夕照明徙倚未教秋興減吟成坐聽梵鐘清

曲阿詩綜卷二十六終

曲阿詩綜卷之二十七

丹陽後學劉會恩時若輯

國朝

眭儀廷字鳳客號　乾隆己未邑貢生議叙州同

別杭尙賓

三載西窗客琴樽爲我開陳蕃空有榻張翰愧無才舊燕應還到孤雲去不回主人情獨重臨別意低徊

舟次杭州將遊西湖雨阻不果

六橋花柳與青蕪好是雲山入畫圖舊約十年空悵望庚午一至丁丑再至一樽風雨對西湖

湖水湖山夢有無桃源何處問迷途者番拋卻杭州去風雨聲聲怨鷓鴣

楊宗發字子春號蘭圃邑文生

古寺

古寺白雲外門前幾樹松有時風雨至如在薜蘿中氣候三春盡幽深一徑通到來烟水岸花路出山鐘

姜式縉字搢屬號　邑文生

秋夜漫成

林端風颯爽靜夜暗凉生露冷蛩鳴急霜飛雁陣驚寒雲三徑色落葉一溪聲爲愛秋宵好燈前酒自傾

白芍藥

丰姿綽約殿春餘小謝臨堦興更舒廿四橋頭風月好玉人顏色郤何如

姜葉文字復吉號七亭邑文生

秋夜池上

浴罷去乘凉披襟幽興發颯然荷風來爽氣透肌骨秋聲一何冽螢火遞出没靜坐清溪亭長嘯意超越

客有設楚遊之勝者因賦

聞説南遊好狂歌踞釣舲江流湘水碧山峙楚天青屈子祠堪訪羊公宅未經裘糧兼蠟屐春到興難停

咏松

山高千仞石嶙峋棲托於兹遠俗塵欲與乾坤爭氣數不辭米雪鍊精神天挑璞李難爲伴修竹疎梅可作鄰自是廟堂梁棟器見知偏在歲寒辰

秋夜

夜半夢難成蛩吟在幽窟獨自步閒堦虛窗浸明月

王彥斌字其美號淇渭邑文生著有齊東雜韻草

嚴陵釣臺用漁洋韻

巢由高節喜同符一意孤行爾與吾永夜客星驚太史傘溪烟水傲司徒不須渭涘占龜筴絶意雲臺圖虎鬚欲向海濱諮逸老今徵得媲古時無

襟懷不與世同符爾自公侯吾自吾枕石漱流巢父侶廉頑立儒伯夷徒竿依鷗鳥眠沙漱影落清波鑑鬢鬚萬古桐江此風景高棲還有後人無

張睢陽廟

百萬貔貅扺渭橋東南徵賦促星軺不因捍蔽江淮力那得軍需處處饒

軍令分明守禦牢鎗城擊賊短兵鏖可憐殺氣彫春草食盡猶

聞夜帶刀

顔忱字仍孺號桐齋布衣仍孺善醫術工詩嘗學詩於於亦川

華山畿

朝過華山畿暮過華山畿感郎恩意重忍使魂獨歸
郎爲妾心堅妾爲郎心苦郎作華山雲妾作華山雨

過漢關

連岡亘長蛇劃若巨靈劈對立雙危坡中穿一徑窄我來策小蹇崎嶇五𡶶脊空翠沾行衣寒溜瀉石脈鬱鬱松盤紆泠泠鳥格磔精谷隱巖四清磬疎林隔緩響意躑躅孤雲堆遥白

客毘陵東氏別業

延望發遐思搔首毘陵路孤吟夜雨詩獨倚殘陽樹魚沉吳水寒雁斷楚峯暮伊人渺難期乘月挂帆去

舟過黃天蕩

到海原無地東南一混茫千帆懸雨氣萬里浸天光浪湧江豚去雲愁塞雁翔倚篷傷往事戰績憶蘄王

秋晚懷於亦川署長

孤城殘照盡迢遞起踈砧深院分秋色空庭落暮陰抱琴來竹逕玩月入松林遥憶邗溝客蒼蒼雲樹深

同亦川戴翰英姪廷錫重遊湖亭

昔日來湖山鼓詩共舉觴疎桐連杜若高岸出帆檣白鷺廻晴浦青山淡夕陽自多今昔感天影接蒼茫

東霞寺坐雨

百五春將盡鳩聲急暮林亂山橫雨氣古殿閉雲陰松塢吹烟冷僧樓梵響沉來朝鞋上望新漲落花深

莫愁湖

曠代風懷想像中名姝誰與共遺蹤樓頭自昔鳴琢瑑湖上今時駐玉驄夜靜月翻千頃白秋深霜落一林紅幽情到處頻思古葭露空教愜素衷

和海陵宮乾基送別原韻

十年作客竟無聊客舍逢君慰夕朝日落共沽荒店酒月明同聽近鄰簫愁連故國詩難穩金盡他鄉氣易消最是離情難遣處歸帆一片影蕭蕭

清明後一日送李正祥歸山西

芳草江南一騎還孤城烟樹雨潺潺折殘楊柳行鞭外落盡梅花古驛間夢裏相思三晉月天涯回首六朝山可堪纔過餳簫節又唱驪歌老醉顏

秋日曉行南郊

一天殘月帶征鴻，萬井樓臺曙色同。到處湖山懸夢裏，半生詩酒竟愁中。疎林寺曉鐘聲急，芳草秋深野望通。匹馬斷橋回首處，蕭蕭木葉下西風。

春江望雨

萬里江聲落翠微，芭苗初長荻芽肥。堤邊宿鷺浦沙靜，林外寒鴉壓雨飛。畢勢浮沉春色冷，更陰上下佈帆稀。別來情緒知多少，芳草天涯人未歸。

登金山江天一覽亭

孤亭壁立出滄溟，南北風烟獨此亭。潮湧蒹葭連海白，山橫城郭附江青。蘇公橋古苔空綠，郭璞墳荒浪未平。坐對蒼茫生百感，憑將往事契精靈。

宿海陵唐墹庄僧舍聽雨

獨坐僧房夜正闌頻燒銀燭讀南華聽殘一夜東塘雨落盡江南萬樹花

鄒嶧字靜夫號　邑文生　靜夫詩以清迥閒淡爲主五古具體王孟嘗與邑中於亦川呂均來爲倡和交著有存雅堂詩集六卷彌留時託亦川代爲梓刻亦川客死海陵詩集亦不知失於何手矣

山行

獨行入林深方窮山之心白水掛遠峯古木自成林日夕靜響作一帶風泉音空崖吞蒼烟谷口奔霧陰松濤寫天籟悠悠愜我襟恍遺形骸跡幽然抱孤吟

早春詞

淑氣已相感芳啟巖梅色行看有佳人緩步嬌無力不勝東風吹背花惟嘆息遊賞非妄心深閨多遠憶常被音信欺愁生不

可抑令見翠羽鳥雙飛棲花側妾亦欲夢飛夢飛至君幃

琴歌

企首皓月風懷清攜琴客入幽篁深石几苔花新雨濯倚石理弦鳴琮琴泚泚古人心悠悠山水生虛韻遠揚徵復滅烟雲點淡還相臨梧桐本老空山秋鳳凰飛去獨遺音

山居

未識居山靜焉知林壑幽花香酬酒夢鳥語破春愁飛瀑源難盡行雲影若留風清烟月沒醉後泛漁舟

坐石嘯蒼岑微茫空古今不聞流水靜惟見落花深竹徑風能掃蘿房雲自侵巖扉鮮塵[illegible]頻過有閒禽

懊儂曲

樓倚大江側來去自行舟鄉伴婦人喜儂心那不憂

樵山

空山人境寂緑水洮迴溪樵罷歸來晚羣峯雲亂迷

朱日章 字斐文號闇齋布衣少通史鑑老年目瞽而苦吟咏

田園作

春風噓萬物雨露榮林邱田園苦不秀多爲草所蔓衣食常賴此復兼子孫謀中夜起徬徨勉力事西疇雞鳴巡桑豚入息飯耕牛布穀聽時禽不違天地心有時少休逸高歌醉春林

雪後入元墓山寺探梅

林幽識寺隱曳杖碧峯前塔影凌清漢湖心浸遠天澗寒聲不落松冷色偏妍一徑梅花好香從雪上傳

山行

遥峯多異色石徑入雲斜樹密共啼鳥林深分落花溪光流不

去竹色覆相加閒掬澄潭月悠然興獨賒

何汝南 字勳五一字子琴號棠村太學生援例官平潘知縣

中秋次朱岑灣郊外步月韻

散步秋郊外良宵正客中凉風邊塞早明月異鄉同壯志隨流水歸心託遠鴻功名非敢薄鱸膾憶江東

出闈門

徼外河山異征車道路岐亂烟迷古戍荒徑沒殘碑風出關門勁春來塞野遲湟流氷欲泮 仁化洽西夷

送汝寧茅參軍歸浙東

仙居舊傍鏡湖東歸去田園正晚菘冷署空留千載月輕舟遙送一帆風春雲海上迷歸燕秋雨江干聽斷鴻揮淚不惟傷遠別愁心共此夕陽中

階州道中

僻徑崎嶇古木橫蕭蕭旅思入秋聲江干水落流偏激嶺上雲開雨欲晴鳥語時將人語亂馬蹄多印虎蹄行搖鞭竟度危橋去涼月孤村一夜明

次拙菴吳太守郊外餞別即席原韻

無端風雨亂歸鴉舉酒秦樓興不賒此去江湖波浪穩滿船明月醉蘆花

郭　滙字學均號　邑文生

望鬱岡山懷通明陶先生

華陽洞府三十六前通黃山後蜀嶺茅家兄弟乘飛龍福地洞天闢異境秀峙幽岑見鬱岡時時遠見烟雲影憶昔齊梁有高士號曰通明名宏景築樓三層處其上讀書論道自娛騁賓徒

兄迹不得至萬壑松濤祗自領我今對此發遐想吁嗟先生風獨永人間富貴木浮雲起滅變幻只俄頃上士騰霄神理超全貞守白發潛省緬懷仙躅不可即山中宰相史冊炳

書李東陽傳後

茶陵蹤跡若沉浮心事昭然未可尤名惱奸回翻御李志全善類强依劉擊瑞屬疏心原壯灑淚同官身獨留若罷裘魚資翰墨文章風節重清流

郭煌字鏡寰號　邑文生

閏九日

登高餘興在野梟望無窮秋老山迴碧霜酣樹更紅菊英猶可采萸酒莫教空往事今朝續題糕許再同

書先忠武公傳後

曾剖銅符鎮大同豈徒勳裔擅平戎含毫句奪三唐秀拔筆功參八陣雄制勝守居背水下設奇盡在畫沙中全憑忠孝光青史儒將由來獨數公（史請終明之世武臣中無及公者）

慰義子丹曉名列副車

青宮家學世儒宗年少才華孰比蹤樓望城南擁萬卷窗開硯北列三峯名齊丁卯詩原富額溢壬申命未逢寥落雞壇樽酒共劍光應是暫韜鋒

始皇

長城荒築欲防胡帝業傳來二世無蓬島神仙悉鬼物泰山風雨快羣儒銷殘鋒鏑兵猶起焚盡詩書世未愚白馬素車何足數獨憐公子有扶蘇

項羽

誰是亡秦第一功千秋壯氣説重瞳雖然霸業終垓下也是天心屬沛公祖上人歸留大義帳中歌起動悲風閒過鉅鹿屯師處古壘蒼涼倚暮空

孫　鼎字企韓號春山邨文生

企山和唐張處士韻

一掉波心寺蒹葭兩岸分蘇橋低落日郭墓浴晴雲漁火隔江見鐘聲入夜聞歸舟還把酒題句已微醺

顧龍山寫壁

蒹葭漠漠水悠悠知是蓬瀛第一洲黃鶴歸來丹竈冷紫芝開盡碧山秋空原芳樹飛殘葉野岸危橋鎖斷流總爲凡庸求指授漫[illegible]仙夢下羅浮

顏　熒字鶴燕號蓉樵乾隆丁酉拔貢生

十字碑

賢哉吳季子高節聖所嘉退耕延陵地古墓荒烟霞吾子題十字斷碣侵苔花拂塵認鳥跡勢若奔龍蛇點畫昭日月輝此光幽退揖讓慕君子遺風今尚誇軼事發潛德堪耀吳世家豈但掛劍處足使人咨嗟岣嶁神禹碑字畫徒紛拏宣王石鼓文歲久形嶔岈舊跡鬼神護豈必籠碧紗學士考眞贋聚訟紛如麻詎知聖人口品隲非浮夸春秋一字褒袞冕無以加胡爲後世儒斷斷在齒牙所以采風者至此多停車祠宇叢林薄村垞競鼓笳十字歸然存卽此箴淫哇

三皇殿後樓遠眺

高樓堪遠眺心目可以舒烟雲朝夕變淸風吹我裾南望列雉堞西望俯比閭東望夏木陰飛鳥樂有餘開窗已蕭爽况復讀

我書書意本洞達此景更淸虛心曠神亦怡有若臨丹墟所以昔人言仙人好樓居我非學仙術即此可起予敢告同學者讀書當五車

九日登城霞閣塔

浮圖七級高從龍褰衣直上摩蒼穹閒雲飛鳥出其下雙耳浩浩聞天風茅峯指顧列掌握經嘉諸岫靑叢叢蓐收暑布秋合山川爽塏明淸曨安得烟雲朝夕盪胸臆一洗世態心神空長房仙人吾所師萊囊萸把繫我躬聳身若頂生羽翼欲叫閶闔開鴻濛臨風振毫寫天几樹葉颯颯搖戶櫳

擬短歌行

天寒風緊日色黃少年置酒臨高堂氍毹華燭耀明光叱撥貫馬上金裝呼盧一擲意氣張明日天子詔書下立功萬里陰山

野羞殺咿啞讀書者

煎茶歌

一甌清碧纖塵無當軒活火烹瓦鑪松枝竹葉熘初發滿庭風散烟糢糊須臾烱捲聞細聲牆根古隙秋蛩鳴漸看水底出蝦眼雲氣繚繞微波生驟聞屋角松濤起萬壑寒颼滿入耳更如欹枕聽潮來孤帆趁浪空江裏波騰浪撼音轉低元氣欲濕何淋漓速呼氷甆瀉白練澹緣一片雲脚垂可知造化在人手用滌腸胃清肝脾誠哉七碗生羽翼索筆試補盧仝詩

金陵行

金陵舊日帝王州虎踞龍蟠古石頭城臨湖上千峯合江過磯邊二道流入雲甲第連阡陌勝朝盡是功臣宅中山園子入猶司常府街頭叢瓦礫更憶朱門燕子飛烏衣巷口夕陽微當年

盛蹟今何在古多秀東風綠草肥繁華十里豔秦淮畫閣參差到
水涯六代餘波流不盡渡頭桃葉隱金釵蘭舟公子愛陽春不
惜黃金買笑嚬當筵勸酒千樽少珠串歌喉一曲新纏頭一擲
論千百風流爛熳稱豪容躍瑜樺燭爛明光那問山頭秋月白
雞鳴山寺晴雲裏前臨冶城後湖水山色湖光自古今夕陽廢
壘寒烟起

訪遲上人

欲識西來意寒山謁遠公草生秦白髮松老多青銅法象歸三
乘行藏問一空還看安字衣金色漸相同

題陸赤南寒山匹馬圖

詩思關蠶叢歸鞍自蜀中萬山盤古棧匹馬度寒風身世都成
畫生涯類轉蓬因君問遺蹟曾訪杜陵翁

郡城雜咏

演武廳前草短時江城畫角聽來遲已無舊壘排鵝鸛猶自深秋閲虎羆戰舸曉衙千叠浪海門晴捲八門旗　望朝寰宇澄清日不斁昆明習戰池

雉堞崢嶸自昔聞天教雄鎮大江濱濤聲夜帶蕪城雨山色朝飛建業雲江左名流悲祖逖南朝風韻話休文人情繫處誰堪古極目滄溟日未曛

秋柳

嫩葉柔條不耐秋那堪回首暮江頭尊前猗旎歌三叠夢裏關山月一樓社燕欲歸春已去寒鴉飛散水空流何須更問章臺信祠有漁郎倚釣舟

廣福寺

梵音時帶野花香山色迴遭落上方雙樹擁雲蟠古鬱一門白
水接蒼茫之湖人去鐘初動出郭僧歸月正凉聞道玉泉甘勝
乳閒從十笏試旗鎗

秋江曉發

淼淼長江一色秋蒲帆曉發荻蘆洲霜飛兩岸鐘聲歇月落孤
村雁影留海氣未分迷水驛岫雲初起見山樓篷窗不計來時
路好趁長風事壯遊

弔陳少陽祠

罷職同悲社稷臣長城自壞笑强鄰失謀割地捐三鎮伏闕陳
書仗一人泥馬南來終棄國黃龍北望痛蒙塵獨留諫草千秋
在太學英風泣鬼神

燕子磯望江

孤峯巀嶪瞰洪流西去蒲帆指石頭截水漁罾懸古壁入雲鐵鎖繫山樓眼前沃野分秋色往日驚濤變荻洲恭讀 御碑詩句妙疊崖丹碧憶重遊

寄懷友人

不傍東陵學故侯江湖秋老一扁舟書遲鴻雁天邊雨夢遶芙蓉水上樓王粲崎嶇悲遠道子山蕭瑟擁離憂近來若問鄉關况暗數年光欲白頭

柬虞琴暨及門諸子練湖晴眺

隻身曾走燕山道故國關懷豈易捐過去光陰纔一瞬歸來風景又三年青燈有味還如昔白髮無情卻勝前差幸賞心同舊侶練湖春水碧於天

陸務觀

細雨騎驢入劍門放翁詩思總消魂王師北定中原句紙上於今有淚痕

蘇東坡

磨蝎遭讒歷苦辛大蘇越諫越精神玉堂長使終詞客未必東坡勝潁濱

曲阿紀遊

地不越跬步之間足以動懷古之思觀造物之大陶情適性卽此已多至若樹下聽黃鸝聲古木陰濃宜在後祭院月下聽絡緯聲豆棚瓜隴宜在柳汁菴前皆有妙趣不可忽也又何必歷天下窮名山以求大觀乎哉因作紀遊詩七絕

小東門覽古

吾陽舊城無濠而上多古木自宋及元傾圮已盡明嘉靖間倭入寇縣令陳公始築內城旣患其隘縣令史公復增築外城余幼時門闕遺址尚在有城闕而無睥睨南北僅餘頹垣陂陀邐迤草樹蒙茸外則市河之達漕渠者今亦淤埂岸鮮居民猶多老樹幽賾森可眺望猶想見舟楫通時城外舊時光景

兒時習見猶城闕日久空瞻古樹存無數行人橋上路只今仍喚小東門

定波門舊蹟

循市河而北爲城垣地稍西俗名定波門築外城後已爲堵塞登城北望背城而居者兩三家竹籬茅舍儼然一小村落蓋其地濱湖大率爲漁戶所居

逌北門原號定波爲壽舊蹟幾經過朦朧烟樹湖光裏蝸舍漁莊長綠莎

登望湖亭

亭在北門外觀音山五聖廒舊名湖光亭宋理宗嘉熙間改名一碧萬頃亭丞相吳潛書額下有玉乳泉唐人品泉在第四石閘有陳堯佐淮玉八分三字

觀音山後望湖亭一碧湖光照眼明更有名泉傳玉乳古苔長繞石闌青

清水潭

唐僧皎然有清水潭詩云行人無數不相識獨立雲陽古驛邊今斜橋西地稱館驛前則清水潭或在烈帝廟後其地今爲菜圃而人家小巷中頗有池水清澈紫欄繞

戶者或即清水潭耶又有蓮池在雲陽驛中許渾詩云若心憶蓮池秉燭遊今亦未知在何處葢其時芙蕖盛開因以名池云爾此地若屬城外當皎然獨立時歷宋元明迄今千餘年想爾時潭水清照顧影獨憐別是一番風景至郢州刺史偕賓從飲酒肆中秉燭觀蓮一時豪興又可想見今此池或淪於菜園以資灌溉或遺於隙地以飲牛馬令人有滄桑之感焉

清水潭名自昔傳斜橋南畔碧涓涓皎然詩句清如許獨立雲陽古驛邊

西城望後湖

練湖距縣治一百二十步古稱曲阿後湖爲吾陽名勝之處天光雲影涵空濛碧蘆韋青蒼鷗鷺成羣中有漁

心亭花木幽勝漁舟泊岸可乘興往來若登西城遠眺湖水水天一色四山倒影烟樹溟濛村墟如畫亦不減摩詰輞川知章鑑湖也

西城城上足徘徊四面山光入鏡來最愛濱湖村落晚翠烟一抹水雲隈

東城望月

登東城望城霞閣如在天半光宜秋夜月望時挈伴來遊憑高眺遠長烟一空冰輪乍涌萬籟俱寂偶聞笛聲悠揚悽惋動人此時白露濕衣涼氣入人心骨然後連袂而歸如從廣寒中來也

月出東城夜氣清憑高四顧寂無聲吟詩便有乘風想白露濡裳到玉京

皇華亭晚步

皇華亭在南門外接待使臣之所爲南北水陸要衝當夕陽將下舟車馬匹及行路負擔之人於時駐歇行旅倉皇征塵滿面或暫投逆旅或聊駐征帆心若懸旌辛苦百端余亦曾經此況味者目覩征人心居事外惆彼之勞知我之逸古人云天下傷心處勞勞送客亭春風知别苦不遣柳條青蓋有感言之也日旣昏緩步而返入小南門路較幽僻亦如遠客歸家不亦樂乎

南來北去意匆匆滿面風塵驛路中我亦曾經辛苦况暫教哉翻看征鴻

郭　濼字季特號萊崖乾隆丁酉邑貢生

秋抄泛舟練湖

天高秋水濶縹緲接烟霧落日澹蒼葭西風飛白鷺扁舟攬清景乘興不覺暮漁笛起沙汀月明照歸路

送眭鳳客之新安

送子新安去江干落日斜一樽行色酒千里故人槎路柳官橋雨春鶯古驛花明朝相憶處芳草遍天涯

幽居

雲隱千巖樹溪分一路花寧知疏竹外更有野人家茆屋臨流小青山入望斜老翁多鶴髮扶杖看桑麻

九日同呂香巖登西北城樓

攜手臨風發嘯歌從來古意愛君多少陽遺廟六杉柏徐偃荒祠竟薜蘿千里亂山含暮靄一灣秋水動寒波英雄多少西風淚枉自聲聲喚奈何

江元謙字蘊山號棲軒乾隆甲午舉人戊戌進士占籍天津任滿城知縣轉知棗強署滄州知州著有蘊山制藝前續編

春日遊惠山廣福寺

結伴春郊廢寺過隔湖烟樹影婆娑霜飛佛面侵苔蘚雨滴僧廚長薜蘿邱墓遠迴荒草路牛羊寒下夕陽坡四山謖謖松聲起古意由來此地多

張汝諧字　號敬亭乾隆甲午舉人庚子　恩科進士選湖北鄖縣知縣未赴任卒

擬古意戍婦詞十首

塞外秋風鹵氣驕桓桓貔虎下天朝良人努力充前隊萬里妖氛一鼓消

夫君遠道出秦關一別瀟湘綠水灣寄語團圞邊塞月從今莫照望夫山

隴上雲屯列騎營西風是處滿笳聲漢家那識征人苦夜夜照戈枕月明

盡說樓蘭起夕烽曉妝意懶鬢雲鬆妾身願化雙龍劍飛向行營挫敵鋒

陰山何日靖狼烟簾捲妝樓倚翠鈿明鏡照來空自惜朱顔消盡向誰憐

星橫古樹暮雲流記別征人幾度秋薄命不如前夜月分明照向大刀頭

隴沙草白雁空橫萬里秋風砧杵聲料得五更荒塞冷卻教秋思遶邊城

風沙漠漠日光寒獨坐深閨淚未乾目送還鴻秋已暮尚無隻字報平安

關山萬里月茫茫欲織廻文淚幾行怪殺漏殘愁不寐竟無淸夢到遼陽

榆關遠望却生愁裁就征衫寄戍樓聞道九重宣鳳詔盡傳夫壻覓封侯

荆　耀字再中號澤湖乾隆辛卯舉人庚子　恩科進士官池州教授著有萍綠齋稿

和薛岫懷自題山居圖原韻

山居何所事事在課桑麻闢地新栽竹攜筇好看花與君同作客托足即爲家親友如相問蕭蕭鬢已華

羨爾同心侶朝朝理素麻詩淸囊貯錦夢韻筆生花寄跡原非俗安身便是家披圖聊自遣隨意度年華

和何勷五湖心亭賞荷原韻四首錄一

半是濃妝半淡妝會攜征鑾駐回塘飄烟抱月情何艷刻燭分

題字亦香入幕嘉賓依綠水曾爲備中堂薩制府幕客栽花仙令返河陽始由平箸任回可堪轉眼成陳迹又向滄江意渺茫

張槎字猶渠號香眞一號秋渚本姓貢乾隆庚子舉人任新淦知縣　猶渠書畫皆工尤擅塡詞鐵筆惜秋渚詩詞集爲其婿攜之太倉無從搆覓

送友人赴都門作

鳳城北望近如何屈指名流此最多綵筆至今爭獻賦高懷從古擅悲歌清笳落日漁陽戍黃葉秋風瓠子河好去干時長策在蘇湖家世舊鳴珂

題友人烹泉圖

小帽輕衫四月天鬓絲禪榻淡忘詮熟梅時節心情懶斟酌江南第一泉

題吳厥初兒童問字圖

餘力何緣重學文說文云字也宋儒訓詁媿皇墳年時雖向葫蘆體覷等工夫悞煞君

有子能教讀異書亭亭玉樹徧堦除景升豚犬吾嗟晚衛魏何年辨魯魚

華應春字景暘號晴江乾隆庚子舉人占籍丹徒

白龍寺

白龍何日去池水尚浤浤冷浸中宵月陰生向曉雲山形連馬蹟地勢控狼頸怪底年來旱空修禱雨文

周逌字六占號霽軒布衣著有百梅吟草霽軒詩草

孤山有懷

孤山隔塵囂山下有幽客結茆面西湖十里烟波白隙地種梅花香風繞幽宅明月照書幃相與伴晨夕放鶴雲際飛一往往

所適俯仰懷昔賢寤言在疇昔

徐兆書 字孔璋一字麟徵號退菴乾隆癸卯邑貢生

圌山秋望

秋老圌峯一浪遊懸崖古寺俯江流蒹葭細雨帆檣亂洲渚踈烟樹木稠溟渤東橫如練卷焦巖西出似螺浮山前斥堠餘衰草夕照蒼茫無限愁

胡應魁 字岳青號晝堂乾隆辛卯舉人甲辰進士歷任寧國廬州教授福建臺灣彰化知縣陞授淡水同知

侍彭芸楣夫子遊龍井即代茅耕亭北上用東坡過溪亭原韻

簷烟吹不散凉意歸林泉風篁激成籟萬壑終然秋拄杖隨長者遇勝同淹留古井窈而深微波澂寒湫東坡紀遊歷遺蹟清溪頭吾郡擅名勝蹤[illegible][illegible]游因思留帶處未定果孰優使星

馳故里時耕亭告假歸里寫錦殊風流重經奇絕地一一想釣遊追攀愧無自念此生百憂

越東山行

崢勢造相逼委折更無路一徑繞山腰攀蘿乃得度碎石蒙苺苔險仄難展步轉轉入虛空向背心恐誤其下臨絕澗悚慄不敢顧俄頃路欲失身已出烟霧回首望所歷渺渺雲中樹生平性愛奇烟霞抱沉痼到此胸懷開一一如逢故幻景出想外驚定還生悟筇杖不勞扶我有濟勝具

浮嶠疑無根秀削出雲外奇景不可收轉眼倏已改仄徑逐崖轉一綫盤如帶秋高野草黃險處尤蔚薈嚴風竹間來蕭疏不成籟山鳥時一聲衆壑幽以靄

舟行望山

生平性愛山山險憚攀陟今日放舟行烟霞巧相逼黛色含深淺一一時如拭林疎紅葉透秋晚見春色舟動山亦移雲氣變白黑奇景列窗几遷轉在瞬息對峙石壁聳缺處烟霧塞鼓棹入其中幽峭神惶惑俄頃天漸寬豁開清曠域波澄沙石見青紅疑篆刻回首舟後山蒼茫不可即

惡溪

連山夾深溪溪水隨山曲奔流勢鬱怒亂石爭抵觸激齧起欲飛沸流如噴玉小艇逆流上大似拗所欲奔騰力撐拒洶洶勢逾酷舟子裸剌船牽挽若躋踊水怒曳繩縴倒行驚失足此處路何艱險怪難停躅何當掛帆去一趁長江綠

石門瀑布和李西華先生原韻

環山若連城四圍聳峭壁洞天啓石扇劃削登人力奇崖瀑布

懸銀河瀉秋夕𡚁空何天矯飛行本無迹橫風霏作烟清影杳
難覓騰涌乍若驚湫雪洒千尺殷殷響春雷空山破岑寂對此
心骨寒清氣入胸臆幻景眼前落飛流逝安適萬緒紛如麻紛
亂不可續司空愼品題謂是龍湫敵趺座石室下烟雲生几席
濡毫翻繡浪礪齒潄靈液愧我初學步追攀情孔亟高風不可
企空着尋山屐

雲龍草堂歌

叠浪擁中峯峯頂藏雲窟拔地一千仞彎環石城列蘚蘿何嵾
嵳徑路不可覓天半瑞藹徵谿然雲門闢聳身入靈境扶笻隨
曲折軒楹誰結搆疑是神所設中堂瀉清快雲氣堆虛白遠緣
延萬重淡烟留一抹天風吹我衣冷然徹心骨俯首弄山泉山
泉清且冽微波倏動盪波面浮素沫從者爲我言中有雛龍蟄

厥性本難馴潛見多恍惚山人若無事小試豢龍術慣學梵僧戲躍罷咒入鉢瀉鬱烟雲生頭角嶄然出攫拏破空走晴雲飛霹靂

秋日歸臺和章廣堂韻

天高秋水淨塔影寫孤圓登樓一以眺此境良超然謝公與偏逸邀我搜林泉屐齒不到處誰知別有天春歸留秀色秋老生寒烟嵐光入遠樹閃倏態屢遷落日澹餘暉空翠杳無邊胸中捐宿物觸景皆新鮮何事東坡公獨愛陽羨田

觀音閣

奇峯拔地高插天石扇半闢生雲烟凌空俯瞰勢欲墜怪石巉削千級懸仄徑如蛇三百曲蜿蜒直達青山巔扶筇欲上神悚栗險處恨乏藤蘿牽手攀躋舉步百折行者喘汗得少息古佛

趺坐古洞幽高閣搆處絶塵迹獅石低首今已降回憶所歷各變色衣裳忽濕甘露飄灑下向雲蹤遥盤磴歷盡天漸高但聞天際鳴蒲牢

剪刀峯

亂山劍列天幕高白練卷風風怒號旁有既合復裂萬仞壁云是玉女雙剪刀青金有稜光獨絢荒凉繡餌土花片俯仰六合一大冶制器成象經百鍊微茫山腳近龍湫快刀未得借并州吳淞秋碧猶在眼秋雲漫縷不能剪

龍鼻泉

山勢湧出摩蒼穹鬼斧剗劃虛其中燐光離合霧隱隱絶頂一綫生雷風賈勇直上心驚怖石罅剔爲盤蒼龍鱗甲飛動内嶇强斑蘚猶帶戰血紅不知何人稱好事乃擬隆準泉濛濛噴[illegible]

成雲伏光景精氣想與大澤通是歲江南旱魃舞雷不發聲爾
作苦龍乎安得馭爾乘風去徧渴蒼生作霖雨

九獅渡河

萬峯環處開靈穴怒猊突出層雲裂嶷嶷高踞河之干欲渡不
渡氣雄桀二獅麃麃若爲友欲與前者爭行列前者猙獰似反
顧奮髯吐舌星眸瞥左有小獅亦精悍攫爾而怒睨其側其餘
或坐或若蹲各抱雄姿挺天骨中間一獅獨騰起顧泠羞與羣
獅四古籐千尺鎖鈕施壯哉直欲橫嚼囓是時秋風狂怒號落
葉亂捲奔寒濤之而倒豎踞地吼紫霧鬱勃冲黑霄蛟鼉屏息
不敢動嗝舌督逼愁焉逃吾聞利利世尊善馭此擲斥八極窮
遊翱獅乎獅子爾其何日騰空去與彼諸天龍象偕逍遙

渡海之祟 辛丑十一月十四日

吾廬遙望江之濆最爱趁席沿江行張風萬里吹一葉每欲趁此尋蓬瀛今來于役渡溟海慨我素志恬心情篙工鼓棹甫入口舉目縱覽神魂驚蒼茫一氣浩無際碧天環繞如張城衆星錯落入水底惟有空中孤月明忽然風扇海水立白練高懸萬千匹横驅逆捲勢如飛急雨飂飂破窗入孤舟劈浪箭離弦長年束手難爲力不知彼岸竟何處坐客相看皆失色須臾隱隱聞吏鼓竿燈明處知沙隄拂衣大笑脱重險城上三更月漸低行與且就驛館宿濤聲猶在枕夢猶迷

丁未夏移居石山偕同人一往探之登望江亭見雲海

石山之靈苦岑寂矣作奇觀誘狂客鞭山驅出山萬重匝地平鋪混天碧林皋盡遣入鴻濛祇許危峯露其背揭來以氣嘘吸之霧鬟烟鬟時出没登高一望神魂驚由來此地即蓬瀛貝宫

濆流倘馳去乘與我欲騎長鯨劃然仰空發清嘯萬谷爭應雷霆鳴洪濤震耳雜風雨澎湃直恐東南傾驚夢不定頻拭眼諦視始知松竹聲松竹風清拂晴島萬疊烟波霎時揚怪來滄海變桑田秧針歷歷平沙稻乃知山靈真好奇泡影幻成堪絕倒我攜朋從此卜居舉酒酬君向君禱平生芥蔕存八九浪說詩書敦宿好興來爲我發奇弄雲海盪胸開積抱

雨中過桃花嶺

黑風驅雲出巖壑雲氣濛濛裹林薄望中失却桃花嶺祇見蒼烟鎖寥廓輿夫指點虛無中白沙盡處是山脚盤盤一徑繞山腰山石犖确路險惡古木槎枒野草黄仙源景氣何蕭索楓林一片影模糊疑是桃花坼紅萼忽然山動林木振驟雨灑空風捲擽深壑萬丈不見底積氣成海烟漠漠雨絲飄灑入空際但

覺呼號驚浪作急風過處雲作開瀑石屼嵲眼前落今年足跡遍越東小山大山搜奇蹤何如此嶺多變態乍離乍合烟雨中妙處領畧愁不盡輿夫疾走何匆匆須臾已抵山之麓花境歷竟心怔忡回頭視向所歷處杳然嵐影入溟濛

勦蔡匪時或大平山頂五色雲見以詩紀之

天監臣心若師臣上瑞徵半山初日麗絕頂五雲騰龍變先嘘氣鯨奔已入曾壯夫爭踴躍殺賊誓先登

調德化入覲過里門

百幅蒲帆映日紅飄然飛指大瀛東掣鯨有術淸妖霧予在彰任前後擒首逆者凡四人騎鶴何緣趁好風萬里客歸環海外八年門過驛程中夢餘遙憶臺疆事擬述民艱達　聖聰

和鄭廣文原韻

松雲叠叠護賢關半壁晶瑩水一灣是地總因吾道重何人敢說此官閒經神舊里稱通德詩婢新名喚小蠻羨煞靑氈留講席我家故物幾時還

郊行漫興　丙辰德化作

萬山深處闢雲關室宇回延碧玉灣百丈巖泉憑竹引千聲水碓笑人閒俗淳最便官藏拙意洽還嫌語作蠻何事鼓鐃盈巷陌林邊尋得使君還

輿中偶成　時蔡匪擾滬尾

銀管纔拈試翰柔畫慚春蚓忽然投兎園可是封侯地燕頷空爲食肉謀萬里鯨奔愁拔劍千山電閃仰飛斿何年戳取孫恩首紫閣標名最上頭

親率義旅與盧護協直入滬尾殺百人

詹臺雄踞海之涯竟被紅巾佔作家賊首皆裹紅巾不敢翻身探虎穴那能應手拔鯨牙將軍一怒威纔振司馬三驅氣倍加戮罷賊羣齊下淚伏屍流血滿平沙

台山晚照

松蘿糺縵鎖雲關疊翠彎彎儼翠環怪底霞光開萬丈一輪紅日逺啣山

台山雲門

晴嵐紫翠變朝昏竹柏森陰虎豹蹲月落流青光一線石欄天半瞰雲門

柳枝詞

陣陣飛花作雪飄風前羞鬬舊時腰可憐多少隋堤女春去還將紅袖招

磺溪雜咏

一年花草總芬芳臘月初旬已浸秧傳到江南人不信可知海國是仙鄉

於斯盛字際之號心廬大學生

秋蟬

一咽西風一斷腸殘嘶猶自向斜陽應憐翼薄飛難進更怯枝疎影不藏吸露幸能全皎潔無爭何故惱螳螂垂緌莫嘆文終隱曾伴金貂耀景光

輓賀子雲門二首錄一

暫别寧知判死生秋宵尚共說離情悲深翻若書難信淚竭何曾夢易成賣賦我猶同伏驥修文君已葬長鯨子期一去知音杳忍聽嚶嚶求友聲

陳共位字覲宸號　乾隆乙巳恩貢生

望鬱岡山懷陶通明先生

白雲滃滃出遥嶺蒼然暮景生俄頃我懷鬱岡路阻修覿面未至心耿耿憶昔通明隱此岡駐足層樓塵跡屏山中宰相曾幾時十賚之文不堪省只有丹爐汞磨滅後人搜尋出殘井仙人詎有不死藥塵鞅籠頭聊可警躑躅西郊月正生寒光照我心神靜更無槎杈老樹枝滿地踏遍龍蛇影應悟曦時能自遣不必尋幽入幽境先生已往我再來獨立蒼茫一延頸

楊　城　字厚力號立齋邑文生著有經書畬疑錄前新縣志糾繆編

冬日晨起書懷

長夜不可晨獨寐滋寤歎忽聞烏雀喧窺牖識明旦凉風自遠來飄飄動羅幔披衣起徘徊積雪明我案簷溜凝作冰晶瑩玉

光燦我乃擁爐坐高歌讀秦漢始皇好長生武帝喜誕設蓬瀛杳難求今古一消散感此心淒然掩卷嗟歲晏服藥既多悞神仙亦漫滤惟當事高隱山林足清玩一洗世俗塵豁然去羈絆

金山

突兀金鰲現中流砥巨川山腰藏古寺水底秘名泉塔影移江月鐘聲徹海天裴陀歸去後任爾洞龍眠

呂龍光 字覲廷號拔菴邑文生

清明即事

流光真似箭今日又清明柳外看遊屐花間聽賣餳得分唐內火空占魯諸生日晚攜同社捫蘿上古城

登暨陽城樓

筇屐攜來上古城蒼茫雲樹盡含情江通瀚海風濤壯山枕吳

門嶺岫明季札孤標留斷碣春申高義剩荒塋千年事往開河在惆悵誰憐畫角聲

蔣潛字君人號影柱山人邑文生性愛高隱嘗取歲試第一不覆試不願作廪生也不汲汲於名利如此善書法著有影柱山房詩草

宿金山寺

一宿金山寺幽棲忘世情濤光搖水月嗔色入江城隔岸酒船到前灘漁火明醉眠魂夢逸欲曙聽鐘聲

發錢貧蕩次於亦川韻

昨泊蘆汀已夜分夢回烟水氣氤氳櫓搖一片開奩鏡帆卸千層出岫雲短檻憑虛鱗可數輕橈聚飲客初醺同人唱和渾閒事莫遣狂歌兩岸聞

宮欽字見羲號　邑文生

招隱寺

古殿春風滿烟花翠且重洞深時見鹿江靜夜吟龍遂閣懷蕭
統遺居覓戴顒願持綠玉杖長坐白雲峯

舟行阻雨宿野寺喜晴

古渡寒烟暮蕭然駐斷篷非關擬元度卻欲訪支公野色千村
雨鐘聲一夜風曉來春正霽零落見歸鴻

束雲官 字翼周號春圃邑文生例貢生

題瘞鶴銘拓本後

我欲訪焦巖遙指江心矗中有寶墨亭碑碣藏深谷剔蘚辨眞
僞模糊難細讀因尋瘞鶴銘聞在山之麓神物天所忌雷轟同
薦福何年移殿側大力滄洲獨摹儒多聚訟顧陶兩難卜非晉
人不能煌煌天語肅宸翰照江國重振新面目山靈謹呵

護魍魅不敢譁再拜讀未終天風震林木

焦山用東坡韻

雄峯虎踞何耽耽焦山突兀峙東南松杉蓊鬱𠬛山寺疑有鵲鳴聲兩三觀音羅漢巖如昨此間坐禪如眠蠶探奇入踞焦公石風塵忽忽心空慚海門日落吹畫角孤嵐遠與沉清潭大江波浪撼山麓長嘯天風興欲酣絕壁聳翠飛千仞老僧對客時坐談清磬一聲山色暝忽然烟霧生雕龕我登茲巖閒徙倚掃葉煮茗山泉甘年來風景迥異昔對此山水性所貪古鼎殘碑幾剝蝕摩挲往跡誠何堪洞中三詔人安在一江白浪環山菴

錢雲漢字天章自號踏孥子著有白玉樓詩草

鏡

團如秋月清如水開向妝臺倍有情內外一般形窈窕緣何對

面却無聲

秋山

萬山烟靄夕陽斜古樹蕭疎棲暮鴉莫道秋來無景色經霜紅葉勝春花

劉秉鉞 字晉初號升庵邑文生

萬卷樓望遠

憑高倍覺此身閒放眼高樓足解顏橫笛一聲來北渚擁書萬卷對南山窗臨城上星河近月隱枝頭烏鵲還醉後長歌依曲檻蒼茫雲樹水潺潺

姜昇 字劍珊號午亭邑增生

秋江晚眺

極目江天晚疎風冷夕暉帆檣衝浪起鴻雁帶霞飛遣興詩頻

咏娛情酒獨揮一聲長笛韻漁艇載秋歸

食西瓜

暑氣熏蒸似火攻浮瓜爽並快哉風天生一服淸凉散不許人間有熱中

呂廷鐘字凱振號鶴淮大學生考取謄錄議叙巡檢著有長嘯山人集

春雨有感

驚看兩鬢漸如絲駿骨黃金未買時乘興不妨千日酒閒情常咏百篇詩風塵偕老吾何懼肝膽披人誰共知最是連宵春雨冷白雲南望夢遲遲

寶寶許處士招飲慶飲山房

招遊頗有許元度綠樹周遮四面村嵐影遠澄蘆荻渚水光近護薜蘿門不求聞達心原曠但養中和道自尊東作西成農事

了主人高臥白雲根

荆汝翼字廷緯號桐軒乾隆庚寅副榜癸卯順天舉人己酉恩科進士官華亭教諭　桐軒再老伯與先王父雲石公同譜著有桐軒制藝門下士賢達者如洪稚存輩不下十數人在京邸住雲坡胡大司寇第中一時名士如趙鹿泉虞錦亭祝芷塘馮魚山顧星橋諸先輩無不服其學識交相欽重

白紵辭

素風吹愁來何方愁人挾瑟臨高堂露縠薄袖籠幽芳無言語調清商疎林摵摵南雁翱翔飇廻霜落驚其行西川濯錦瑩猶爲誰容悅修明妝螢飛虛明羅幕揚釧寒佩冷焉能忘東鄰媒巧齒頰香督趣衣補歸昭陽綠車粼粼龍鳳纚笙鏞簫管交鏗鏘九枝絡繹蘭膏光鸞旗豹尾周如防何以貯之珍球琅何以翟之瑇瑁床何以被之翡翠裳何以飲之瑞露漿明明疑月銀漢旁高雲嵯峨不可望銅照亦知眉短長偶影相對心彷徨

齋中有感

一番風景動吟懷山逕遙青入曉齋文到乎時爭膽識交逢淺處見影蹤天空可嘆籠中鳥海濶堪憐井底蛙沽酒一壺澆塊磊愧將章句作生涯

諫果

紛紛青子落芳辰諫果傳名自有因佳種昔曾來左粵瓊姿近得出東閩天涯寄跡尋高士丹陛流芳想直臣拔譜遂超羣品上問名早種大江濱嘗緣未久恒嫌苦味到能回始覺醇道古不妨多嚥齊言高堪擬近批鱗十分甜透應輸蜜一種清香迥出塵豈可許孤忠能視草讀云勁節不如人紅鹽漬就嚴堪惲翠類成時色正勻解醉最能消五夜烹茶偏喜待三春拾遺省內長宜服補闕臺端雅許陳直節當年思折檻高風千古憶埋輪

耐人尋繹芬流藹可我森嚴味醒神黛色秖從皮肉相丹心直
自性天中任他盧橘情趨熱不羨櫻桃味易覩小物猶能抒大
節微軀特爲報深仁呈來紫禁名宜顧獻入官厨義可循聊備
斯稱存警戒得援古義被陶甄蘋蘩入沐　君恩重葵日欣覘
士氣伸薇省不妨留諫草區區引喻重絲綸

巢燕

誰是盧家玳瑁梁忽聞軟語帶花香紛紛秖爲啣泥急春雨春
風來去忙

寄人籬下受人歡構得巢成力已殫我亦僑居恰似汝棲身王
謝亦何安

姜鼇冠　字廷錫號守侗邑庠生

溪行即目

白石傍清溪倦行聊復歇斜陽水面紅魚影出復沒

獨坐

獨坐泉石間悠然若有得日暮涼風生亂蟬吟不息

湯丹詔 字宫尊號宫阿邑文生

謁潤州蘇米二公祠和朱梅圃韻

精藍依北固祠宇峙江邊風雨思前輩山川仍昔年碑留蘇氏偈石笑米公顛賸晉空齋古擷華謁二賢

謁二黃先生祠 在嘉定淳耀淵耀伯仲二先生

二公奇節最嶙峋猶見東林碧血新伯仲一時同殉國弟兄千載並成仁名垂史冊人咸仰學在文章世共珍觸手九原如赴約雙忠終古軼羣倫

錢遴 字柱石號 邑文生

瓜州夜泊

夜泊難成夢徒勞輾轉眠秋聲來客岸月影度鄰船已到瓜州地還思練水天幾番驚浪捲蕭瑟大江邊

七夕風雨

牛女銀河咫尺天今宵未許鵲橋填三更風雨佳期阻各抱離情又一年

范　漈字　蘋　邑文生

秋日懷何東來

單車去國路悠悠雪暗冰天恨未休風捲黄雲飄客淚雁飛白草斷鄉愁年年春色當關盡夜夜洮河出塞流今日逐臣君更遠龍沙時望莫淹留

潘道亨字漢儕號　邑文生

玉乳泉

石檻一泓流泉名第四留山僧瀹精茗玉乳溢輕甌瓦銚支横彻松烟颺小樓一從尭佐去苔鮮幾經秋

訪友

寒雲漠漠雁行斜蕭瑟楓林野老家流水一灣環曲徑堦前遍植是黄花

曲阿詩綜卷之二十七終

曲阿詩綜卷之二十八　　丹陽後學劉會恩時菴輯

國朝

范　榕 字埜君號蔚南太學生工書畫花卉尤入神品遊幕公卿間胡雲坡制府范傅齋都督尤爲至契

題河南范傅齋都督暢懷園雜咏

東籬晚翠

秋河淨無痕秋風滿林麓遠峯瞰澄波登眺心意肅我心無所擾我菊隨時綠委蛇出低樹絪緼依修竹青霜凌晚節益以貞芳馥薄暮斜陽沉林鳥自投宿人生貴適志安用浮名縛新月上簾遲傾壺還自讀

清嘯軒聽琴

山空寥寂無雜聲雲消水漲白月生攜琴踏月潭上行潭水泠

泠作鳳鳴鳳飛去兮潭水立有龍聽琴有蛟泣萬派爭流不敢
入撤唇山鬼笑而揖我聞一曲彈未終泠然到骨攬秋風回頭
滿地烟濛濛枯松飛雪橫西東

絕壁青藤

托志在霄漢抓情寄古阿乾坤雙白眼風雨一青蓑無暇問朝
市誰知戀薜蘿閒看鷗與鷺溪畔浴清波

學圃春蔬

閒闢小園近方塘雨過山蔬滿逕香蝶使封章芳草綠蜂王徵
稅菜花黃但知食葉仁爲性惟愛擷蕤錢作賜野蔌從來風味
想何妨人羨大官羊

晚堞殘鐘

暮靄捲向碧天收忽聽鐘聲出戍樓千里夢回新堡月四時楓

落晚山秋論心只合盟元鶴結社誰堪訂白鷗領得一番高曠意安眠草閣即瀛洲

秋厓送雁

冷風蕭瑟晚山清野岸殘陽雁陣驚萬頃白雲迷客路一林黃葉送征程吟魂欲斷聲中淚旅棹空回夢裏城極目無聊向寥廓憑欄又起故園情

蕉牕夜雨

夜靜空堦雨驟侵嫩凉斜透小軒深一枰敲碎三更月五字吟成萬里心可慣春愁猶未破那堪秋恨又重臨原知外潔中虛體甚日能生半屋陰

汾水烟波

煙寒水步遲埜曠夜魂渺落月在高岑孤雁一聲悄

楊大章字文載號斐園邑文生

雨夜有憶

今夜瀟瀟雨閨中也共聽應憐踈鬢白猶對短燈青世業嘗千卷生涯寄一經何時源不竭澤並破家庭

憎蚊

利口不堪試潛踪何所因能驚化蝶夢尤苦聚螢人爲市期將積成雷直向晨重陽霜信到無處足藏身

蕭齋即事

繞屋叢篁密沿堤細柳長雨淫蝸篆壁風急燕歸梁詞肯追南宋詩能辨晚唐悠然北窗下高枕話羲皇

早春郊遊

春向人間到芳郊漸可遊雪殘青透草波暖白翻鷗媼拜寺邊

寺人登樓外樓歸來燈集市明月又當頭

洽溯 字煥如，號泉亭，布衣，著有松雲軒近草，鮑海門爲之序

方竹林

成林新竹茁倚扶疏影參差繞曲廊始信不徒誇勁節此君身要屬端方

仙人石

一從高臥寫仙靈千載仙靈尚未醒莫道支牀無卧跡年年雨洗石苔青

陳端雲 字凌文，號　　布衣

垂釣

短篷小艇即爲家十里烟波老歲華水調歌殘沽美酒醉看明月臥蘆花

留春

燕子殷勤話短長桃花片片亂飛颺遊人無計留春住聊倒金樽醉夕陽

吳 瑛 字秀中號　　隱士

小有天訪友聽寶香巖彈琴

九夏已將半旅懷愁不禁天涯得良友舊盟復可尋微風吹殘照明月升東林獨訪幽人居樽酒開胸襟賢子台下彥軒岐道古今談笑有真諦道合同此心呼童攜玉几爲我彈瑶琴一彈復再鼓愧我非知音山間幽壑響水底蒼龍吟閒情寄遥瀨所志在高岑値此良宴會坐久忘夜深擧頭見月影參横漏欲沉

吳興懷古

苑時故都已更新松雪齋傳别業眞天聖尚餘殘畫竹峴山猶

剩舊窪樽負緣餘上閭盧革華表坊前認趙仁城市豪華應信

昔近來八俊是誰人

荆錫球 字汝諧號韻亭邑文生

清明後一日偕友人遊惠山山亭次湯子對揚元韻

錫石滄波劫句存登臨勝處絕塵氛雲縈鄉帶空山寺風捲松濤古墓門一碧天光澄練水千尋嶂影落漁村當年詞客今何在指點荒亭欲斷魂

若有人兮帶女蘿爲予長嘯復悲歌祠荒碧血衣冠冷井咽寒泉草蔓多處處飛烏驚夜月年年野鶩遂迴波一腔傀儡誰澆澈只有遊人載酒過

畢 豫 字嵩屏號柱山乾隆戊申舉人

觀音山懷古

我聞惠開黎迺然迥不羣所交必奇士莫逆推權文贈之以詩
日新何凌雲一語見實錄千載流清芬滄桑變易人已去遂
閒堂古詩無據捫蘿惟有第四泉陳公 堆盟留題處

登保和樓望湖

昔年湖草碧無邊今日湖光遠接天愛咏中郎淵注句納溪端
爲洗塵緣

東海神來聘小姑酒觴流入曲阿湖同人莫笑荒唐事試放扁
舟取一壺

賀維錦字漪章號擷芸乾隆丙午舉人官分守知陞義寧知
州著有擷芸軒詩集

海市行

碧空無人忽成市上不在天下不在地月烱黃黃日烟紫日之
升氣之凝璘瑤蓋珊瑚鈎大吹龍莖細擊鼉鼓海童縷歌女怠

舞海水開龍王來龍王來龍姆並駕車如雷龍女後至市嗟哉
市人市中設龍座聚寶換寶市在左牽牛來市騎水犀上買負
在大尾犛老蛟人身目魚目手執神禹治水王魚兒無寶雜市
中笑指海上天虹紅市東賈人好走馬寶光射馬馬不下龍王
厥寶空掉頭身擁五色龍鱗婆龍姆目貴不開口定海魚鬚尺
持手龍女細掫紅珍珠熖飾犛尾新羅襦海市實多世人柰何
扶桑花落東北角海水成氷要人鑿海水吹風吹動龍宮水生
一片海市不見

過墨妙亭即次東坡原韻

世間神物本難晦沉埋剥蝕俄飛騰吳興太守雅嗜古攬挈搜
剔類老鷹炎漢以來暨晋唐各各羅列非模稜就中嶧山最奇
特大小篆後稱斯氷熙寧五年春二月榜以墨妙洵足憑我來

周覽三嘆息塗鴉對此面目憎色絲少女眞絕妙一縑一字三千緡淋漓元氣蛟龍護掀髯長嘯懷孫登流連文酒永今夕摩挲勝似錫百朋逍遥堂東府隅北精氣夜燭同華燈大書特書不辭瘁磊落盡吐無復膺

弔姜孝子璧如

歲在庚戌之元英猋風夜發編民驚忽傳滕村尚書第後樓一炬全無龕倘書父子光青史閥閱簪纓冠吾里慘遭風與火爲虐有人身死義應誅問何傾刻甘成灰一杯未卜遭親災欒巴之術無由得忍燎父尸延喘息悲哉列焰身自投焦頭爛額歸山邱幽魂應向白雲哭寸草無復春暉酬我聞汝南蔡君仲伏棺號泣完梁棟古初拜火火乃滅長沙太守相欽重又聞括蒼祝公榮鄉人嗟異危役亭壁州余丙豐厥子撲滅無策雨或傾

彼皆具有回天力此獨胡爲報之嗇欲堅君子義正心特標死孝爲世則從來孝子出君家泉催雙鯉爭相誇頭龍季虎尤不惡遺腹子亦如蘭茁嗟君殉父良有以倘書有後人傳笑我於尚書爲彌甥始歎旋悲終大喜

渡太湖抵烏溪喜晤家培園叔

風緊峭帆懸擬穩好扣舷鯨噓三萬頃鷺瓜一雙爭小市魚蝦聚分防施蠹偪烏溪設塹查戶鄉音尚生澁誰話夕陽天湖中汚蕩乘劇喜步兵維此際坡將老去十餘里即東坡蜀山書院吾家叔不癡論交原略分把酒故移時名噪羊城舊茲遊定賞奇向在粵中今應長興聘

龍游縣

雙塔東西列灣頭綠樹稠山深疑豹隱縣古額龍游地有攢拏

勢沙多不繫舟緣書切鄉思惜未拜賢侯（同郡于贇府縣是家）

吳江縣

垂虹亭畔過城郭儼張圖一縣裁衝任（兩邑全城 邑已裁簡）震三篙漲石
湖有船名赤馬無地棟青烏（浮屠都 浸水）隱隱上方寺琳宮頗麗都

到常州城閉不及見趙甌北先生有感

父執嗟無幾靈光歸獨存昔曾依北郭今未啟東門議賑城中
最詩篇海內論續刊甌北集想又坫壇尊
我本孫蒲子先生延譽多為憐山谷鄙頗引郗朋過菽水承甘
旨文章受琢磨如何慳一面欲報渺恒河

贈甘泉學博鄭清如同年

白髮復華顛公真老鄉虔文昌六幕祀（是日祭文昌）予史一生編舊
作等身富還丹道氣全脂膏不自潤杞菊養長年（恒以杞代茶）

尙有春官典爲私未遂論國　恩酬大父秋賓兆文孫小史胥
鈔慣中流砥柱尊十年書勝讀伏爾老通門

淮陰懷古

英雄出胯下大將拜登壇不過封侯相能成帝者功王孫憐一
飯敵國破重瞳淮水曾垂釣鷹揚溯渭熊

劉晳廟

古刹旛竿矗相沿五季劉靈應再廟食帝本督幽州白鴿聽經
地黃雞報賽秋姓名傳婦孺備薦毋深求

河間府

卓午塵埃起征鞍似掩關風雲來日下車馬入河間教孝經堪
尙工餞文未嫻　淸時軼漢代陋習已全刪

謁浙撫院中丞二首錄一

東南開府最稱雄利弊興除五載中峙海軍揮神凱奏翹材館設士培風書傳異域人爭購疏拜 彤墀日幾迴多少蒼生勞手活一絲一粟祝三公

東阿舊縣

廢縣都成瓦礫場陳思曾作此間王洛神賦啟齊梁艷豆萁謠與骨肉傷一石才偏儲八斗三分國却在中央井膠如止黃河濁何不當年獻上方

七夕

瓜果紛陳畫閣深循揩乞巧漏沉沉多情兒女傳佳話天寶年間九孔鍼

猶憶京華此日期滄浪共闢小新詞異與舊是風流藪好索明朝入夕詩用王居安事

姜步瀛書字友圓號鑑泉一號冷淵邑文生著有埜亭存草

西湖志後

十五年前此地遊餘杭山水足怸遊峯高南北雙山峙浙劃東西一水流亭號冷泉題自白堂稱有美記傳歐名賢治郡推唐宋勝蹟今堪指掌求

城霞閣重修

丹堊重加欄檻修依然霞彩壓河流祀崇西蜀尊先主地屬東吳笑仲謀熊虎一心扶大漢鐘彝千古奉炎劉留題勝地瞻宸翰回憶南巡三十秋

胡應昇字心逸號泌園乾隆丁未邑貢生己酉順天副榜

登北固山

北固傳名蹟登臨紀勝遊晴雲生海嶠宿漲疊沙洲詩為樊川

寄齋從米氏留曉麥波浪潤古木響鉤輈

京口懷古

帶礪雄封據上游金陵屏翰舊名州天分吳楚江光濶山擁金焦海氣浮三國遺謀存斷石六朝剩蹟半荒邱可憐郭璞墳前水浩浩東趨日夜流

荆汝爲字宣臣號玉樵乾隆己酉拔貢生官陝州同知玉樵先生優於吏治精學工書制府馬朗山方楳嚴雷咸推重之

盧氏道中

月落唱荒雞征車速駕輗路危經雨滑樹老礙雲低山勢蹲熊耳河流浴馬蹄此行非宦冀琴鶴任相攜

朱陽署中遣興

地僻民風古春深客夢醒鄉書憑驛寄啼鳥倚窗聽澗水流蔬

圃山花落訟庭晝長無箇事閒寫換鵝經

上制府馬朗山夫子　慧裕

敭歷封疆鬢已絲依然一卷手親持消閒最愛羲之筆適與還吟白也詩媿我依人爲客子如公殺賊是男兒公曾佐德公楞泰平定白蓮教匪程門立雪吾何敢且喜吹噓說項斯

題尤貢甫畫竹屏風

鳳尾龍孫濯數叢與今人異古人同頓教影見非關月覺有聲來不借風休問如何揮腕下要知先已在胸中雲屏題遍清新句讓識蕭蕭半白翁

丁有聲字一鳴號鶴亭乾隆庚戌　恩貢生

冬日過皇甫冉兄弟故里

支筇萬葉路云是舊時庄臚唱傳聞實才名匹孟王溪橋多半

畝松菊久成荒爲憶先賢傳西風雁幾行

呂　斌字渭東號練濱邑文生

題陳少陽先生遺硯爲林子愚軒賦

銅雀千年臺至今無片瓦研山一品石海岳圖空寫陳公遺古硯瘦削不盈把雜還出頹垣泥塗無識者林子暫見驚拂拭增聲價傳觀遍藝林題咏多風雅想見上書時筆墨淋漓也嗟公英邁才未應賢良勅奏對在明廷定現雲五色旗影動龍蛇江花燦胸臆射策於高墉君心悟蠹賊指顧殿陛濤明良慶相得胡拖卞和璞頓染萇宏血婦孺爲心酸英雄盡眦裂而今京貫流灰飛並烟滅惜公俎豆新英光長烈烈片石供蕭齋魑魅魍魎絕林子素嗜奇愛割端溪紫大小數十方珍重無逾此正如司馬公蓄墨不能止欲合子孫知寶此何爲耳

贈王甸五

山水平生志多君恣壯遊撥雲尋禹穴乘月下揚州朋抱千秋鑑豪情百尺樓子猷風度遠何處不優游

遣興

羈思海天孤高齋寄腐儒醉眠春夢草慵讀夜編蒲意氣存三益襤褸剩一隅牀頭長鋏在誰能拔珊瑚

遊惠山

山寺有興廢風烟變古今一番經蔓草重整舊珠林樓迴湖光遠泉甘地脉深到來無俗慮靜坐悟禪心

暮春送張猶渠北上

高才未許卧烟蘿暫浣緇塵又棹歌斗酒雙柑青蒻客輕風柔櫓白溝河曉樓飛絮牽愁少春浦歸鴻入夢多燕市懷鉛秋九

月崆峒長劍帶霜磨

一碧萬頃亭

臨江門外練塘西亭址荒涼落日低終古蒼波飛白鷺當年碧樹囀黃鸝山橫北郭成屏障泉亞中泠入品題安得結茆還勝地錺鑪茗椀竹松蹊

紅拂

抵掌侯門李衛公綺羅叢裏識英雄司空豪氣銷磨盡不出隹人妙算中虬髯他日定扶餘識得英雄未遇初若見太原公子面不衫不履更何如

周常怡字惬余號右隴乾隆壬子舉人

德州署中送邱宜亭之平度

何時同望故園天德水依依又一年白首相逢方恨晚皇華助績忽言旋爲津我憶鶯聲遠平度君看雁影連別後兩情風月夜好憑驛使尺書傳

呈慶靖村將軍

萬家生佛舊謳歌（尹文端公總制兩江）繩武登壇須伏波（作鎮東省）向憶虎幡臨德水漫云驥尾附齊河碧筒欲卷荒村少青眼相看別緒多最是臨行珍重語無如匏繫此身何

廣陵觀濤

捲地奔潮瀉長江八月秋登樓高極目臨岸遠舒眸海若霜飛雙天吳雪作毬光疑頻掣電勢欲激浮漚銀蒜雙峯撼金焦兩點浮狂瀾翻贔屭浩氣走蝤蛑巨浪吞霄漢洪濤沸斗牛雷霆盈大壑風雨集神州鷗鷺驚相失鯨鯢怒共遊吳艄銜石壁越

練接迷樓勇拔千鈞急聲同萬衆咻雪山驅白馬雲海舞黃蝤旋湧碧莎岸俄平紅蓼洲已甩稱迅疾詎復起颼飀次第漁燈出高低晚唱休校生逢此日明月任淹留

偕趙雲滸同年倪竹初主簿拜林和靖先生墓

揭來攜酒拜邱墦爲訪孤山舊址存除却梅花明月夜不知何處可招魂

慧日峰環明聖湖不嫌卜築小山孤高風獨出紅塵外後世猶傳放鶴圖

賀維鏞字起音號省園邑文生

偶成

隱居有眞樂遠遊胡不歸茅茨在山阿白雲擁巖扉舒嘯登東臯松杉列成園清風起林端時時拂人衣仰視雙黃鵠寥天任

高飛哀哉籠中鳥飲啄將誰依勸君謝塵鞅勿爲山靈譏

過廬山禪寺

杳藹烟蘿一徑深泠泠疎磬出風林䕫鞋行踏空山葉竹院遙藏密樹陰但有流泉清客思更無塵土上衣襟重來欲覓蹤跡碍巖岫雲橫何處尋

昆陽城

古來徵伐地無事論成敗鉅鹿鏖强秦并此兩奇快

呂叔蘅字均來號南皐乾隆癸丑邑貢生 吉𥘉華云均來若心績學以著作爲事工於詩與於亦川劉雲石輩日夕過從互相唱酬著有揣雲山房詩文集

第一泉

昔聞瀑布水倒瀉廬峯疾今笑中泠泉翻從江底出造物本泌瀄鼕空洞奇崛初疑湧鼉城不則穿蛟窟風靜碧波澄珠沫嘗

汨汨退哉張陸流品味稱第一我欲攜銅瓶呼童汲長橋煮茗三山巔獨坐撫瑤瑟

雜感

匣有古龍劍鋒鍔似秋霜近水蛟螭泣登山精魅藏如何遭棄捐十載埋路旁土花紛繡蝕悲鳴空斷腸安得張雷輩望氣相徬徨淬以鸊鵜膏飾以千金裝仍令希世質森森露寒芒

直道人不作俗情好撫掩當其無事時獻媚復加謟權利忽相爭茫然不自檢羞孟門與太行憑胸恣巇險而我恥不爲抱質守琬琰清夜獨盟心此生冀無忝

黄雀噉螳螂金彈來葉底白龍聊變服制之如螻蟻世路本崎嶇見險宜知止没水求蛟鼉登山逐犀兕所獲非不多爲利亦云美只恐造次間性命薄於紙君子貴守常莫作魚吞餌

匡牀聊偃臥夢涉青海灣蛟䴈紛蟠拏雪浪高潺潺忽得雲中鶴飛渡蓬萊山金闕何玲瓏照耀扶桑間中有綠髮翁遺我雙玉環更持數卷書晩讀殊未嫺恨無不死藥長駐少時顔

畦嵩年先生草書歌與劉大雲石仝作

古來草書推獨步前有張顛後懷素南宮米氏亦擅長餘子紛紛無足數嵩年畦公人中豪跌宕翰墨輕章句閒來作字字體殊紙上髣髴生烟霧有時明媚巧合宜花卉離披春景暮傾欹兀岸勢倔强鸞飄虎攫蛟鼉怒縱筆橫掃倏數行岡巒綿亘陰山路詭行變態不可窮興酣豈惜俗眼怖晴窗展卷長歎嗟轉恨斯人邈難晤憶昔教授官華亭鹿洞鵞湖同法乳勝代失守我　朝興淋漓血濺宫牆樹乃知點畫爲小技雄壯獨出肝膽露何似學士宋王孫工書終被簪纓污

眭修年先生雪竹歌

修年眭公工寫竹渭川千畝貯滿腹蕭悅郤走與可愁詭怪奚
出忘檢束素練潑墨影模糊彷彿雪花紛滲灑般筆抽成八九
竿大者欹斜小如伏就中惟有旁兩枝嬋娟獨並舊時綠得非
運昌鎮復開無乃誤入湘江曲對久陰霾曀不收山鬼夜嘯英
皇哭雨篠風篁畫者多胡為好事摹此幅我恐發當鼎革初孤
懷直欲繼梅福斧樵遁跡鬱岡岑有似參天奇幹遭鉏斷勁節
颯爽老更堅耻被寒侵如蝟縮感公此筆作此歌長空黤黷風
蕭摵

鶴林寺

古寺春山裏烟霞生旅襟流鶯啼靜院鐘磬滿深林嵐氣千重
翠谿聲一曲琴可憐杜鵑女不復倚花陰

謁方正學祠

金川遺恨遠靖難最憐公雅負讀書種寧貪草詔功誅夷拚十族刀鋸仗孤忠浩氣真長在褒題　聖藻雄

謁閻陳二公廟

曾翻玉帳對談兵遺廟荒凉愴客情半壁已知傾四鎮孤城猶自擁雙旌雨中飛徹虹橋血月下清笳樂府聲薦罷溪毛春晝永悲風蕭瑟動簾楹

過横塘訪張祜故居

古跡南朝風景餘昔賢曾此結吾廬洞庭奇石移來後宮體新聲製就初千載吟魂悲落日一灣秋水漾紅蕖獨攜筇杖歸途晚何處清芬薦野蔬

己卯九日偕友人登城樓

爛熳黃花發短籬城高緩步上遲遲牢騷心緒三秋夢慷慨登臨九日巵楓老江南徐偃廟草荒北郭少陽祠湖山放眼咸成趣笑指平沙落雁時

年來笻屐好從遊瑒瑑歸來肯罷休感舊獨憐城北社登高同上縣西樓霜侵練浦菰蒲晚日落長山草樹秋書劍不須愁計拙黃塵烏帽自風流

寄劉大藻初

吟社何人說最優交房才調擅風流酸鹹味在閑中得金石聲從賦裏收蓮幕已經三載別湖干又繫一年愁可憐舊雨相思切遠樹斜陽獨倚樓

寄姜丹曉

南樓風月愛招尋縱酒談詩到夜深十載青燈傷別夢幾番細

雨怨離琴曾憐李重才能富誰說維摩病又侵韻石齋頭客過訪擬將飛舄踏桐陰

小樓對月

氷輪高駕碧雲秋獨倚闌干逈散愁萬里關山長笛外一聲砧杵暮江頭漢宮舊恨裁班扇晉代新詩入謝樓早晚天梯容濶步桂花香處任閒遊

送內弟睢鳳客之黟縣

故園春色動寒荄誰唱驪歌入座來壯志十年同落魄征帆千里又重開黃山爐竈歸詩草樵客烟霞上酒杯閒望白雲鄉夢遶知君倚檻賦南陔

冬日過東陵聶翀子先生舊第

村墟何處訪先生賸有危樓說舊甍年少文章光竹策　國初

名宿出水衡熊鍾陵宮詹由入公門下青山歸隱襟懷曠絳節分庭禮數榮先生官大行人故里經過頻望遠斷鴻零落暮雲橫

西施

抉目人亡霸業荒藕花開處對紅妝一湖歌吹鵁頭舫半語何曾及越王

陳公位字約甫號介亭乾隆乙卯邑貢生官碭山教諭

擬東坡武昌銅劍歌次元韻

武昌江邊白捲沙雹光閃閃追飛蛇蛇奔電掣疾於矢或投以抵鬣蛇尾鏗然墮地忽有聲看取太阿十丈水水光照眼疑如鐵斫地能教鐘紐裂氣吞萬里截長鯨光逼西江老蛟泣主人贈我意胡爲感君拂拭答君詩三尺願爲明主翼豈若馮驩彈鋏空支頤

呂城郭汾陽祠土人祀爲土穀神吳彩堂有詩因次其韻

細縕一路僥黃纛翠葆珠旗等擊鼕鼕巫鼓剸地索云是迎神迓麻福方圓斗大甕十室延官豈必須民牧汾榆古社難夫放未聞多讀背盲族陰陽判絕理無異因賤鄉能司奏牘土神似得驅蝗螟惡鬼聽不受擲扑胡爲我里大荒唐漫舉賢豪歲祀黷木居士將蟬蛻移用偃師把猴冠沐新塑從官狀極瑰麗得非崇祀宜主名乃足神威殺凡目迷使有唐利見人終致豫且議魚服既非桐鄉祀漸西儼周公列白屋福祿壽考叢一身故應頌祭走匍匐豈知一柱能擎天單騎從教衆醜戮忠武千秋義不競誰享贏豕豚蹄祝禱之邑乘無所考益見鄉民善託宿鳴營作歌驚詫異我亦未能論破俗

遊金山步東坡韻

萬里江水來我岷奔雲蝕霧驅入海百丈狂瀾輒與廻孤撐倚
有中權在浮來鰲背踏坡陀郭璞求畱沉洪波潛眠幽戸長不
曉空今世上風濤多經過久欲移舟楫戰罷文場無暇日秋高
空有鴻鵬羨勝地不遊顏徒赤爾來適棄更落魄十年未與貂
裘黑撫膺寫瀨忽自明坦然寵辱兩不驚迂疎敢負達人識欲
往江干狎鷗物江頭飛鳥倦歸山山行竊喜腰脚頑我踞山巔
望未已更酌中泠試江水

寶晉齋古硯歌

南宮愛古有遺蹟研山盈尺羅潺湲相隨寶晉伴眠食飛掃顧
硯由來傳士人掘地得古硯硯端重記南宮鐫天生兩美知必
合哭出條莽非徒然壓岸懷古那能置風雨往往生龍涎憶昔
南宮晚寶玩舊致直欲奔烏騅是時研山薦瑶席此硯毋乃遭

棄捐如今研山圖尺幅但見形狀舉稱拳可知寶貴暗銷鎔用
者多缺廢者全金石消泥胡可紀此物詎足稱牢堅願同研山
勒崖石長懸蒼碧雲霞前

舟次龍潭

怒雲天欲合風急浪花稠古渭盤山驛垂楊夾岸洲鴻飛雲路
迴龍化石潭秋牛潛應同泥先看一葉舟

暮春過家叔別業

西園野色閑步踏青莎地僻人行少春歸花落多清溪看瀑
漲時鳥送新歌為問林泉客高懷更若何

拜季子祠

讓德千秋過尼山十字傳至今遺殿宇崇祀號齊賢靄暮煙守
交雞豚走市廛緣何被軒冕與志太相懸

遊棲霞寺

棲霞名勝地花柳引征鞍泉底珍珠現波頭水鏡涵千尋巖石拱一線覺天寬況有幽居勝雲根不厭看

送芸樓北上並寄胡沁園

廿年聚首湖心知忽聽驪歌傾刻吹風月那堪歸雁後烟波況是夕陽時文章到處留聲價池館憑誰慰寂居若遇故人期訊問茂陵消渴正相思

甘露寺

巍峩蕭寺鎮滄渦北固山頭立馬看雄障甕城知地險危臨江滸覺天寬濤翻白日龍蛇吼旗捲西風壁壘寒霸業西風何處問空留片石枕沙灘

晉元陵

七首猜咸陽悲歌有餘思奇士終湮名爲失荆鄉意

九日雨阻半舫園次韻

蠟屐曾經結社頻百年鞍馬不關身莫嫌佳節偏蕭瑟風雨黄花最可人

張鏕字孚尹號藕田太學生　藕田慕遊參子頓習轉署中與王禹卿姚姬傳友善著有詩稿十卷見賞於蕭齋袁太史程荆南明府爲序而梓之年三十三卒

設禪

執拂談禪酒能傾大千塵刼恨難平楞嚴堆案消前業粥飯隨緣度此生詎有卜能堪亞佛貴無一法可皆倩從今願學龐居士口吸西江萬頃明

中秋月夜荆南明府招同黄星巖泛舟湘江酒闌亭援琴鼓曲分賦

月明何處不登樓誰向空江載酒遊星斗氣高孤艇夜魚龍風動七弦秋良宵合讓詩人占異日應將勝事留湖水無邊雲影潤清光消盡旅人愁

論琴十絕録五

寂室幽窗護綠陰芭蕉葉大竹蕭森正無人到茶烟歇不用彈琴且對琴

我自怡情只論琴彈琴何必論知音彈時若厭俗人聽是未彈時已有心

心指相和兩不違謾從咫尺按金徽古來誰似嵇中散目送孤鴻手自揮

按譜操弦妙解音琴音應向譜中尋誰知悟取眞傳理琴在虛無譜在心

逸響怡然石上流餘音時復送颸颸松風澗水皆天籟指法須從象外求

姜曾譔 字學紹號迂樓邑文生著有迂樓詩稿選有姜氏家珍詩集

登最高峯頂

遥見最高峯入山翻不見紆迴轉山坳高峯忽當面峯近路偏遥岡巒峭還稠盤遊松石間層疊眼眩不畏高難攀攬勝在無倦絕頂倏已登塵寰不足戀部婁羣峯低陂塘大江變心眼豁然開高曠良快忭

錦車篇

漢代何多奇女子前有唐山後馮氏唐山夫人樂章垂馮氏夫人絕域使夫人名嫽善史書蚤歲入侍宮闈君一但辭朝赴西域和戎持節乘錦車朱輪華轂晨霞眩鳴鸞佩玉梨花面飛揚

旌旆飾輝煌儀衛樂途中外羨行行漸遠鳳皇城入夜惟聞刁斗聲遥憐皓月觚稜照還眺蹕星華蓋明異域驚傳天使至願常朝貢懷恩賜布德宣威若匪賢干戈寧免擾邊吏歸承恩澤向楓墀一使賢於十萬師何必衛青師旅出不殊魏絳功勳許夫人高出鵷鷺列今古推爲女中傑明妃文姬誠可傷失身傷化那堪說何似夫人建大功繪圖播徧尤奇絶爲語詞人並畫師寫出夫人才與節

浣花夫人行

成都士女傾城遊三月三日香氣柔浣花夫人誕此夕遂爲佳節傳千秋憶昔有唐劍南道節度崔公賦魚藻東旗豐不驚振振家住巴山日杲杲維時叛賊楊子琳乘虛作亂干戈尋興軍突入勢猖獗官吏破膽邊驚心崔心有妾姓任氏大出家財募

死士帥之擊賊賊遂平捷書不日奏天子論功任氏封夫人旌加尚書賜名字夫以妾貴古未有鬚眉大夫愧小星夫人大節世難得忠義常懷身許國劉遐李皓誠才扱闘拒敵功未極曷若夫人知勇兼名垂史書像石刻閨閣中人尚若斯男子安可不勉力嗟彼唐時高才大纛臣胡爲失守封疆甘作賊

弔家孝子華林

嗚呼宗伯崇樓良可惜宗伯裔孫運何厄宗伯裔孫眞孝子父櫬莧援孝子死哉維庚戌長至前初昏失火崇樓燃孝子偕兄哉母出叩援父柩泣涕漣入皆畏火莫敢進或挽孝子毋輕殉罔言父難兒忍生哭踊憑棺甘授命風狂火勢欲燒天行人盡[illegible]行步顧焚身孝子胡不怖孝子時維知有父假使題名出事主愛國忠君頭堪豎不避斧鑕肝膽披稜稜風節媲乃祖此謂

卷二十八

其愚不可及千古綱常賴扶植父身蒙難兒何安以孝事親生死一古來忠孝幾多人至性真誠罕儔匹

客中九日

今日故園菊花開獨遠遊與誰同把酒聊復一登樓久客同征雁他鄉况暮秋白雲天際遠回首思悠悠

登曠觀亭

高臺千尺獨攀躋行到空亭日影西江遶秣陵浮岸闊山蟠鍾阜繞城低當年割據晴雲散前代興亡野鳥啼林爽天清堪極目驚人謝眺何曾攜

冬日野望

郊原一何清似對雲林畫木落見寒村溪邊漁網挂

遊莫愁湖

艷冶猶垂後世名平湖堪比浣紗津古來湮沒才多少不及盧家一婦人

鍾亦惺字敬直號惕齋布衣

別鄭大夢暘

神交原自昔握手值年初方喜共袍襟人事偏齟齬齟齬亦何恨只恐良會疏落月照屋梁停雲空踟躕何日復開樽諮我胸中淤何夕復連床傾君囊裏儲君囊本無底我胸不可攄盈盈盂河水躍雙鯉魚河水東西流鯉魚來徐徐所望道義交時遺尺素書匡我所不逮波我以有餘最哉青雲士浩氣薄蟾蜍秋風桂子香毋令嘆索居

阻風金山

米芾山前一拳石千里長江吭如搤盤踞中流噴怒濤蛟能縮

頸出肘腋挂帆到此風波阻舟人咋舌不敢語挽舟人斜繫玉
千拾級攀巖詣廊序伏讀兩朝　宸翰新縱觀名蹟與楚清
酤豆豉拉同輩儵然自謂東坡侶乘醉登塔三五層江天倒影
不可佇一聲長嘯世界浮蒼茫四顧吾誰與

金山寺

極目江天碧孤峯日夜浮清虛涵古刹兀傲砥中流樹抄亭臺
靜雲深鐘鼓幽一間容借住當與老僧謀

讀康樂詩憶舍弟遊閩

不識閩中路曾聞靈運篇舟浮千仞谿巒總萬峯巔雁信從無
警猿聲絶可憐嗟余弟行役早晚歸旋

春日有憶

寄語越中燕如何久不來故人千里外音信幾時回

柳枝詞

一年好景在三春底事垂頭感了顰青眼半開花世界風流絕少意中人

賀景遴字杞緯號西湄郡文生著有甕餘草

望棲霞山最高峯

絕壁層巒凹望遥衆峯羅列似朝宗背臨江子江心白俯瞰金陵日影紅一片晴霞凝暮靄兩株銀杏矗天空昔年曾逆崇岡頂會看烟帆出霧中

華陽洞

洞以華陽名應有華陽客謖謖巖下風松聲響泉石

櫻桑村

櫻桑自種菜南陽親扶犁歧嶬與雲水相望不相知

邊將

龍堆強弩夜枕戈只虞牧馬渡洮河前軍昨報邊塵靜贏得英雄髀肉多

秋來營壘陣雲環欲待全軍奏凱還將相古來寧有種不須遷入玉門關

虞鳳池字慎五號練溪邑增生著練溪詩草

福山署中假山歌

先是福建學政朱竹君筠於乾隆四十九年公廨之西偏闢一花園羅石爲假山乃命九府二州七十二縣人士各輦一石刊載地里名氏共得三百三十三石舉因匾其亭曰三百三十三石亭又爲序刻石以誌不朽乾隆五十四年冬余應邑先輩王涓屋學使之聘至此因

作此以誌其勝

昔聞柳柳州遊山得勝迹神鏡九嶷開天劇石城瑞我來閩粵官署中石峯羅列無空隙儼若天上種白榆霹靂一聲化爲石參差歷落隨地宜礧砢峭立去天尺顏之三百三十三士亭側嶺欲峯表題額年深斑駁鱗之而蘚蝕苔侵光愈澤中有清池映綠莎曲逕花畦助逸格澆欄高瞰勝臥遊幻出烟雲絕青壁或疑沁水亭或訝平泉宅襄陽見之拜欲顛張公聞之咏可繹張見亚有假山咏自是東甌一洞天等閒誰人蓬萊席

寧德道中

昔聞蜀道難難於上青天嶺南山勢更奇崛峭立不亞峨嵋巔山窮路盡直到海嗟哉行客如蟻緣肩輿躡磴身倒挂懸厓俯視惟飛鳥我生奇境今竟遇古人枉作齊諧篇

客中有感

目極關山遠，天涯此隻身。百年愁欲盡，獨坐寂無鄰。曉月如新客，淸風似故人。倦來懷舊里，空作夢中春。

焦山

萬古空濛境，螺浮海上烟。江深疑出地，寺隱欲藏天。樹擁千重碧，峯圍四面圓。梅花先有信，結伴訪癯仙。

福州客中守歲

孤衾夜少眠，窗外望虛白。聽罷五更鐘，天明歲亦客。

陸炳 字赤南，號蔡軒，布衣。幕遊湘蜀，查觀察、顧東山臬使甚爲推重。著正續劍囊草、蜀蹟、辨湘瀨合刻草、易說卦傳說。

相逢

相逢渡頭近，舟中流我。載斗酒，與子綢繆。綢繆既深，貴相知心。

脫劍以贈可値千金千金何惜知交難結交不忠厚義從中絕水無盡時心當隨之行行莫忘結首爲期

旅感

青青楊柳岸流水濺春姿折柳水聲咽行人此別離離別復離別誰不腸斷絕水去無盡時人歸期莫決惆悵柳花飛年年飄似雪

閒吟

客途廣且遠依人笑跼促裏氣得疎狂胡能改拘束千請非吾意周旋動違俗少時寡所營壯亦復何欲歲去筋骨勞惟恐身世辱偶觀勝負場得失隨棋局詠花且攜樽開卷夜燒燭適性百慮忘閒吟一生足

過淇縣看西山出獵

晚過淇水宿淇將曉發淇野牀開頭舉南瞻之西山歷歷一峯秀出雲如樓摘星壽雲何足攀雁有仙人中風進我本幽棲海上客偶逐萍水東西流江湖漂泊終何就此身無著如輕鷗雲兮雲兮莫似我我欲借爾消煩鬱欣然相對正無事忽驚風雨來前洲

麻姑臺

麻姑將軍去不回麻姑仙人餘荒臺將軍西開明月浦漢家明月照流蘇仙人或稱戎妓女妓女何能作仙侶世俗相傳多不倫更云此遇棍真人真人已辰不棺裏安用仙茅求不死可知神仙窟虛無何必登臺說麻姑惟有山前味諫軒古之君子不可談

春日寄友

對景非無酒對函樵有詩醉擴青眼識醒意白雲知深樹常啼
處閒庭花落時一春吟興寂何以慰相思

漢江舟夜

上游浮漢水心許共鷗閒五夜千潭月孤舟一枕山猿聲碎木
石客夢滿江關遙意憑誰寄同儕未可攀

晴川

晴川書所見停午水波明舟疾驅山走雲遲礙日行石苔齊草
色岸竹聚風聲惟是尋幽處由來世莫爭

武當山

縱目崇齊蜀名山此獨偏雙峯低白日萬仞插青天西望開秦
嶂東流決漢川忽驚風雨集眾壑掛飛泉

錦城春望

代謝人千古登臨酒一杯自當晴日繼花向錦城開沃野春風
透瀛山雪水來浮雲意不盡詩罷尚徘徊

泊瀘洲

落日江亭外移舟海觀西岸憑秋水濶天向暮山低樓閣疑雲
棧煙波絕馬蹄客心渾不競鷗鷺傍人迷

草堂寺

僧舍由來古蕭然似客居誰開新竹徑我想舊茅廬詩斷千秋
後經橫萬卷餘自憐初地靜不必更說虛

夜坐

入夜心常定耽吟意獨偏信堪詩遣日爭奈客消年風雨連魚
素鶴棲剩馬鸛何時從錦水歸路向吳船

廣陵

渡江春繞蜀岡頭看盡殘梅客尚留名利幾人能跨鶴繁華千古此揚州雷塘隋塚埋金鏡風雨楊花殉玉鉤行到竹西猶有路笙歌不比在迷樓

答友問蜀中風景

八載蠶叢獨往還擬從王孚別開顏劍門礙日雲横棧巴塞連天雪滿關谿水漲時方黑水岷山斷處始青山西南不必占風俗惟有孤城繞百蠻

示出塞諸友

出塞誰曾一請纓從軍我獨悵書生戍樓夢斷三城曉刁斗聲連萬馬鳴饑逐風塵人共笑飽看山水世無爭何須浪說封侯事自有文章輔太平

閩吳歌

春風何處來忽送江南曲曲罷倚高樓樓頭楊柳綠

湯陰

蹤掃中原舊戰場風塵匹馬客途長黃河以北無南宋何處招魂弔鄂王

丁玉佺字茗洲號碧山邑文生以子鈺封會同縣知縣

月華山晚眺

長空掃淨烟玉宇澹初夕閒步眉山巔袖攜新月晚樓鳥無定巢樹影叢青碧耳目得清曠奚用尋幽僻

試劍石

江濱峻嶺古岩嶤秋深草木寒不凋想見英雄尚豪氣劍光拂拭天爲高有時把酒顏色赤壯心陡起提三尺腰間隱隱聞雷鳴一擊斫地裂白石石如掌劈露古痕至今一片蒼雲屯神鞭

流血斮鯨復見飛貔沒羽詎足論英雄大去劍亦失青山未改昔年色欲尋舊迹心茫然君不見石上苔斑半侵蝕

劉以敬字素心號泼泉邑文生著有泼泉正續詩草

雜詩

山川出雲氣虎豹生炳文以彼靈異姿所稟故不羣天實生斯人蕩化於此分豈惟耳目具大道寄厥身動靜根靈虛本體何肫肫培養苟不懈力能超化神精微參妙契皎潔同秋雲冥上下古今闇光與日月新區區宦與貴泼然若浮雲

大江流萬古風雨爲波瀾噴薄搖五岳蕩潏蛟鼉寒晝夜互恍惚東西相瀰漫茫然駭心目孰能測其端上有懷奇客意趣何閒閒手射煙霞髮頭戴芙蓉冠不肯道姓字焉能記歲年一釣江中叢終日把長竿

錦雞毛羽好，飲啄依樊籠。補石雖瓊瓏，徒置掌握中。托生既網繳，所見固不洪。男兒尚抱負，抗節追英雄。營情八荒外，渺慮衆物空。立爲千仞岡，飛爲萬里鴻。

送別

心馳山外雲，淚灑川中水。我淚空復揮，君車不能止。會面此須臾，徘徊何能已。莫言分手違，萬恨從茲始。願隨春風發，殷勤勞所戀。

游練湖

春日氣駘蕩，昨雨亦已收。散步臨湖湄，理棹登虛舟。新柳被遙岸，旭日暖平疇。悠揚披和風，迴溪瀨安流。朝漲生層雲，餘霞帶朱樓。遐心赴空闊，閒身馴野鷗。俯仰任所適，此外復何求。

初至館中示諸生

春至布陽澤百卉挺生機和風動郊園旭日上遲遲提攜二三
子中心能不懷西堂置嘉會几坐棋因依俯仰情彌敦琴書意
不違佳賞信爲美無言竊所希安排得深契即之亦已非初景
方未已流光不可追古人有明訓敬者德之𦍒盍各勉日新志望
賢以爲歸

後鋤吟

荷鋤入隴上居然隱士風行歌殊自得不必絲與桐黍苗一何
秀田疇一何豐幸承好風日而以事農功鬱鬱桑柘陰黃鳥聲
玲瓏濯纓滄流外寄跡空山中微志緬往古羞與薄俗同前有
沮與溺後有龐德公

秋夜

書齋夜岑寂開軒展遊玩微烟布空庭涼風澹清漢獨立尚向空

曲阿詩綜

眞離居感蕭散四顧悄無言樹影橫空畔

冬日館中偶成

白日動寒光驚風響遠音浮雲沉叠巘積雪凍空林跡晦委計拙歲務感灰心偃蹇臥幽館徘徊眺庭陰順理意不攜覽物情彌深焉能當凡髮聊爾發微吟

山行

出門竟何事愛此山上行蘭徑既峭蒨峯巒互縱橫耳目經歷處奇境豁然更人世所不到但見寒雲生獨立千丈峯蒼茫萬古情

鵲巢

門前新鵲巢大若六斗甒不見結搆時俯仰遽如許前年東南枝初夏四雛乳接哺爭出牖跂跂鼓肉羽北鄰彼狡童猿升攫

而求青喻盡百方幸以完相付鄰有西家兒麾我百錢勞驚雛上樹覷簷碎不敢覷孥克返其巢懽噪厥父母出門復入門翻飛迎下樹似有感恩言六口喳喳語吾聞至仁世卵殼不探取德不格比鄰暴虐乃及汝長怨擇里智棄我不復顧茲見巢重新安知鵲非故留樹慈仁化先時戒童豎居停勤扞蔽庶絕下民侮

對菊

汝性謝時事予心汝於汝移植東籬下結茲孤傲侶寂寂秋風前幽懷斷如許相對竟何言喟然嘆吾與

飲王民主人宅

主人手攜熒熒緑色之瑤漿酌我滌剛抑欝之愁腸明星在戶月在地長天寥廓雲樹蒼銀盃光射露欲滴與蛩秋氣同微茫

君不見青蓮渚白衣送酒詩情豫又不見唐杜甫痛飲忘形到爾汝多君厚意屢相顧若與昔人有同趣酒酣耳熱秋風來夜深斗室燈花開文章縱使鬼神泣意氣寧教肝膽摧

同殷子次寬家兄藻初遊棲霞寺

人生樂事誰第一尋好友與名山次寬殷子古豪士胸次灑落神安閑余兄寄興在超曠常與白雲相往還舍舟江上探巖穴棲霞古寺同追攀棲霞逍遙攜雲關巧鑿山骨隨窪凸攝衣直上穿青冥盤曲那許行步劣珠宮紺宇紆高低峭壁蒼崖爭突兀身遊天上非人間元氣莽嘯神恍惚上有峰嵥百丈之高峯下有森森千尺之長松峯高松古不可狀惟見陰幽萬星來寒風東南勝概下羅列長天見所開鴻濛江水一氣眼底瀉白雲縹緲衣間封疊巘（崖名）遠接桃花（澗名）畔白乳（泉名）幽注紫峯（閣名）中

虎窟藏其西鹿洞陷其東旁有一嶺最奇峻劖劃千佛非人工凝眸步步得異境萬象畢集難形容我聞此地著六代古蹟遺聞今尚在後主學堂舊草荒隋支塔上苔紋碎狸鼯啾啾鼠巢根禽鳥飛飛入蒼翠三人叫絕欲發狂不須攀石捫懸崖帽躡頂坐怪石俯仰天地爲低昂快意往往不易得賞心況更趁秋光與杯在手各大醉掉臂直欲凌扶桑願復與君住十日山高水長相徜徉

雞肋篇

朝驅雞山之麓暮驅雞塒之曲徬徨牛足啄黃泥喚醒秋江飯未熟婦呼朱朱心骨悲歲云暮矣懼刀砧咋聞官吏來喧嘩我農指我供盃盤恨有羽翼難奮飛貽禍雞兮縱擢逐君不見今年禾稻苦無收場無遺穀雞無肉老農烹我亦徒耳吏乎雞肋

何以果而腹

邯鄲少年行

邯鄲少年二十餘自負堂堂七尺軀梟氣直空游俠子生來不讀儒生書徒手能教猛虎格百萬黃金輕一擲丈夫昂藏不受憐低頭肯作平原客自言顧義不顧身醉後蔑視千行人左右叱咤聲霹靂白馬跳蹀刀燐燐睚眦頃刻須酬意今人不敢向說不平尋君不見昨日殺賊邯鄲市空見當途側目視不然拔刀直取君家仇淋漓鮮血提人頭

夜渡江口

落日動歸棹微風雨乍收星河天闕迥烟樹海門秋人鏡三湘水身輕一葉舟遥看無數雁點點宿沙洲

石頭城下放舟

寥寥寒露淨白下放歸舟嵐氣生山腳潮聲捲石頭魚龍酣月夜風雨壯江秋已近重陽節頻瞻故國樓

晚過北洛村

寂寞孤村外西風動客衫山雲平度鳥溪路曲通車偶過大人杖時觀漁父魚牛羊何處下落日照柴墟

郊行

曠野晚多風迢迢望不窮寺浮蹤雨後路入暮雲中日落千山碧秋高萬樹紅江村遙莫辨燈火隔漁翁

金山

片塵飛不到層氣結琳宮地闊乾坤外江流日夜中樓臺驚壯麗吳楚望空濛日暮寒潮急聲聲兩岸風

題楊氏宅

楊子幽棲處，悠然遊興賒。鳥驚松子落，人語夕陽斜。書淨床頭月，庭榮屐下花。草元曾就否，今日到侯芭。

甘露寺晚眺

倚闌閒眺望，獨立已深更。寺抱孤峰迴，天寒古木濤。星河浮夜色，風雨聽江聲。何處來長嘯，秋空野鶴鳴。

不寐

高館夜方永，江村人已還。挑燈風落木，欹枕雨連山。舊業長饑在，浮生短鬢斑。牀頭非乏酒，難醉獨醒顏。

放舟

北郭從人別，河干放客槎。櫓搖川浴日，舟過岸殘花。獨鳥高飛盡，長橋偃臥斜。春流方浩浩，飄泊向天涯。

京口道中

孤城冪冪翠微眉容路經過思不勝望裏雲山餘宋壘愁來風雨弔吳陵天邊鴻雁凄凉下江上烟波日夜蕭安得永遺塵世累悠悠京口把漁竿

客江上有感

高閣疎燈白露深一樽相對動悲吟飛鴻夜度瀟湘淚孤客秋驚湖海心萬樹寒聲連地捲大江雲氣接天陰風塵莫問年華少今日因傷白髮侵

喜殷芷溪見過

西戶秋風掩薜蘿故人意外一相過浪遊江上誰同調縱酒城南且放歌高燭遠侵螢火細暮砧寒並樹聲多坐來莫問餘情前精進工夫已若何

晚投北陂材

西郊歲晚互陰晴極目荒村古樹生日落雲峯餘暮色風來天地擁寒聲漁人杳杳歸前浦旅雁蕭蕭入遠行茅舍一燈聊夜坐幾回砧杵益淒清

喜郭若鈞見過

瑟瑟風聲響暮松南軒遥望翠微重三杯夜醉城頭月一曲秋高海上峯天地不教吾輩放江湖何處此身容只今高臥蓬蒿外但願時時數過從

村中過許氏宅

百里荒村獨遠行茂林環繞到來清道途奔走風塵色雞黍殷勤父老情萬疊峯巒吞夕照半天風雨合松聲坐餘暮色柴門掩無數寒鴉背屋鳴

夜舟

露白天高水急流江間過客忽淹留片帆影靜魚龍夜落木聲寒風雨秋勝地易增千古興白頭非復壯時遊聊斟濁酒陶然醉惟有遐心寄泛鷗

竟日

竟日柴扉設不關浮生而我足寬閑連宵欲雨身先倦逐日看花興未慳芳草淺迷村外徑宿雲平補壑中山鄙懷不是耽岑寂大息無人共往還

端居早已慣清貧竹樹森疎草色新暫入睡鄉書作引常臨跬步秋為鄰風光任我胸無障詩興催人句有神閒坐虛堂清永晝偶聽飛燕往來頻

春日

芳華已去敢誰怨且復留連景物天寒竹有聲經暮雨垂楊無

力破寒烟祗因少事安高枕何用多求效執鞭興到只須偕野
老加餐粗飯樂餘年

脫稿戲拈

林下花間覓句新振興風雅在斯人洞開眼界窺前輩獨出心
裁恥後塵字挾飛鳴餘氣骨味歸滌瀹倍精神彈丸脫手悠清
咏莫羨聲華唱和頻

咏雪用昌黎韻

冪冪黃雲重森森寒氣來陽暉遙匿景陰雪已頻催粉本滋狠
屏精鹽任辨猜乍飄旋欲滅滲急灑漸成堆空半交相錯窗前過
復回勢高浮嶺背基厚積庭隈罨冒蘇微入備陳遇隙搖逆封
三級帀增累幾層臺縶紬工翩舞貌衣妙剪裁逐簾縈几席壓
砌掩莓苔深備水肌映湍宜捧手挼光華分徇爛細屑玫瑰

高下難尋路縱橫不見埃聽來常寂寂望去總皚皚卒歲悲身計前途滯客財飛鱗埋比穴山頂崩崔嵬江冷生陰漲風狂儼怒雷端方排簡務圓被列盤杯茅屋誰生色柴門擁不開溝塞添水滌牟麥蓄滋培萬里飄無際連朝作未纔有田皆穩玉無樹不裝梅浩蕩乾坤合氤氳窪凸該氈衣驚淅瀝姹〔䴑名雪姬也〕墜只徘徊羈歷連三尸續紛遍九垓臘占飭阜柳冬風動葭灰座暖薰爐炭醪香酌斗魁鶴毛紛散亂鶴羽漸摧頹澤腹寒魚伏牽腰餓雀雁踈枝攢劍戟圓果厚胚胎纔采星筵鬆鼻微天磨擁嶺南傳犬吠寒北聽鴻哀年預欣豐兆時當祀菁從藿凝垂玉節樸壽鴻金罍貧類袁安卧交慚謝惠才幽懷徒積悠藻翰競琵琶掃郄神疲矣京來昧永哉緬了無影凡詎嘆少龍謀但覺狂愚是那須志願次吟成燒燭短冷被與嬰孩

漫興

出門時獨遊秋色每忘倦遥望山雲多入山雲不見

項羽

叱咤千人廢悲歌一變聲不收天下望徒愧亞父師憐

七夕

莫道天孫别悵淚年年此夕慰幽襟殘機日落秋風冷烝夜空閨少婦心

丁大申字春沂號阮村邑增生阮村夫子余受業師也夫子制藝不嘉島瘦郊寒宗法在國初諸老提倡後進邑中在庠序者幾及百人而詩古文辭尚詞麗句惟自塲屋風鴻未偶士渝佔之後學東遵填詩

嘲染鬚

吾衰今已甚鬚鬢盡皤然既已白之白何勞玄又玄矯揉寧耐久炫染亦難長但使精神健何須羨少年

自遣

老至欲忘年襟懷頗曠然家貧妾作婢產薄硯爲田不肯因人熱寧甘受世憐牀頭何所有祇剩賣文錢

過印東明夫子故宅

圭持文教坐皋比身後經書付阿誰忍見西華披葛帔那堪東郭老絺帷托孤空想叮嚀語啟篋難窺卓犖詞承吉杞兒真落拓何人拯困似南皮

讀吳越春秋有感

伐齊優魯已彌旬百萬貔貅擁此身身請爲臣妻請妾那知即是沼吳人

古意

老女辛勤理舊裝低頭不語自思量而今花様多更變羞問鄰

家新嫁娘

王　晉　字仲山號　邑文生晚年雙瞽而好學不輟

贈瞽愚邱　愚邱目亦瞽

君不見閉目瞿曇了無惑萬事炯然辨白黑又不見屏風格子眼横生人有賢愚偏不識用朱貞白事　君今物我兩相忘十四天中界無色祗憑杳冥不見中化出靈光千萬億惟我與君共勉旃吁嗟此境誰人得

楊琢章　字令儀號南衡邑文生

謁韓蘄王廟

長江百戰立奇功今日巍然古廟崇宋室君臣輕社稷梁家婦女識英雄騎驢甘潔疏羣將解柄深悲念兩宫終月湖邊人莫笑清凉二字保孤忠

乾元觀懷陶貞白先生

遯跡華陽弄白雲通明居士本仙羣絲綸屢逮三層閣寵異眞同十賚文冠挂早能辭赤紱丹成豈復戀元纁山中日夕咨籌畫不數蕭曹佐命勳

劉有年 字慎因號龢軒邑文生

望夜對月

疎鐘鳴晚寺皎月挂遥天數過三旬半光同一鏡圓展書如白晝倚閣若登仙直欲攜佳酒遨遊赤壁邊

湖心亭

别具汪洋一大觀偶於暑日此盤桓僧房客到爐烹茗野渡人歸鷺浴灘舟泛鏡中湖萬頃風生亭外竹千竿披襟坦腹凉爽久葛服蹁躚轉覺單

看梅

雪月今宵一色同縞衣仙子又相逢人間清氣收應盡宇宙繁華掃欲空特立自依流水冷橫斜惟向暮烟籠道人和雪還堪嚼頃刻香生肺腑中

虞載璜字渭因號瀛洲邑文生

春雨閣和高青士原韻二首

高閣依江渚登臨意共誇當窗邀遠岫把酒送殘霞葉響非關雨林幽不在花托堂萱正茂時青士奉母家居濃蔭到桑麻

聲名傳闕里青士本曲阜嫡員品第甲鄉閭謝客雲封徑栽花月滿鋤放開千古眼校遍五車書待到杏花發春帆過隱居

第一村

江村名第一曲徑度花香石壁留雲白松窗漏日黃酒旗飄影

溲溪柳挂絲長回首亭臺處幽人倚夕陽

張廣煥字月坡號耀亭由太學生援例候選州同工書畫山水尤清古入格

鶴林寺探梅

鶴林花事㩼當時勝友招攜敢後期一棹身閒風送遠三杯耳熱酒催詩雪消峯頂山形瘦寒勒梅梢春信遲轉眄再遊應放盡殷勤記取向南枝

浩蕾猶含春仲時攜樽來踐賞花期清同海外仙人種瘦比山中高士詩爲愛籠烟臨水照不嫌隨月到窗遲平生酷有耽梅癖魂夢勾留老樹枝

題畫

烟淡柳疎疎波澄石齒齒停舟不釣魚濯足弄秋水

茅屋空山裏天寒雪滿峯梅花無處覓柱杖看孤松

自題雨景

漠漠潤垂楊霏霏濕芳草不知湖上山翠色添多少

鄺嶼 字奐英號崑山太學生工畫著有瘦梅集百首

詠梅

花發江邊動遠思相逢誰與感栖遲低徊官閣魂應斷淪落孤山月未知臘後春前新雪處松間竹外晚晴時旁人猶說和羹事愁殺東風第幾枝

幾回搔首問花期多恐花期春未知却喜尋來殘雪盡莫教開向故人遲晴橫嶺上棲雲處寒壓橋頭放鶴時休自含風猶默默江南江北正相思

徐豫朋 字眷盂號肯堂邑增生著有湘中白下詩草

同丁文漢甯遊南庵聽賁子蒼巖吹笛因憶仲春之遊

春初遊南巷當軒梅破蕚卽今與君來復此梅花落風日尙如
昔景物正蕭索坐久忽斜曛鐘聲動高閣

泄橋巷採桂

岑寂若深山依然近城市招提久擅勝不謂幽如此晚花綴籬
落寒潭照清泚入門鼻觀香金粟燦芳蕊迴廊與曲閣信步且
隨喜老僧閉關坐見客始徐起偶然一悵觸千偈如翻水滿院
木犀香吾無隱乎爾

聞貢子蒼巖有北固之遊却寄

南徐多名山北固推第一巨石枕奔湍突兀壽蛟室上有麥雲
亭曠覽目無極大江流浩瀰水天爲一色雙柱屹相向金焦眞
峯峙律烟際廣陵迷雲中瓜步出海門遙可指東下如駛疾羣峯
拱前後三山倏離卽信美足登臨慚余未攀陟平生山水夢嘗

在江南北愛聞此山奇興致每飛逸譬人説生梅未嚥酸津溢君眞好事者豪爽無與匹蠟屐費幾兩遊覽若結習昔登君山顛歌嘯蛟螭怵高懷寄千載弔古富篇什歸來一劍在壯志難按抑買舟向京口名勝已遍及遥知登北固茫茫百端集痕石臥荒苔殘碑埋徑側孫劉遺蹟在霸業終消熄閒話六朝事江濤流滑汩英雄俱已往俯仰成太息定有奇崛句吟向魚龍國好尋片石間備誌騷人筆他時一搜採姓名共欽挹

秋日和吴篛登北固望海詩

木落蜃氣靜遠見海水湄魚龍隱出没洪波日夜馳陽精挂扶桑的皪燦高枝浩渺運元氣磅礴羅兩儀三山信伊邇咫尺疑可期極目任遥望憑高抒清辭

陳少陽遺硯歌爲林子愚軒賦

忠義懍懍貫金石凝此黝然蒼玉質積增敗壁吐光芒少陽書
樓忽圮而得斷硯千年不爲土花蝕一朝刼盡出埋藏識者驚異識者得林君得此走相示急與摩挲兼拂拭當面錯落類滿星入手柔和最宜墨陳公昔日奮大義布衣慷慨憂王室杖去南來屢上書不爲身謀但謀國此時此硯應相從撰點淋漓餘血色臨安宮殿久灰燼我公園墓猶矜式讀書樓古勢欲傾鳩工庀材建仍亟何況研摩手澤存合入對此心齋慄囑君愼勿輕示人什襲還應等瑤琳

荆州雜詩十首錄六

楚國雄南服荆州控上游論形通陝蜀懷古憶孫劉袞袞英雄去滔滔江漢流渚宮無限景寂寞野花秋

神女峰原在高唐夢若何離猶傳楚些一曲自和巴歌風俗微系

懷才華弔晨差豈惟措大少未見鯽魚多

擾擾集蠅蚊年來熾楚氛時白蓮教滋事蔓延兼蜀隴騷動遍襄鄖衆將勤征戰公應倏聚分劇憐佩犢者未得事耕耘

仲宣去難之此地昔依劉涉世難高蹈因人作遠遊淒涼悲落日感慨賦登樓信美非吾土胡然久滯留

楚塞驚秋早西風木葉飛角聲悲永夜砧響急斜暉繞樹烏宿集將雛燕欲歸空閨刀尺靜誰為寄寒衣

極目東流水秋風感鬢絲江關庾信老弟妹杜陵思須跡來三戶長吟托五噫懷沙樓上望鄉國暮雲垂

題丁卯集後

皤皤丁卯叟身世老漁樵北闕懷難穩南湖興每招長吟徒有怨得句亦無聊一卷留題後寧隨歷劫消

示弟

吾道無顯晦屯亨亦偶然何須慚白屋且共守青氊鑽木期成火逢年尚力田君看屏溪水今日已平川

梅心道中

層叠山無盡回旋路欲迷峰危愁地弱樹暗覺天低樵響浮雲北人家斷水西卻投何處宿慚見晚鴉棲

客中九月

重陽何必定登高左手持杯右執螯籬下已無人送酒筵前須有字題糕貧來作客身猶健老去悲秋興尚豪回憶滿城風雨句前與諸同人舉潘大臨句各演爲律詩五首十年舊事首頻搔

即事

故人隔溪水相訪無多路曉露但濛濛不見前村樹

七夕

一夜雙星渡絳河中庭瓜果祝金梭何曾乞與人間巧乞得天孫離恨多

張崇鑑字次明號　著有棣江小草

淮陰寄友人作

秋風吹落葉寒雁渡孤城景物一時變故人千里情雲從天末起月到屋梁明覿面知何日相思寄水聲

虞鎔字玉度號近樵援例俊秀著有自怡軒集

登西城望湖

雨霽獨登城遠山峰盡見河帆雲外飛歸客乘風便惟有鷗鷺閒一湖白如練

九日登望湖亭有懷

一亭矗立惠山巔四顧湖光浸碧天雁度關河經宿雨雲連江樹挾寒烟陶潛籬菊思招隱桓景囊萸愛授仙惆悵古今人不見任他佳節自年年

王文河字宗伯號午帆嘉慶時郡貢生

客中春日

寂寞誰相問閒居隔世塵一杯花下酒三載客中人纖柳鶯偏迓含烟草更新有懷殊不見辜負此青春

客維揚夜歸寓中

歸來夜色轉空濛池館紆迴石徑通十里畫樓花柳外二分明月管弦中滿斟清酒先酬劍半脫征衫獨立風試凭闌干發長嘯恐驚星斗落江東

漁歌

莫道生涯止一竿得魚沽酒盡餘歡船頭一片團圞月多少征人馬上看

留春

盡日離愁染病身東風空過艷陽辰一壺醉倒荼蘼下不到三更猶是春

李應詔字勅方號赤舫邑文生占籍丹徒余受業師東澧塡諱

仙人石

玲瓏一片石上有仙人迹仙人不可招惆悵尋遊客時見鶴飛來蒼苔啄寒碧

金牛洞

危峰勢欲墮古洞森巃嵸日薄氣蕭爽夜來風雨多不見飯牛人空聞叩角歌

菩提井

誌公叅菩提乃立招提境誰知西來意菩提護金井井水深不
波明月照淸冷

衲衣石

我笑石丈人亦受金仙戒披此無塵衣獨立蓮花界不有米顛
來何人爲下拜

方竹林

棲霞有方竹來從瀟湘濱如何僧廊曲亦復見此君我欲折九
節亂峰扶白雲

象眼泉

泉聲潺潺鳴一線挂山腹下有青松蟠上有綠蘿覆思攜鬬茶
僧支鼎就山麓

雨花臺

想來空山曲偶憇雨花臺憶昔談經時天女翩翩來來時三百樹樹樹曇花開

銀杏樹

閱歷不計年傳聞晉之樹濃陰覆四圍鴨脚纍纍結何當三伏時借此綠雲住

客夜

如此清凉景空齋酒一樽思家無限意對月倍銷魂竹影横虛牖鐘聲隔遠村夜來歸夢裏猶憶問晨昏

石曼卿祠

芙蓉城裏客練水有遺祠潦倒騎驢日風流墜馬時故人曾憶友校理只吟詩試剔豐碑讀低徊永叔辭

子夜歌

郎貌如牽牛妾貌如織女夜夜立銀河相看不得語

荆青 字蒔田號天倉龍原名乃農布衣流寓眞州蒔田幕遊鹽賈巴氏放情詩酒精篆刻工書畫著有竹山草堂詩集

秋懷

蕭寒江店酒日暮澹孤斟雲外一聲雁尊前千里心美人湘浦遠山與薜蘿深孰肯知子者悠悠歲月侵

送繆徵君歸香山

忽漫成睽索蒼茫但夕曛歸帆爭雁影離緒及鷗羣回首同聽雨何時重論文因風幸無恙將我隔江雲

周惠麟 字應輿號　邑文生

擬和顏延年車駕幸京口三月三日侍遊曲阿後湖

皇風暢九垓帝澤洽三江東巡觴蒼輅下國歌駿厖搖鸞蕭華葢流吹發珠幢緹騎亘山岳飛翼靜濤瀧關津雄壯固鎖鑰鎮南邦豫遊偪滿煦曠衍樂耕稼上巳昭節美洛飲未心喈芳洲嚴棲栢羽葆馥蘭茝黛澱涵苑岫鏡朗出吳艘延眺攀蒼秀黎赤面敦龐紀盛屬珥筆龍文慚獨扛

秋柳

西風嫋嫋雨堤秋跪地長條尚自留翠色幾經涼雨後殘陰不復暮江頭蕭疎乍動吳儂怨衰落還增郢客愁悵把何傳當日事飄零笑減舊風流

春郊寒食

草香風暖豔陽天寒食依稀似昔年花柳一番騷客與笙歌幾處夕陽船山横遠郭青連雨樹繞孤村翠帶烟脆管紅芽佳麗

地於今誰說柳屯田

林　璐字熙英號肅堂邑增生

清溪俯幽篠一別澹空波荇帶牽釣絲激石生微渦考槃一草廬獨坐時吟哦老梅齊茅簷增陰蔓藤蘿野鳥無俗韻對話值春和忽聽剝啄聲故人攜琴過清泠鳴松風枕石起浩歌攜酒與客觴酬醉忘羲娥

玉乳泉歌

天下第四玉乳泉幽阿城北流涓涓攜將活水瓦甌煎魚鱗紋蓮蟹眼圓碧沉霞脚浮龍涎不須鍾乳採巖前不須玉髓引長年味之忘味澹塵緣風生兩腋如遊仙幽尋直到山寺邊石潤八分精隸鐫我今啜茗春風天不著茶譜不談禪肯詠盧仝七碗篇翛然飲罷隨雲眠

木末樓晚眺

高樓突起木之末我今來登木末樓山勢南來千嶂列濤聲東下一江流潮翻落照金鰲動風入踈櫺鐵馬遒薄暮凭闌數聲鳥紛紛樹杪晚烟收

徐履祥 字尚孝號愼堂邑庠生

題出獵圖

琱弓寶劍大宛馬健兒意氣橫平野寒草初枯秋合圍流星矢急無虛舍從狠逐鹿紛如雲儦儦俟俟善友羣誰能射虎南山下披圖却憶李將軍

吳錫光 字寶岡號硏山庠貢生

縹湖泛舟

湖心亭畔春光美攜舟泛入桃源裏風靜遥傳漁子歌落日光

浮暮山紫欲開未開湖上花微香欲著烟波起此際幽情人不知卿託知心惟筆水

短歌行

江水東南流想見古來磊落光明之奇士一時卓立志不磨名垂千禩身不死世路崎嶇何足論羞向平原覓珠履

探梅

寂寂寒烟浦藩蕭挂月林微風寒暮擬幽徑抱幽琴不負春前約偏宜雪後尋一枝驢背好歸去伴孤吟

午日弔三閭大夫

汨羅江上楚王宫千里湘雲捲碧空漁父空傳遺别恨離騷猶在見孤忠張儀不令歸函谷鄭袖安能覆郢中千載與亡同一慟渡頭芳草怨東風

貢穎蔡字喬林號乙僊邑文生

與家南陵郊外訪友

相約城西問草堂疎林斜日到漁莊橋横秋水芙蓉冷門對青山薜荔黄好客幸同今夕會論詩勿訝舊時狂橘園聯咏猶堪憶轉瞬相驚鬢已霜

秋夜懷友

自從聯句後竟作五陵遊露白梧桐夜懷君又一秋

曲阿詩綜卷之二十八終